간도반환
청구소송

강 정 민
재   판
소   설

간도반환
청구소송

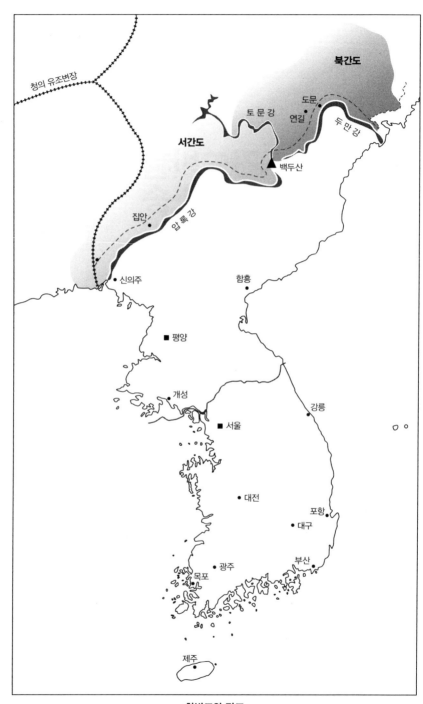

청의 유조변장

북간도

서간도

토문강

도문

연길

두만강

백두산

집안

압록강

신의주

함흥

평양

개성

강릉

서울

대전

포항

대구

광주

부산

목포

제주

한반도와 간도

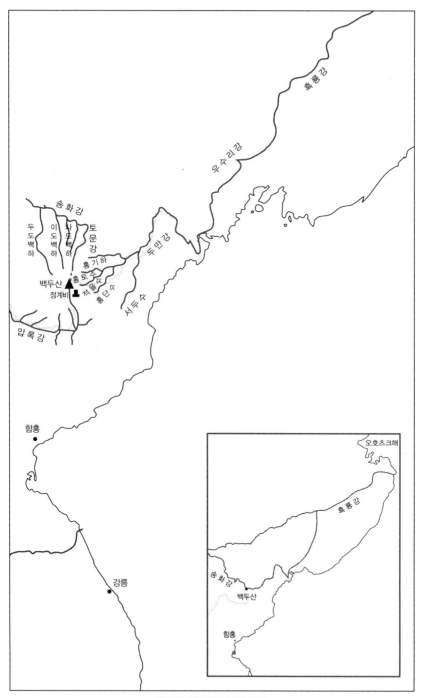

백두산 정계비와 주변 지역

차 례

들어가는 말

《독도반환 청구소송》을 집필하기 위해 수많은 자료들을 뒤질 때 눈에 가장 많이 띈 단어가 바로 '간도'였다.

'많이 들어 본 단어인데, 간도가 뭐였더라?'

기억을 더듬어 보니 고등학생 시절 현대문학 시간에 북간도라는 작품을 들어본 기억이 겨우 떠오르면서 몇 개 안 되는 단편적인 지식들이 짜깁기되기 시작했다. 하지만 뜬구름 잡기나 마찬가지였다.

'어쩜 이리도 모를 수 있을까?'

독도를 끝내고 간도에 대해 공부해봐야겠다고 다짐했다.

그리고 공부가 시작되었다. 연구 성과물이 많았던 독도에 비해 간도에 관한 자료는 너무나 빈약했다. 게다가 이해하기도 어려웠다. 당초 계획보다 많은 시간이 흘러갔다.

그 와중에 15년 가까이 미루어두었던 석사 논문까지 쓰게 되었다. 이 소설을 시작하기 위해 반드시 넘어야만 하는 문제였다. 〈간도 영유권소송의 당사자문제에 관한 법이론적 고찰〉, 통일을 전제하지 않은 상황에서 대한민국이 간도 영유권소송의 당사자가 될 수 있는가 하는 문제였다.

긍정적인 결론을 얻고 나서야 비로소 소설을 시작할 수 있었다.

수많은 걸림돌이 있었지만 특히 문제가 되는 것은 백두산정계비의 '토문'이었다. 《조선왕조실록》은 정계비 설립 당시 조선 조정이 토문을 두만강으로 간주하고 있음을 여실히 보여주고 있었다.

'이 문제 때문에 강단 사학자들이 간도를 포기했구나.' 하는 생각이 들었다. 객관적 자료가 워낙 명백하기 때문에 학자적 양심에 비추어 간도 영유권을 포기할 수밖에 없었으리라.

또 하나 힘들었던 점은 바로 《환단고기》로 대표되는 재야 사학의 논지였다. 필자가 쓰는 소설은 재판소설로서 최대한 객관적 사실에 기초하고 있기 때문에 증거가 명확해야 한다. 그런데, 《환단고기》의 주장들은 객관적 증거를 찾아내기가 너무 어려웠다.

《환단고기》의 내용이 객관적 사실이라면 이 작업이 오히려 역사에 죄를 짓는 것이 된다'는 점이 집필을 주저하게 만든 적도 많았다.

하지만, 결국은 쓸 수밖에 없었다.

가상 재판을 통해, 간도를 찾을 수 없다면 그러한 이유라도 명백히 밝혀야 한다는 생각 때문이었다.

애국적 사명감으로 간도에 빠져들어 헤매는 석학들이 많다는 것 자체가 국력 낭비이기 때문에, 사실이 아니라면 막아야 한다는 생각이

들었던 것이다. 아니라면 깨끗이 포기하는 것이 바람직하다는 말이다.

재판소설의 재판관은 바로 독자이며, 필자는 양측의 입장을 최대한 드러내 보일뿐이다.

이 책을 읽는 독자들이 대한민국과 중국의 주장과 증거를 비교 검토하여 간도 영유권이 과연 어느 나라에 귀속되는 것이 타당한지 결론을 얻을 수 있다면 큰 보람이겠다.

프롤로그

1887년 윤 4월 16일.

두만강 상류 발원지를 조사한 뒤 다시 회담장에 모인 조선의 감계사 이중하와 청의 감계위원 덕옥, 진영, 방랑이 벌써 몇 시간째 논쟁을 벌이고 있다.

계속되는 논쟁에 청의 감계위원들은 벌써부터 짜증이 나 있었다. 두만강의 본류가 되는 상류 수원이 홍토수(紅土水), 석을수(石乙水), 홍단수(紅丹水), 서두수(西頭水) 중 어느 것인지만 결정하면 되는 일인데 논의가 이상하게 꼬여 가고 있었기 때문이다.

덕옥이 다시 한 번 심호흡을 하고 위엄을 갖추어 물었다.

"홍토수와 비퇴(碑堆)가 서로 접하는가?"

두만강은 백두산의 여러 곳에서 발원한 물줄기들이 합류하여 형성된 강이다. 홍토수는 두만강 상류 수원 중에서도 가장 북쪽에 위치한 수원이다. 석을수, 홍단수, 서두수는 조금씩 더 남쪽에 위치해 있다.

덕옥은 도저히 이중하를 이해할 수 없었다. 조선과 청의 국경선을 정하는 문제는 1712년 오라총관 목극등이 세운 백두산정계비에 따라 압록강과 두만강의 수원이 갈라지는 분수령을 찾아내기만 하면 끝나는 간단한 문제였다.

이중하가 주장하는 홍토수는 압록강과 두만강의 수원이 갈라지는 분수령이 분명 아니다. 홍토수와 홍단수 사이의 땅도 그리 넓은 것이 아니다. 그런데도 불구하고 이중하는 홍토수가 양국의 국경선이 되어야 한다고 주장하고 있었다.

그래서 덕옥이 백두산정계비로부터 흙과 돌을 쌓아 만든 국경선인 석퇴, 토퇴와 홍토수가 연결되는지 물은 것이다.

"비퇴가 홍토수와 접한다면 어찌 분쟁이 있겠습니까?"

"조선은 복류(伏流) 40리라 하였는데 동붕수(董棚水)를 조사하니 홍토수에 접하던가?"

홍토수는 개울물처럼 흐르다가 지하로 복류한다. 그 복류한 물이 하류의 동붕수로 이어지는지를 묻는 질문이다.

"접하지 않습니다."

이중하의 대답에 덕옥은 내심 쾌재를 불렀다. 홍토수가 백두산정계비에 관한 기록과 부합하지 않는다는 점을 이중하가 인정하는 것이기 때문이다.

덕옥이 조사한 바에 의하면 서쪽으로 압록강, 동쪽으로 두만강에 접하는 분수령은 바로 홍단수다. 백두산정계비는 원래 홍단수 근처에 있어야 맞다. 분명 누군가가 천지 근처로 옮겨놓은 것이 분명했다.

이제 이중하가 홍토수를 포기하고 홍단수를 인정하기만 하면 감계의 업무가 종료되는 것이다.

"홍토수는 비퇴와도 연결되지 않고 동붕수로 이어지지도 않으니 어떤가? 정계비가 증거가 되지 않음은 이미 알고 있었다. 이 비가 원래 어디에 있었고 누가 옮겼는지는 차마 말할 수 없다."

'또 그 말이로군.'

이중하가 속으로 되뇌었다. 덕옥은 백두산정계비가 원래 홍단수 근처에 세워졌는데, 누군가 지금의 위치로 옮겼다는 말도 안 되는 주장을 하고 있었다.

백두산정계비는 압록강과 토문강의 분수령인 지금의 위치에 세워진 것이 분명하다. 청은 토문강 대신 두만강을 국경으로 만들려고 억지 주장을 하고 있었다.

"백두산정계비가 옮겨졌는지의 여부는 국경선을 결정하는 데 매우 중요한 문제입니다. 귀관이 그 경위를 알고 있다면 명백히 밝혀야 할 것입니다. 도대체 누가 정계비를 옮긴 것입니까?"

"그건 말할 수 없다."

"그 일은 명명백백하게 밝히지 않으면 안 되는 일인데, 어찌 밝히지 않는 것입니까?"

"……."

덕옥이 입술을 깨물었다. 심증만 있을 뿐 물증이 없었다. 그래서 생각해낸 것이 백두산정계비는 압록강과 두만강을 양국의 국경으로 삼는다고 기록한 것일 뿐, 정계비를 세운 자리가 국경선은 아니라는 것이었다. 하지만 궁색했다. 차라리 비가 옮겨졌다고 하는 편이 더 설득력이 있었다. 그래서 비가 옮겨졌다고 주장하고 있는 것이다.

"정계비는 옮길 수 있다고 하더라도 석퇴와 토퇴는 어떻게 옮길 수 있겠습니까? 경계선을 따라 심어놓은 나무가 아름드리가 되지 않았습니까?"

1712년 오라총관 목극등은 정계비를 세운 뒤 수류를 따라 경계선을 구축하라고 명하였고, 조선은 목극등의 지시대로 돌과 흙을 쌓고 목책을 만들었다. 그때 경계선을 따라 심은 나무가 벌써 170년 이상 자라 아름드리가 되어 있었다.

"퇴는 우리 조정이 장백에 제사 드리러 가는 길의 표식일 뿐이다."

"목극등이 정계비를 세울 때 주고받은 공문이 있는데 그것이 말이 됩니까?"

덕옥은 할 말이 없었다.

이 문제에 관해 이야기하다 보면 다시 양국의 경계가 압록강과 토문강이라는 논쟁으로 돌아가고 말 것이다.

2년 전 회담에서도 이것 때문에 얼마나 애를 먹었던가.

다시 그 논의로 돌아갈 수는 없었다. 어떻게든 이번에 결론을 내야만 했다.

"귀관은 홍토수 이외의 물은 일체 고려하지 않는데, 그 이유가 무엇인가?"

"홍토수 이외의 물을 논하는 것은 조선의 땅을 축소시키는 것입니다. 내가 어찌 이를 논할 수 있겠습니까?"

덕옥이 심호흡을 하며 마음을 가다듬었다.

조선과 청의 국경은 압록강과 두만강이 분명하다. 압록강과 두만강이 갈라지는 분수령에 백두산정계비가 세워졌을 것이다. 바로 홍단수다.

"이제 모든 수류를 조사하였으니 귀관은 감정에 치우치지 말고 공정하게 말해보라."

덕옥은 마지막으로 기회를 주었다.

홍토수는 도저히 말이 되지 않는다. 두만강과 압록강의 분수령이라고 할 수도 없고 땅속으로 복류하여 동봉수와 만나지도 않는다. 마땅히 홍단수가 답이 되어야 한다.

덕옥은 차마 기대를 버리지 못하고 이중하의 입을 바라보았다.

"공정하게 말하자면 홍토수가 맞습니다."

이중하는 덕옥의 애원하는 듯한 눈을 마주보며 단언하였다.

순간 덕옥의 얼굴색이 변하였다. 상국의 관리로서 체통을 지키며 시종일관 위엄을 잃지 않고 온화한 표정을 유지하던 인내심이 드디어 바

닥을 드러내고 만 것이다.

"그것이 진정 공정하단 말인가?"

덕옥이 솟구치는 분을 누르며 되물었다.

"수백 년 동안의 옛 경계를 찾는 일입니다. 입장을 바꿔 생각해보면 당연한 결론인데 어찌 그리 화를 내십니까?"

덕옥은 이중하가 비아냥거리는 것만 같아 더욱 화가 났다.

"그렇게 나온다면 더 이상 논의할 것도 없이 홍단수로 결정할 것이다."

"홍단수는 이미 조선의 땅일 뿐입니다. 귀관이 그렇게 결정한다고 하더라도 따를 수 없습니다. 상세히 지도를 그려 보고하면 상부에서 결정할 일입니다. 우리가 이렇게 논쟁할 필요가 뭐 있습니까? 이번 일은 단지 구계(舊界)를 밝히는 것인데 귀관은 어찌하여 자꾸 신계(新界)를 정하려고 합니까? 대소국 300년 이래 구계가 명백하지 않습니까?"

청과 조선의 국경은 1627년 정묘호란 때 강도회맹에 의하여 정해졌다. 이중하가 이를 상기시킨 것이다.

"구계를 누가 아는가? 귀관이 아는가?"

"홍토수가 구계입니다."

"귀관이 그 흐름이 동봉수와 접하지도 않고 정계비와도 접하지 않음을 알면서도 홍토수를 고집한단 말인가? 오늘 결정하지 않으면 하산할 수 없다. 귀관은 다시 말해 보라."

덕옥이 호통치듯 말하고 이중하를 노려본다.

이중하가 잠시 눈을 감았다가 뜨더니 처연한 목소리로 말한다.

"내 머리를 자를 수는 있어도 조선의 국토를 잘라낼 수는 없습니다. 국가의 경계가 있는데 어찌 이리 강박하는 것입니까?"

어떻게든 이번 회담을 결렬시켜야만 하는 토문감계사 이중하는 피를 토하는 심정으로 한마디 한마디를 뱉어냈다.

사실 홍토수는 말이 되지 않는다. 이중하도 이를 잘 알고 있다. 압록강과 두만강의 분수령이라고 한다면 홍단수가 되어야 한다. 하지만 토문강이 아닌 두만강을 국경으로 만들어 버릴 수는 없었다. 청은 토문강이 아닌 두만강을 국경선으로 강요하고 있었다. 홍단수를 인정하면 모든 것이 끝나 버린다.

백두산정계비는 분명 압록강과 토문강이 양국의 경계라고 기록하고 있다. 또한 정계비가 세워진 지점에서 솟는 물은 분명 토문강으로 이어지고 있다.

처음부터 이중하는 청이 도저히 받아들일 수 없는 홍토수를 주장함으로써 회담을 결렬시킬 작정이었다.

'조금만 더. 조금만 더 참으면 이번 회담을 결렬시킬 수 있다. 추후 다시 논의할 기회가 있을 것이다. 우리 강토를 지킬 수만 있다면 이 한 목숨 결코 헛되지 않으리라.'

회담은 그렇게 결렬되었다.

그리고 135년 뒤.

제1부
◇◇◇◇◇

공약

2022년 12월 22일 수요일.

대한민국 제20대 대통령을 선출하는 투표가 실시되고 있다. 투표소마다 새벽부터 줄이 끊이지 않고 이어지고 있다. 여야 대통령 후보들의 대결이 결과를 예측할 수 없을 만큼 박빙이기도 하지만 헌법개정안에 대한 찬반투표가 투표율을 높이는 데 한몫하고 있었다.

이번 헌법 개정에는 대통령 5년 단임제를 중임제로 변경하는 것을 포함하여 권력구조상의 중대한 변화가 포함되어 있었다. 다만, 영토조항의 존치 여부가 논의되었지만 이번 개정안에는 포함되지 않았다.

대한민국 헌법 제3조 대한민국의 영토는 한반도와 그 부속도서로 한다.

북한과의 관계는 여전히 좋지 않았고 3대째 권력을 세습하고 있는 북한은 체제를 안정시켜 가고 있었다.

1945년 미소분할점령에 의하여 초래된 한반도의 분단이 벌써 77년째 계속되고 있는 것이다.

영토 조항의 삭제 문제는 직접적으로는 북한과, 간접적으로는 간도와 연해주 등 잃어버린 한민족의 영토를 되찾아야 한다는 국민들의 열망과 관련되어 있었다.

통일이 성사될 무렵 영토 문제를 다루어야 한다는 대다수 학자들의 주장에 따라 그동안 문제를 제기하는 것 자체가 보류되어 왔다. 하지만 언제 이루어질지 모르는 통일을 기다리며 한없이 미뤄두고 있을 수는 없다는 인식이 확산되었고 급기야 야당 대통령 후보는 고토회복을 공약으로 제시하였다.

중국과의 관계 악화를 우려하는 여당과, 짚을 것은 짚어야 한다는 야당의 주장이 팽팽히 대립한 상황에서 국민들의 심판을 기다리고 있었다.

다음 날 새벽, 대한민국 국민들은 엎치락뒤치락 박빙의 승부 끝에 야당 후보자가 환호하는 모습을 지켜보았고 헌법개정안은 절대 다수의 찬성으로 통과되었다.

2018년 독도반환청구소송 승소 이후 일상으로 돌아와 평온한 생활을 하고 있던 김명찬 변호사가 대통령 당선자로부터 연락을 받은 것은 일주일 뒤의 일이었다. 대통령 당선인은 간도반환청구소송을 준비해 달라고 했다.

김 변호사는 일언지하에 거절하고 싶었다. 독도반환청구소송을 진행하면서 얼마나 노심초사했던가. 다시는 그렇게 부담스러운 소송은 하고 싶지 않았다. 하지만 차마 냉정하게 거절할 수는 없었다. 생각할 시간을 달라고 하는 수밖에.

2023년 1월 4일 저녁 6시.

"교수님, 건강하시죠? 작년에 따님 결혼식 때 뵙고 처음이네요. 손주도 잘 크고 있지요?"

김명찬 변호사와 강지성 교수가 인사동 한정식 집에서 저녁식사를 하고 있다.

"나도 벌써 환갑이 넘었네요. 참 실감이 안 납니다. 옛날 같으면 벌써 뒷방 늙은이 신세인데. 그나저나 김 변호사는 언제 국수를 먹여줄 참이오? 한 교수도 잘 지내고 있지요?"

"네. 잘 지내고 있을 겁니다. 요즘 뭐가 그리 바쁜지 저도 얼굴 본 지 한참 됐습니다. 세미나네 학회네 하며 계속 해외 출장입니다."

"그래요. 한참 왕성하게 활동할 나이지요. 그건 그렇고, 무슨 이야기를 하려고 새해 벽두부터 보자고 한 겁니까?"

강 교수가 술잔을 들어 입가로 가져가며 김 변호사를 빤히 바라본다.

"교수님, 간도반환청구소송이 승산이 있을까요?"

"연락이 왔군요. 돌아가는 상황을 보면서 김 변호사에게 연락이 가지 않을까 생각하고 있었는데."

강 교수가 들었던 잔을 천천히 비우고 내려놓는다.

"간도는 독도와는 차원을 달리하는 문제입니다. 독도는 우리가 점유하고 있던 것이지만 간도는 중국이 점유하고 있습니다. 그것도 1909년 간도협약 이후 지금까지 무려 113년입니다. 게다가 지금까지 단 한 번도 문제를 제기한 적이 없습니다. 일본은 이승만 라인 선포 이후 계속 문제를 제기하여 독도를 분쟁지역으로 만드는 전략을 사용했지만 우리는 그러지 못했습니다. 엄청난 차이예요.

대한민국은 1948년 8월 정부를 수립했고, 그해 12월 12일 유엔으로부터 국가 승인을 받았습니다. 우리는 자주독립국가로서 우리 영토를 무단 점유하고 있는 중국에게 간도를 반환하라고 요청했어야 했는데, 지금까지 75년 동안 단 한 차례도 이런 요청을 하지 않았습니다. 국제사법재판소는 우리가 중국의 간도 점유를 묵인한 것으로 볼 겁니다. 안타깝지만 승산이 없어요.

더군다나 북한이 1962년 조중변계조약을 체결하여 두만강과 압록강을 국경으로 정해버렸습니다. 중국은 북한과 이미 합의했기 때문에 벌써 끝난 문제라고 받아칠 겁니다.

이번에 대통령 선거를 보며 만시지탄(晚時之歎)을 느꼈습니다. 간도 소송을 하자는 것이야말로 감정적 민족주의에 불과합니다."

말을 마친 강 교수가 빈 술잔에 손을 가져간다. 김 변호사가 얼른 술병을 들어 잔을 채운다.

"그러면 어떻게 해야 하죠? 그렇다고 손 놓고 있을 수도 없잖아요. 대통령 당선인의 공약이고 게다가 소송을 해야 한다는 여론이 압도적인데."

"그래도 어쩔 수 없습니다. 괜시리 뒷북치다 지고 나면 나중에 어떻게 해볼 기회조차 없어지고 맙니다."

"늦었다고 생각할 때가 가장 빠른 때라는 말도 있지 않습니까?"

"너무 늦었어요."

2023년 1월 8일 인천국제공항.

"교수님, 잘 다녀오셨습니까?"

한서현 교수가 나오는 것을 본 김 변호사가 얼른 다가가 가방을 잡으며 장난스럽게 인사를 건넨다.

"변호사님, 여긴 어떻게요?"

한 교수의 얼굴에 반가워하는 기색이 역력하다. 요즘 들어 한 교수는 귀국 일정을 잡지 않고 출국하는 일이 많았다.

"한 교수님 몰래 정보통을 만들어놨죠."

"아, 박 조교가 알려줬군요?"

김 변호사의 차가 영종대교를 지나가고 있다. 바닷물에 비친 저녁놀이 붉게 물들어 있다.

"저녁놀이 정말 예쁘네요. 오랜만에 돌아오니 모든 게 새로워요."

"요즘 중국 출장이 잦은 것 같은데… 중국에 무슨 일이 있나요?"

"네. 1년 전부터 북방 여진족에 관해 연구 중이거든요."

한 교수의 대답에 김 변호사가 예민하게 반응했다. 한 교수는 그동안 여진족에 관해 연구한다는 말은 전혀 하지 않았다. 여진족은 바로 만주족, 청의 지배세력 아닌가?

"여진족이 아직도 남아 있나요?"

"그럼요. 만주족이라는 이름으로 정체성을 되찾기 위해 노력하고 있어요. 하지만 중국의 정책 때문에 쉽지 않은 상황이에요."

"중국의 정책이라니요?"

"중국은 중화민족이라는 미명하에 민족융합정책을 추진하고 있어요. 한족과 소수민족 간에 갈등이 생길까 봐 노심초사하고 있지요."

"그게 무슨 말이죠?"

"중국에는 한족을 비롯한 56개의 민족이 살고 있어요. 원래 중국은 한족의 나라지만 영토가 확장되다 보니 주변의 많은 민족들을 흡수하게 되었죠. 하지만 무력에 의하여 합병된 소수 민족들은 끊임없이 독립 움직임을 보이고 있어요. 몽골, 티베트, 위구르가 특히 그렇지요."

"티베트가 중국으로부터 독립하려고 하는데 중국이 막으려고 안간힘을 쓰고 있다는 것은 알고 있습니다."

"티베트는 2차 세계대전 무렵 독립 국가를 수립하려다가 실패했어요. 지금도 독립하려고 노력하고 있지요. 신장 위구르족도 마찬가지고요."

"만주족은 어떤가요?"

"청은 만주족이 세운 나라였어요. 1616년 누르하치가 부족을 규합하여 후금을 세웠고, 청으로 국호를 바꾼 후 중원을 정복하고 중국 본토로 들어갔습니다. 하지만 중원으로 들어간 만주족은 한화(漢化)되고 말았고 거센 역사의 소용돌이 속에서 민족성을 상실하게 되었어요. 하지만 뜻있는 사람들이 만주족의 정체성을 회복하려고 노력하고 있어요."

한 교수의 이야기를 들으면서 김 변호사는 간도소송에 대해 생각하고 있었다. 독도반환청구소송을 같이했던 한 교수와 간도소송도 같이하게 될지 모른다는 생각이 들었던 것이다.

어느덧 김 변호사의 차가 내부순환로를 거쳐 정릉IC를 빠져나가고 있었다. 한 교수는 학교에서 가까운 길음뉴타운에 살고 있었다.

"이번에 간도소송을 하게 될지도 모르는데 도와줄 거죠?"

"간도소송이라니요?"

"대통령 당선인으로부터 연락이 있었습니다. 간도소송을 맡아 달라고 하더군요."

"안 돼요. 맡지 마세요. 간도는 독도하고는 완전히 달라요. 이길 수 없을 거예요. 뒷감당을 어떻게 하려고 그러세요."

김 변호사는 당황스러웠다. 강 교수와 한 교수 모두 간도소송에 대해 부정적이었다. 도대체 왜 그러는 것일까? 뭔가 이유가 있을 텐데.

김 변호사는 국회전자도서관에 들어가 자료를 검색해보았다. 뜻밖에도 강 교수와 한 교수 이름으로 된 간도 관련 논문들이 많았다. 김 변호사는 논문들을 모두 출력하여 꼼꼼하게 읽어보았다.

1627년 강도회맹

1712년 백두산정계비

1885년 을유감계회담

1887년 정해감계회담

1904년 조중변계선후장정

1909년 간도협약

1962년 조중변계조약

논문들은 주로 이러한 역사적 사건들을 다루고 있었다.

강 교수의 논문들은 대부분 정부가 하루속히 용단을 내려 중국에 간도 문제를 제기해야 한다는 당부로 끝나고 있었다. 강 교수가 만시지탄을 느낀다는 말이 무슨 의미인지 알 수 있었다.

한 교수의 논문은 주로 백두산정계비가 건립될 당시의 상황과 두 차례의 감계회담, 간도협약 체결 당시의 역사적 상황들에 관한 것이었다.

3일 뒤.

김 변호사가 서울대 법학전문대학원에 있는 강지성 교수의 연구실을 찾았다. 마침 강 교수는 혼자 있었다.

"아니 김 변호사. 웬일입니까? 연락도 없이."

"뵙고 싶어서 와봤습니다. 여쭤볼 것도 있고요."

"이거 어쩌죠. 오늘은 조교가 쉬는 날인데. 차라도 한잔 대접해야 하는데, 방도 좁아서."

강 교수의 방은 그야말로 미로였다. 교수실인지 도서관인지 모를 정도로 책장이 줄줄이 서 있다. 책장 사이로 비집고 들어가니 안쪽에 책상이 있고 그 앞에 의자 하나가 놓여 있다.

"빈손으로 오기 뭐해서 사왔는데, 그냥 이걸 드시지요."

김 변호사가 선물로 가져온 드링크제를 꺼내 책상 위에 올려놓는다. 책상 위에도 책과 논문들이 수북이 쌓여 있다.

"집에 전화 드렸더니 연구실에 가셨다고 해서 와봤습니다. 겨울방학이라 수업은 없으실 테고 연구실에 계실 것 같아서요."

"방이 누추해서 미안합니다."

"방은 좋은 것 같은데요. 교수님이 잘 못 쓰셔서 그렇지."

김 변호사가 농담을 하자 강 교수가 껄껄 웃는다.

"하긴 그렇지요. 나 같은 사람한테 이런 방을 준 것만 해도 감지덕지지요. 그건 그렇고 웬일입니까? 용건도 없이 먼 길을 오셨을 리는 없을 테고."

김 변호사가 안경을 벗어 내려놓고 가방에서 논문들을 꺼내놓는다.

"교수님께서 간도에 관해 쓰신 논문들입니다. 며칠 동안 이 논문들을 읽어봤습니다. 궁금한 것도 있고 해서 찾아뵌 것입니다."

"그걸 기어이 해보겠다는 겁니까? 저번에 그렇게 말렸는데."

"아직 결정된 것은 아닙니다. 뭘 알아야 결정하지요. 우선 내용을 정확하게 파악해보고 결정할 생각입니다. 안 될 일 같으면 안 된다고 말해주어야죠."

"그건 그렇군요."

"교수님께서 쓰신 논문들을 보면 간도협약은 무효이고, 백두산정계비나 강도회맹에 비추어볼 때 간도는 당연히 한민족의 영토라고 결론내리고 계시던데요. 이런 결론이면 소송이라도 해서 찾아와야 하는 것 아닌가요?"

"저번에도 이야기했지만 크게 세 가지 문제점이 있습니다. 첫째,

1962년 북한이 중공과 조중변계조약을 체결하여 간도를 넘겨주었다
는 것입니다. 북한은 당시 압록강과 두만강을 국경으로 삼고 천지를
반분했습니다. 조중변계조약이 유효하다면 어떻게 해볼 도리가 없습
니다. 둘째, 간도협약이 체결된 지 100년도 더 되었다는 점입니다. 시
간이 너무 많이 흘렀습니다. 취득시효가 인정되고도 남을 시간입니다.
셋째, 결정적으로 대한민국이 그동안 한 번도 문제를 제기하지 않았다
는 점입니다. 이것은 국제법상 묵인으로 인정될 가능성이 아주 높습니
다. 이러한 문제들을 극복하지 못하는 한 승산이 없습니다."

"이 문제들을 극복할 방법이 없습니까?"

"일부 뜻있는 학자들이 정부에 제발 문제를 제기하라고 촉구해왔지
만 지금까지 아무런 조치도 취해지지 않았습니다. 이미 되돌릴 수 없
을 정도로 많은 세월이 흐르고 말았습니다. 하는 수 없이 학자들은 통
일을 변수로 생각하며 통일이 되기만을 학수고대하고 있습니다. 통일
이 될 때 뭔가 방법이 생기지 않을까 하는 것입니다."

"전쟁 등 비정상적인 상황도 염두에 두고 있단 말인가요?"

"물론입니다. 정상적인 방법으로는 힘들기 때문에 비정상적인 방법
에 기대를 거는 사람들도 많습니다. 가령 남북한 간에 전쟁이 일어나
거나 간도에 무슨 변고가 생기는 경우지요. 하지만 이런 것들은 공개
적으로 이야기할 수 있는 것이 아닙니다."

강 교수의 이야기를 듣고 있던 김 변호사가 문득 갈증을 느끼고 드
링크제를 들어 입으로 가져간다. 그 모습을 지켜보던 강 교수가 김 변
호사에게 물었다.

"김 변호사는 간도를 왜 되찾아야 한다고 생각합니까?"

"네? 간도가 원래 우리 땅이기 때문에 찾아와야 하는 것 아닌가요?"

"단지 그것뿐입니까?"

"……?"

"간도는 우리가 일본으로부터 해방될 수 있었던 원동력을 제공해준 땅입니다. 일본은 1909년 간도협약으로 간도를 청에 넘겨줬습니다. 하지만 아이러니하게도 일본이 넘겨준 간도가 있었기에 독립운동을 할 수 있었습니다. 소도 비빌 언덕이 있어야 한다는 말이 있지요. 간도는 우리 한민족이 비빌 수 있는 언덕이었습니다.

간도에는 많은 한민족이 살고 있었습니다. 김좌진 장군의 청산리 대첩, 홍범도 장군의 봉오동 전투, 선구자의 일송정, 윤동주의 서시 같은 것도 모두 간도가 있었기 때문에 가능했던 것입니다.

간도는 식민지 시절 한민족의 명맥을 이어준 또 하나의 조선이었습니다. 일본에게 독립운동의 터전이 되는 간도는 눈엣가시였습니다. 그래서 간도참변을 일으켜 우리 조상들을 무참히 살육해버렸죠. 독립을 위해 싸우던 조상들이 간도에 잠들어 있습니다. 이런 간도를 내버려두어서야 되겠습니까?"

강 교수의 연구실을 나온 김 변호사가 이번에는 성신여대로 향했다. 한 교수를 찾아가는 것이다.

강 교수가 우려하는 것은 결국 두 가지였다.

- 북한이 조중변계조약에 의하여 처분해버린 간도를 무슨 법리로 되찾을 것인가?
- 100년이 넘는 세월 동안 간도를 점유해온 중국의 실효지배 주장을 어떤 법리로 극복할 것인가?

생각할수록 골치 아픈 문제였다. 차는 어느덧 돈암동 성신여대에 도착했다. 김 변호사는 주차를 하고 한 교수의 연구실로 올라갔다. 한 교수는 방에 없었다. 연락을 하지 않고 왔으니 어쩔 것인가? 김 변호사는 얼른 한 교수의 핸드폰으로 전화를 걸었다.

"네. 변호사님?"

"시차 적응은 끝났습니까?"

"중국하고 우리하고 얼마나 차이가 난다고 시차 적응이에요?"

"지금 어딥니까? 연구실 앞에 와 있는데."

"연락도 없이 오시면 어떻게 해요. 조금만 계세요. 도서관이니까 얼른 갈게요."

10분 정도 지나니 엘리베이터 문이 열리고 한 교수가 내린다. 김 변호사는 아예 엘리베이터 앞에서 기다리고 있었다.

"오는 길에 전화라도 하시지, 멀리 있었으면 어쩌려고 그랬어요?"

"계실 것 같은 예감이 들어서 이렇게 온 겁니다. 너무 야단치지 마세요."

한 교수의 뒤를 따라 연구실로 걸어가며 김 변호사가 변명하듯 이야기한다. 한 교수가 연구실 문을 열고 불을 켠다.

"정말 웬일이세요? 연락도 없이."

"물어보고 싶은 게 있어서요. 한 교수님이 간도 전문가인 줄 몰랐습니다. 간도에 관해 쓴 논문들이 많던데요. 원래 독도 전문가 아닌가요?"

"독도에 대해 연구하다 보면 자연스럽게 간도에 대해서도 관심을 갖게 돼요. 간도 전문가들이 독도에 관심을 갖는 것과 비슷한 현상이죠. 시대적 배경도 비슷하고요. 그런데 궁금한 게 뭐예요?"

"간도소송을 하면 안 되는 이유입니다. 귀국하는 날 그랬잖아요? 도 대체 간도소송을 하면 안 된다는 이유가 뭡니까?"

"그거요. 혹시 강 교수님 만나 보셨어요?"

한 교수가 눈을 가늘게 뜨고 바라본다.

"네."

"뭐라고 하시던가요?"

"그게, 강 교수님도 쉽지 않을 거라고 하시던데요."

"왜요?"

"북한이 중국과 조약을 체결해서 간도를 넘겨줘 버렸고, 중국이 간 도를 점유한 지 너무 오래 되었다고요. 괜히 소송을 걸었다가 지고 나 면 나중에 어찌해볼 여지마저 없어진다고 걱정하셨습니다."

김 변호사의 이야기를 들은 한 교수가 심각한 표정으로 입을 연다.

"문제는 그것뿐만이 아니에요. 그것들은 법적인 문제들이고 현실 적인 문제도 심각해요. 만주와 요동, 연해주 일대가 우리 한민족의 터 전이었다는 것을 증명하기가 쉽지 않아요. 중국은 오래전부터 사료를 왜곡하는 작업을 해왔고 우리 문화유산들을 중국 것으로 둔갑시켜버 렸어요. 게다가 이 지역 유적지에 접근할 수 없다는 점도 큰 걸림돌이 에요."

"중국은 우리가 자유롭게 여행할 수 있는 나라잖아요?"

"역사 유적지를 빼고 그렇지요. 중국은 고구려와 발해의 역사 유적 지에 높은 담장을 치고 외국인들의 접근을 일절 금지하고 있어요. 이 미 작업이 끝난 곳만 일부 개방할 뿐이지요. 결국 우리는 현장 답사도 하지 못한 채 기록에 의존할 수밖에 없어요. 그런데 그나마 대부분의 자료들이 일제 식민지 시절에 소실되어버렸어요."

"뭐라고 하는데요?"

"간도가 어디냐고 되묻습니다. 간도라는 말을 처음 들어본다는 거예요. 중국은 간도라는 표현뿐만 아니라 만주라는 표현도 사용하지 않아요. 동북3성이라고만 하죠. 게다가 이 지역에 한민족과 관련된 지명들은 모조리 중국식으로 바꾸어버렸어요. 특히 문화혁명 당시 피해가 많았어요. 조선족 지식인들은 모조리 숙청되었고 한민족의 풍속도 많이 사라졌어요."

"지명들을 바꿨다고요?"

"네. 압록강을 사이에 두고 신의주와 마주보고 있는 중국 단동(丹東)에서 북쪽으로 60킬로미터쯤 가면 '변문(邊門) 마을'이 있어요. 변문은 책문(柵門)이라고도 하는데 국경검문소를 말하는 거예요. 변문 마을이라는 것은 '국경검문소가 있는 마을'이라는 뜻이지요."

이 마을에는 '일면산역(一面山驛)'이 있다. 원래 이름은 '고려문역(高麗門驛)'이었는데, 1962년 류사오치(劉少奇) 주석이 조중변계조약을 체결하고 열차를 타고 돌아오던 길에 바꾸라고 하여 바뀌었다고 한다. 이 마을의 우체국, 경찰서, 슈퍼마켓까지 모두 변문이라는 지명을 쓰고 있다. 당시 고려문역 직전의 고려문교역(高麗門橋驛)은 아예 폐쇄되었고, 마을 남쪽의 '조선촌(朝鮮村)'은 '탕하(湯河)'로 이름이 바뀌었다.

"요녕성 본계현의 박가보촌이나 하북성 청룡현의 박장자촌은 조선족 마을로 동성동본 금혼 풍습이 아직도 남아 있어요. 그런데 이런 마을들이 점점 사라져가고 있어요. 조선족자치구의 조선족 숫자도 점점 줄어들고 있는 상황입니다."

한 교수의 이야기에 김 변호사가 할 말을 잊고 만다. 잠시 후, 김 변호사가 정신을 가다듬고 묻는다.

"만주하고 간도는 어떻게 구별하죠?"

"흔히 만주라고 하면 요녕성, 길림성, 흑룡강성과 내몽고자치구 동쪽 일부를 가리켜요. 만주를 남북으로 갈라서 북만주와 남만주로 나눌 수 있는데 간도는 대체로 남만주 지역에 해당한다고 할 수 있어요."

"봉금지역, 봉금선이라는 개념이 나오던데 정확하게 어떤 건가요?"

"1627년 강도회맹에 대해서 읽어보셨죠?"

"네. 정묘호란 때 전쟁에 패한 조선이 후금과 체결한 강화조약이죠. 조약문에 '각전봉강(各全封疆)', 각자의 경계를 봉하여 온전히 지키기로 한다고 되어 있다면서요?"

"정말 기억력 하나는 끝내주네요. 맞아요. 강도화약조건(江都和約條件) 제3조가 그렇게 되어 있어요. 당시에는 국경이 선의 개념이 아니라 지역 개념이었어요. 양국 사이에 완충지대를 만들어 분쟁이 일어나지 않게 한 거죠. 휴전선 근방의 비무장지대와 비슷하다고 할 수 있는데 이 지역이 바로 봉금지역이고, 봉금지역의 경계선이 바로 봉금선이에요.

'각자의 경계를 봉하여 온전히 지키기로 한다'고 하였으니 당시 후금의 봉금선과 조선의 봉금선이 있었을 거예요. 문제는 그 봉금선이 어디였는가 하는 것이에요."

"그럼 당시 청의 봉금선과 조선의 봉금선을 찾으면 국경지역을 확정할 수 있겠네요?"

"그렇지요."

"간도협약과의 관계는 어떻게 되죠? 일본이 간도협약을 통해 청에 넘겨준 지역을 간도라고 보아야 하는 것 아닌가요?"

"간도협약에 의해 다루어진 지역이 간도의 일부임에는 틀림없어요. 하지만 방금 이야기한 것처럼 청과 조선의 봉금선 사이에 무인국경지대 전부를 간도로 본다면 간도는 훨씬 더 넓은 지역이라고 할 수 있어요."

"그러니까, 강도회맹에 의하여 설정된 간도라는 지역을 놓고 많은 역사적 사건들이 일어났다는 거네요. 백두산정계비건립, 감계회담, 선후장정, 간도협약, 조중변계조약 등."

2023년 1월 25일.

종로에 마련된 대통령직인수위원회 사무실에서 대통령 당선인과 김 변호사가 이야기를 나누고 있다.

김 변호사는 강 교수와 한 교수의 이야기를 종합하여 상황을 설명하고 사양 의사를 명확히 했다. 하지만 대통령 당선인도 만만치 않았다.

"나도 알아볼 만큼 알아봤습니다. 물론 질 가능성이 높다는 것도 알고 있습니다. 하지만 소송은 필연이고 누군가는 해야만 합니다. 이걸 누구에게 맡기겠습니까? 국민들도 질 수 있다는 점을 알고 있습니다. 국민들의 뜻은 '그냥 이대로 놔둘 수는 없다. 소송을 통해 의지를 보여주어야 한다. 설사 지더라도 할 수 없다'는 것입니다."

문득 강 교수가 했던 질문이 떠올랐다.

"당선인께서는 왜 간도를 되찾아야 한다고 생각하시는 겁니까?"

김 변호사의 질문에 대통령 당선인이 말을 멈추고 김 변호사를 빤히 바라본다. 망설이는 듯하더니 이내 이야기를 시작한다.

"제가 어렸을 때 한 가지 의문이 있었습니다. 저는 할아버지를 본 적도 없고 할아버지 묘소에 성묘를 드린 적도 없습니다. 명절 때면 어김없이 선산을 찾아 인사드렸는데 할아버지 묘만 없었습니다. 한번은 너무 궁금해서 아버지께 여쭤보았지요. 아버지는 어린 저에게 이런저런 설명을 해주셨는데 할아버지께선 1910년 한일합방이 되자 가산을 정리하여 간도로 가셨고 그곳에서 독립운동을 하셨답니다. 일본 관동군과의 전투에서 돌아가셨는데 워낙 급박한 상황이라 시신조차 수습할 수 없었다고 합니다. 할아버지를 잃은 아버지는 간도에서 온갖 고생을 하시다가 해방 후 할머니를 모시고 서울로 오셨습니다. 고향으로 가고 싶었지만 빈손이라 가지 못했고 명절 때만 성묘하러 갔습니다. 아버지는 서울에서 온갖 힘든 일을 하시면서 가정을 꾸리셨는데 할아버지에 대한 원망도 많이 하셨습니다. 독립지사의 아들이라는 것 때문에 오히려 더 힘들었다고 하시더군요. 김 변호사님, 역대 정부가 간도에 대해 적극적으로 영유권을 주장하지 못한 이유가 무엇인지 아십니까?"

"중국과의 외교관계를 고려했기 때문이잖아요. 오랜 냉전이 끝나고 중국과 수교하게 되었는데 간도 문제로 인해 한중관계가 악화되면 국익 차원에서 여러 가지 손실이 발생한다는 것 아닌가요?"

"그건 표면상의 이유에 불과합니다."

"표면상의 이유라고요?"

"네. 간도 문제는 친일파 문제와 관련이 있습니다. 간도는 항일운동의 터전으로 많은 독립운동가들이 활동했던 지역입니다. 간도 문제가 불거지면 독립운동가들이 재조명되고 필연적으로 친일파 문제가 대두되게 되어 있습니다. 버젓이 정치판에서 행세하고 있던 친일파들이 중국과의 관계악화를 명분으로 간도 문제를 회피해버린 것입니다. 이제 세월이 흘러 친일파들도 모두 운명을 달리했기에 비로소 이 문제를 다룰 수 있게 된 것입니다. 저는 이번 기회에 친일파 문제도 청산하려고 합니다. 그 후손들이 문제인데, 친일은 당사자들의 문제일 뿐 후손들이 책임질 문제는 아닙니다. 선을 분명히 그어 국론이 분열되는 것을 막을 생각입니다."

김 변호사는 비로소 당선인의 의도를 알 수 있었다. 남북 분단과 6·25로 대한민국은 친일파를 청산하지 못해 그들은 기득권을 유지할 수 있었다. 아니 오히려 기득권을 확대 재생산해냈다. 친일파 청산은 반드시 이루어져야만 하는 대한민국의 과제였다. 독립운동가의 후손 인 대통령 당선인은 이 일을 하고자 하는 것이다.

"중국과의 관계는 어떻게 풀어갈 생각이십니까? 여러 가지 보복 조치 가 있지 않을까요? 당장 중국과의 교역에서 큰 문제가 발생할 텐데요."

"그 문제도 고민해봤습니다. 물론 마찰이 발생하겠지요. 하지만 우 리 속담에 '구더기 무서워서 장 못 담그냐'는 속담이 있습니다. 어차피 한 번은 겪어야 할 일입니다. 오히려 중국이 대범하게 나올 수도 있습 니다. 중국은 명분을 중시하는 나라입니다. 명분으로 접근할 생각입니 다. 더 큰 아시아의 번영을 위해 왜곡된 역사를 바로잡아야 한다는 것 이지요. '서로 앙금이 있어서는 더 큰 미래를 만들 수 없다. 차라리 국 제사법재판소의 판단을 받아 묵은 숙제를 깨끗이 정리하고 가는 것이 더 큰 발전을 만들어 낼 수 있다'는 명분을 제시할 겁니다."

당선인의 뜻을 알게 된 김 변호사는 소송 진행을 수락했다. 단, 한 가지 조건이 있었다. 독도반환청구소송을 진행했던 핵심 구성원들이 소송팀에 포함되어야 한다는 것이었다.

2023년 2월 10일 외교부 컨퍼런스룸.

"안녕하세요. 이렇게 다시 뵙게 되어 정말 반갑습니다. 강 교수님, 한 교수님, 그리고 김 변호사님. 모두 잘 지내셨지요? 독도소송 이후 이렇게 다시 모일 줄은 꿈도 꾸지 못했는데, 앞으로 잘 부탁드립니다. 언제든지 필요한 일이 있으면 말씀만 해주세요. 자 그럼, 김 변호사님."

이미주 사무관이 인사를 마치자 김 변호사가 앞으로 나와 인사한다.

"먼저 강 교수님과 한 교수님께서 이번 소송을 같이 하시기로 결심해주신 데에 진심으로 감사드립니다. 대통령 당선인께 독도소송팀이 모두 동참하면 하겠다고 말씀드렸지만, 실제로 이렇게 팀이 꾸려질 줄은 몰랐습니다. 기왕에 하기로 한 이상 최선을 다했으면 합니다. 저도 열심히 하겠습니다. 두 분 교수님께 많은 지도편달 부탁드립니다. 그럼 강 교수님의 인사 말씀을 청해 듣도록 하겠습니다."

"반갑습니다. 한 교수께서도 당해보셨겠지만 대통령 당선인께서 워낙 간곡하셔서 차마 거절할 수 없었습니다. 간도소송은 독도와는 달리 넘어야 할 산이 많습니다. 서로 지혜를 모아 필승 전략을 수립했으면 좋겠습니다. 저는 이제 늙어서 참신한 아이디어가 나올지 모르겠습니다. 이번 기회에 젊고 유능하신 분들의 기를 좀 받아야겠습니다. 잘해봅시다."

강 교수가 인사말을 마치고 자리에 앉자 한 교수가 일어선다.

"모두 건재하신 모습을 보니 너무 반갑고 좋습니다. 독도소송이 끝난 지 5년이나 지났는데 다들 그대로시네요. 다시 한 번 힘을 모아 좋은 결실을 맺었으면 좋겠습니다. 감사합니다."

한 교수가 인사를 마치자 김 변호사가 박수를 치며 이야기한다.

"자, 그럼 식사를 하러 가시지요. 추억도 회상할 겸 옛날 그 한정식 집으로 예약해두었습니다."

"변호사님, 북한에서 답이 왔습니다."

회의 도중 급하게 나갔던 이미주 사무관이 돌아와서 하는 말이다.

"그래요. 같이하겠답니까?"

"아니요. 북한은 소송에 참여할 수 없다고 답해왔습니다. 게다가 중국과의 관계 때문에 일절 관여하지 않겠답니다."

"그래요."

어느 정도 예상했던 일이었다. 북한의 중국 의존도는 훨씬 심화되어 있었다. 중국의 원조가 끊긴다면 북한 경제는 당장 파탄에 이르고 만다. 이런 상황에서 북한이 중국과 간도를 놓고 다툴 수는 없을 것이다.

"어쩌죠? 북한의 도움이 있어야 현장답사를 할 수 있는데."

한 교수가 걱정스러운 표정으로 말했다. 한 교수는 계속 북한의 협조가 필수적이라고 주장하고 있었다. 백두산정계비 건립 장소와 경계선 축조 현장을 답사하여 사실관계를 명확히 확정해야만 한다는 것이었다.

"할 수 없죠. 우리 힘만으로 해보는 수밖에. 별 다른 도리가 없잖아요?"

소송팀은 북한이 참여하지 않는 것을 전제로 소송전략을 수립해야만 했다.

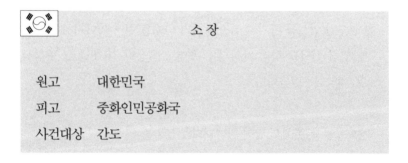

소 장

원고   대한민국
피고   중화인민공화국
사건대상   간도

청 구 취 지

"피고 중화인민공화국은 원고 대한민국에게 사건대상 간도를 반환하라"는 판결을 구합니다.

청 구 원 인

1. 사건대상 간도는 역사적, 국제법적으로 원고 대한민국의 영토임에도 불구하고 현재 피고 중화인민공화국에 의하여 불법 점유되고 있습니다. 이에 사건대상을 반환받고자 이 소송을 제기한 것입니다.

2. 사건대상은 역사적으로 고조선, 고구려, 발해, 고려, 조선의 영토였습니다. 1627년 3월 13일 조선은 청의 전신이었던 후금과 강도회맹(江都會盟)을 체결하여 서로의 국경을 침범하지 않기로 약속하였습니다.

강도화약조건(江都和約條件) 제3조
朝鮮國與金國 立誓 我兩國 已講和好 今後兩國 各遵誓約 各全封疆
(조선국여금국 입서 아양국 기강화호 금후양국 각존서약 각전봉강)
조선국과 금국은 서약하노니 양국은 이미 강화하였기에 지금부터 양국은 서약을 지키고 각자의 강역을 봉하여 보전하기로 한다.

　조선과 후금은 각자의 영토를 봉하여 서로 침범하지 않기로 하고, 양국 사이에 일종의 비무장지대라고 할 수 있는 무인국경지대를 설정하였습니다. 무인국경지대를 설정하여 무력충돌 가능성을 원천적으로 차단한 것입니다.

당시 국경은 선이 아닌 구역으로 정해졌는데, 강도회맹에 의하여 이러한 국경지대가 설정되었습니다. 이렇게 설정된 국경지대에는 양국 국민들의 출입을 금하는 봉금정책(封禁政策)이 실시되었습니다. 봉금정책은 1870년경 폐지되기 전까지 약 240여 년간 유지되었습니다.

무인국경지대를 설정하기 위해서는 땅이 필요합니다. 어느 나라의 땅이었을까요? 당연히 전쟁에 패한 조선이 제공한 땅이었을 것입니다.

3. 무인국경지대의 조선 측 군사분계선은 압록강과 두만강이었고, 후금 측 군사분계선은 '암반 - 봉황성 - 감양변문 - 성창문 - 왕청변문'을 연결한 선보다 25킬로미터 서쪽이었습니다. 이러한 사실은 1638년 청의 호부(戶部) 기록을 통해 알 수 있습니다.

압록강 하류 '암반'에서 '봉황성'을 거쳐 '감양변문(鹹陽邊門)'을 지나 '성창문(城廠門)'과 '왕청변문(汪淸邊門)'에 이르는 선에 국경표지 설치 공사를 실시하였다. 신계는 구계에 비하여 동쪽으로 50리를 더 전개하였다.

1638년에 설정된 새로운 경계선이 이전 경계선보다 50리(25킬로미터, 중국의 10리는 5킬로미터) 동쪽으로 더 확장되었다는 내용입니다. 청은 강도회맹에 위반하여 경계선을 조선 방면으로 확장했습니다. 봉금선을 조선 쪽으로 확장하는 일은 이후에도 계속됩니다.

어찌되었건 이 기록에 의하면 1627년 강도회맹 체결 당시의 군사분계선인 구계는 신계인 '암반 – 봉황성 – 감양변문 – 성창문 – 왕청변문'을 연결한 선보다 25킬로미터 서쪽에 있었다는 사실을 알 수 있습니다.

사건대상을 가리키는 명칭인 간도(間島)는 바로 이 무인봉금지역를 가리키는 것입니다. 양국 사이에 사람이 살 수 없는 섬처럼 되어 있는 이 지역을 '사이 간(間)', '섬 도(島)'자를 써서 간도라고 지칭한 것입니다.

4. 청은 강희제(1654~1722)에 이르러 전성기를 누리게 됩니다. 봉금지역은 사람의 출입이 금지되어 있었기 때문에 각종 희귀 특산물이 풍부했습니다. 특히 산삼과 인삼이 많았습니다. 당시 이것들은 아주 높은 가격에 거래되고 있었기 때문에 양국 백성들이 봉금지역 안에 몰래 들어가 인삼을 채취하는 등의 위법행위가 빈번하였습니다. 급기야 1710년 이만지 사건이 발생하게 됩니다. 삼을 채취하려는 조선의 백성들이 청의 백성들을 살해한 사건이었습니다.

강희제는 조선 측 봉금선이 분명하지 않기 때문에 이런 일이 일어나는 것으로 생각하고 관리를 파견하여 봉금선을 명확히 하라고 명하였습니다.

당시 태평성대를 이룩한 강희제는 국가 정체성을 찾으려고 노력하였고 청의 건국신화에 나오는 부쿠리(布庫里)산을 백두산(장백산)으로 해석하고 백두산을 청조의 발상지로 간주했습니다. 강희제는 스스로 확정한 청조의 발상지인 백두산을 청의 영토로 확보해두어야 한다는 생각을 하고 있었습니다.

이에 1712년 5월 15일 백두산 정상에서 남쪽으로 4킬로미터, 표고 2,200미터, 북위 42도 6분, 동경 128도 9분 지점에 경계표지석이 설치되었습니다. 이 경계표지석을 백두산정계비라 합니다.

백두산정계비는 1931년경에 소실되었지만 그 위치와 비문 내용은 여러 문헌들을 통해 고증되어 있습니다. 청은 경계표지석을 세운 뒤 조선으로 하여금 돌과 흙을 쌓고 나무를 심어 경계선을 구축하게 하였습니다. 힘이 약했던 조선은 지시에 따라 경계선을 구축하였습니다. 당시 구축된 경계선은 아직도 그 흔적이 남아있습니다. 백두산정계비의 비문 내용은 다음과 같습니다.

大淸 烏喇總管 穆克登 奉旨査至此審視
西爲鴨綠 東爲土門 故於分水嶺上 勒石爲記
(대청 오라총관 목극등 봉지사지차심시
서위압록 동위토문 고어분수령상 늑석위기)
청국 오라총관 목극등은 황제의 명을 받들어 경계를 조사하기 위하여 이곳에 이르러 살펴보고 서쪽으로는 압록강 동쪽으로는 토문강을 경계로 하여 두 강의 물줄기가 갈라지는 분수령에 비를 세워 이 사실을 기록한다.

청이 건립한 백두산정계비에 의할 경우 조선 측의 봉금선은 압록강과 토문강이 됩니다. 백두산에서는 압록강, 송화강, 두만강 세 개의 강이 발원하는데, 토문강은 백두산에서 발원하는 송화강의 상류 수원 중 하나입니다. 토문강이라는 명칭은 토문(土門)이라는 지형에서 유래된 것으로 '흙으로 된 거대한 문'이라는 뜻입니다. 이 지형은 현재 실재하고 있습니다.

토문강은 백두산정계비에서 발원하여 송화강으로 이어지고 흑룡강으로 합류하여 오호츠크해로 연결됩니다. 백두산정계비에서 토문강, 송화강, 흑룡강을 따라 오호츠크해까지, 여기에서 남쪽으로 해안선을 따라 두만강 하구로 내려온 뒤 다시 두만강을 거슬러 올라가 백두산정계비까지 연결하면 하나의 원이 형성되는데, 강과 바다로 둘러싸여 마치 섬과 같습니다. 좁은 의미의 간도는 바로 이 지역을 가리킵니다.

강희제는 청의 영토를 명확히 하고자 프랑스 선교사들에게 지도를 제작하도록 하였습니다. 1718년에 제작된 '황여전람도'가 바로 그것입니다. 이 지도는 청의 강희제가 프랑스 선교사 도미니크 파르냉의 권유를 받아 조야생 부베와 바티스트 레지 등 10여 명의 선교사에게 의뢰하여 1708년부터 만주와 몽고 지방부터 중국 전체 영토를 8년에 걸쳐 실측한 뒤 2년에 걸쳐 작성한 것으로 총 42첩으로 되어 있습니다. 황여전람도는 현재 남아 있지 않으나 이를 기초로 제작된 지도들은 당시 청의 국경을 명확히 보여주고 있습니다.

5. 1712년 백두산정계비가 세워진 뒤에도 봉금정책은 엄격하게 지켜졌습니다. 간혹 인근 백성들이 몰래 들어가 문제를 일으키기

도 하였지만 큰 문제는 발생하지 않았습니다.

그런데, 1860년경 몇 해에 걸쳐 계속된 가뭄으로 조선의 백성들이 먹을 것을 찾아 봉금선을 넘어 논밭을 일구고 정착하기 시작하였습니다. 마침 청 또한 남하하는 러시아 세력을 견제하기 위하여 봉금정책을 폐지하고 이 지역으로 이주정책을 실시하였습니다.

6. 이후 봉금정책이 폐지되면서 무인국경지대에 청과 조선의 백성들이 대거 유입되었고 분쟁이 발생했습니다. 양국은 국경을 명확하게 설정해야 할 필요성을 느꼈고 1885년과 1887년 두 차례의 국경회담을 개최하였습니다.

첫 번째 회담은 1885년 9월 30일부터 11월 30일까지 진행되었는데, 을유감계회담(乙酉勘界會談)이라 합니다. 회담 기간 중 양국 대표단은 백두산에 올라 백두산정계비를 살펴보고 비문을 확인하였습니다. 압록에 대해서는 이견이 없었으나 토문을 둘러싸고 분쟁이 발생하였습니다. 청 측 대표들이 토문을 두만강이라고 주장하였기 때문입니다. 양국 대표들은 백두산 천지에서 발원하는 물줄기들을 탐사하였고, 그 결과 정계비가 세워진 분수령에서 발원하는 물줄기가 송화강의 상류수류인 토문강임을 확인하였습니다. 조선은 정계비문에 따라 토문강 이남이 조선 영토라고 주장하였는데, 청 측 대표들이 백두산정계비가 조작되었거나 원래 건립 위치에서 이곳으로 옮겨졌다고 주장하는 바람에 회담은 결렬되고 말았습니다.

2년 뒤 1887년 4월 7일부터 5월 19일까지 2차 회담이 열렸는데, 이를 정해감계회담(丁亥勘界會談)이라 합니다. 이 회담 역시 극심한 의견 차이로 결렬되고 말았습니다.

7. 회담 결렬 후 양국은 경쟁적으로 행정조치를 발하는 등 분쟁은 격화되어 갔습니다. 설상가상 흑룡강을 넘어 남하하는 러시아와 대륙진출 야욕을 품은 일본이 가세하면서 분쟁은 더욱 복잡해졌고 1895년 청일전쟁, 1904년 러일전쟁이 발발하면서 격동에 휩싸이고 말았습니다.

청일전쟁과 러일전쟁에서 승리한 일본은 1905년 11월 17일 을사조약(乙巳條約)을 체결하여 조선의 외교권을 강탈하고 통감부를 설치하여 조선의 통치권을 장악했습니다. 일본은 이 지역에 4구(區) 41사(社) 290촌(村)의 행정구역을 설치하였습니다.

일본이 사건대상 일대를 관리하기 시작하자 청이 문제를 제기하였고, 1907년부터 양국 간 협상이 시작되었습니다.

협상 초기 일본은 사건대상이 조선의 영토임을 강력 주장하였지만 대륙 침략의 야욕을 품고 있던 일본으로서는 계속 협상에 매달려 있을 수 없었습니다.

급기야 1909년 2월 6일 일본은 동삼성육안(東三省六案)이라는 타협안을 제시하였고, 이를 수용한 청과 1909년 9월 4일 베이징에서 간도협약을 체결하였습니다. 이 조약으로 일본은 대륙침략의 교두보가 될 만주지역 철도부설권과 탄광채굴권 등을 확보하고 대신 사건대상 간도를 청의 영토로 인정해버렸습니다.

하지만 간도협약은 당사자인 조선을 배제한 채 청일 간에 체결된 조약으로 국제법상 무효이므로 사건대상 간도는 법률적으로 여전히 조선의 영토입니다. 중화민국은 샌프란시스코 강화조약 발효일인 1952년 4월 28일 일본과 중일평화조약을 체결하여 만주협약과 간도협약이 무효임을 확인한 바 있습니다.

8. 1910년 8월 22일 대한제국을 강제 병합해 대륙 진출의 발판을 확보한 일본은 대륙으로의 침략을 가속화하였습니다. 1914년 제1차 세계대전이 발발하자 일본은 영일동맹에 근거하여 연합국의 일원으로 독일에 선전포고하고, 독일의 조차지인 산둥반도의 자오저우만(膠州灣)을 점령하고, 산둥반도에서 군사행동을 전개하였습니다.

산둥반도를 점령한 일본은 중화민국 위안스카이(袁世凱) 총통에게 산둥에 대한 독일의 권리를 일본이 승계하고 남만주와 내몽골 일부를 조차하는 것 등을 골자로 하는 21개조를 요구하였고, 중화민국은 1915년 5월 9일 이를 승인하였습니다. 간도협약이 체결된 지 불과 6년 만에 간도가 다시 일본의 영향권 내에 떨어진 것입니다.

일본의 침략은 여기서 멈추지 않았습니다. 1920년 간도참변을 일으켜 간도에 거주하고 있는 조선인들을 무차별 학살하였고, 1931년 만주사변을 일으켜 만주국을 수립하였습니다. 1932년 3월 1일 수립된 만주국은 영토가 요녕(遼寧), 길림(吉林), 흑룡강(黑龍江), 요하(遼河)의 4성에 이르렀고 인구는 3,000만 명에 육박하였습니다. 사건대상 간도는 만주국 영토에 포함되어 있었습니다.

9. 1937년 7월 7일 일본의 남경침략으로 제2차 세계대전이 촉발

되었습니다. 제2차 세계대전이 한참 진행 중이던 1943년 12월 1일 연합국의 주요 국가인 미국, 영국, 중화민국의 대표들이 이집트 카이로에 모여 전쟁 원흉 일본을 응징할 것을 결의하였고(카이로 선언), 1945년 7월 26일에는 포츠담에서 카이로 선언을 재확인하였습니다(포츠담 선언). 1945년 8월 6일과 9일 히로시마와 나가사키에 원자폭탄이 투하되자 일본은 1945년 8월 15일 무조건 항복을 선언하였습니다.

일본이 항복하기 전인 1945년 8월 초순경 소련은 연합군에 가담하여 만주국으로 진격하였고 관동군을 궤멸시켰습니다. 만주국 내부에서 민중반란이 일어났고, 만주국의 황제 푸이가 체포되면서 만주국은 멸망하였습니다.

10. 카이로선언과 포츠담 선언에 의하여 일본의 폭력과 탐욕에 의하여 강탈되었던 사건대상은 대한제국의 영토로 환원되었고 사건대상에 대한 원고의 영유권은 1951년 9월 8일 샌프란시스코 강화조약을 통하여 최종 확인되었습니다.

〈1945년 7월 26일 포츠담 선언〉
8. 카이로선언의 모든 조항은 이행되어야 하며, 일본의 주권은 혼슈, 홋카이도, 큐슈, 시코쿠와 연합국이 결정하는 작은 섬들에 국한될 것이다.

〈1951년 9월 8일 샌프란시스코 강화조약〉
제2조 ⓐ 일본은 한국의 독립을 승인하고, 제주도, 거문도, 울릉도를 포함한 한국에 대한 모든 권리와 소유권 및 청구권을 포기한다.

ⓑ 일본은 타이완과 펑후제도에 대한 모든 권리와 소유권 및 청구권을 포기한다.

보시는 바와 같이 연합국은 일본이 침략한 지역들을 원 주인에게 돌려주는 것을 사태 수습의 원칙으로 삼고 있습니다. 사건대상 간도는 원래 대한제국의 영토로서 제2차 세계대전의 종결과 함께 대한제국에 자동 환원된 것입니다.

11. 1945년 8월 15일 일본의 식민통치에서 해방된 조선은 38선을 기점으로 분할되어 미국과 소련의 점령하에 들어가게 되었습니다. 38선 이남 지역에는 1948년 8월 5일 원고 대한민국 정부가, 이북 지역에는 1948년 9월 10일 조선민주주의인민공화국 정부가 수립되었습니다.

그리고 1950년 6월 25일 자유진영과 공산진영의 대리전쟁이라고 할 수 있는 6·25전쟁이 발발하였고, 1953년 7월 휴전협정이 체결되어 현재에 이르고 있습니다. 냉전과 남북분단 등의 사정으로 원고는 지금까지 사건대상에 대한 영유권을 주장할 수 없었습니다.

12. 당초 원고는 북한 지역을 수복하여 통일을 이룩한 후에 이 지역의 영유권 문제를 해결할 생각이었습니다. 그러나 미묘한 국제정세로 인해 언제 통일이 이루어질지 도저히 알 수 없는 상황입니다. 이러한 상황에서 이 문제를 계속 미뤄둘 수 없어 부득이하게 이 사건 소송을 제기하게 된 것입니다.

상술한 바와 같이 사건대상 간도는 원고의 고유 영토가 분명합니다. 부디 피고로 하여금 사건대상을 원고에게 반환하라는 판결을 내려주시기 바랍니다.

원고 대한민국
소송대리인 김명찬

제2부
◇◇◇◇◇

당사자 적격

2022년 12월 21일 대한민국 제20대 대통령선거가 실시된다. 야당 후보는 한민족의 잃어버린 영토를 되찾겠다는 공약을 내걸고 박빙의 승부 끝에 당선되고, 김명찬 변호사에게 간도반환청구소송을 맡아달라고 부탁한다. 김 변호사는 차마 거절하지 못하고 강지성 교수와 한서현 교수를 찾아가지만 모두 부정적인 반응이다. 하지만 대통령 당선인의 끈질긴 설득에 독도소송팀이 다시 뭉치게 되는데….

중화인민공화국 중앙인민정부 외교부 청사.

"이건 도대체가 말이 안 되는 소송입니다. 대한민국이 간도에 대해 무슨 권리가 있습니까? 간도는 북한과 접해 있는 지역입니다. 북한이라면 몰라도 남한은 소송 당사자가 될 수 없습니다."

왕다성(王大勝) 교수의 호언장담이었다. 중국은 대한민국이 소송을 제기하자마자 국내외에서 활동하고 있는 국제법학자들과 역사학자들을 소환하여 팀을 구성하고 소송전략을 모색하고 있었다.

왕다성 교수는 중국 국제법학자들 중에서도 좌장 격에 해당하는 최고 실력자이다.

"교수님, 이 소송은 무조건 이겨야 합니다. 만에 하나 지기라도 한다면 위구르, 티베트, 내몽골에서도 문제가 발생할 겁니다. 벌써부터 소수민족자치구역이 들끓고 있습니다."

말을 마친 하오광투(好廣土) 주임이 걱정스러운 표정으로 왕 교수의 얼굴을 바라봤다.

"하오 주임님, 걱정하지 마십시오. 이 소송은 출발부터가 잘못되어 있습니다. 깊이 들어갈 것도 없이 초반에 결론이 나고 말 겁니다. 남한이 이번 소송을 제기한 것은 오로지 정치적인 의미밖에 없습니다. 남한 대통령이 간도를 되찾겠다는 공약을 내세워 당선되었잖습니까? 소송에서 이기려는 것이 목적이 아니라 정치쇼를 하는 것에 불과합니다."

이번 소송의 행정 책임자인 하오광투 주임은 요즘 통 입맛이 없었다. 남한도 뭔가 대비가 있을 것이다. 왕 교수는 자신만만하게 승리를 장담하고 있지만 영 불안했다. 자칫 잘못되는 날이면 그동안 노심초사하며 이 자리까지 올라오려고 노력한 것들이 모두 물거품이 되고 만다.

중국 소송팀은 가장 먼저 대한민국이 간도반환청구소송의 당사자가 될 수 있는지, 그 자격 요건에 대해 검토하고 있었다.

"대한민국이 정말 소송 당사자 자격이 없는 겁니까?"

"그럼요. 북한도 어엿한 유엔 회원국입니다. 한국은 이미 남한과 북한으로 분열된 2개의 국가라는 것이 국제법 학자들의 입장입니다."

"대한민국이 그 문제를 간과하고 소송을 제기하지는 않았을 것 아닙니까? 뭔가 대비가 있겠지요?"

"글쎄요. 어떤 논리를 주장하고 나올지 모르지만 결코 우리가 밀리는 일은 없을 겁니다."

왕 교수의 자신만만한 목소리가 집무실 안에 울려 퍼졌다.

다음 날 오전 10시.

평소처럼 새벽 일찍 출근한 하오 주임이 왕 교수의 집무실로 향하고 있다. 하오 주임은 출근하자마자 비서에게 왕 교수가 출근하면 즉시 보고해달라고 지시해놓았다. 그런데 이제야 출근했다는 것이다.

'이런 상황에 이렇게 늦게 나와도 되는 거야?'

하오 주임은 어딘지 모르게 왕 교수가 못 미더웠다. 모두가 공인하는 중국 최고의 국제법 전문가였지만 왠지 불안했다.

'너무 자신만만해서 그런가?'

이런저런 생각을 하는 사이 어느새 왕 교수의 집무실 앞에 도착한 하오 주임이 노크를 하고 들어선다. 외교부는 왕 교수와 소송팀을 최고로 대우하고 있었다.

자리에 앉은 하오 주임이 이런저런 이야기를 하다가 본론을 꺼낸다.

"왕 교수님, 지구상에 분단을 겪고 있는 나라는 한국과 우리밖에 없습니다. 우리가 '하나의 중국 원칙'을 주장하는 것처럼 대한민국도 '하나의 한국 원칙'을 주장하지 않을까요?"

'하나의 중국 원칙'이란 중국은 외견상 타이완과 중화인민공화국이라는 두 개의 나라로 분리되어 있지만 여전히 하나의 국가로 취급되어야 한다는 원칙을 말한다. 타이완과 중화인민공화국은 1949년 분단 이후 이구동성으로 하나의 중국 원칙을 주장해왔다.

이 원칙에 의하면 하나의 중국에 베이징 정부와 타이완 정부라는 두 개의 정부가 존재하는 것이 된다. 양 정부는 스스로가 하나의 중국을 대표하는 정부이고 상대방은 지방정부 내지 반란정부에 불과하다고 주장해왔다.

유엔을 비롯한 세계 각국들은 타이완과 중화인민공화국의 이러한 입장을 존중했다. 즉, 하나의 중국 원칙하에 타이완 정부를 중국 대표 정부로 인정해 오다가 1971년 유엔 총회 결의 이후부터 베이징 정부를 대표 정부로 취급하고 있는 것이다.

하오 주임은 대한민국이 하나의 한국 원칙을 주장하고 나올 것이라고 예상하고 있었다. 하오 주임의 이야기를 듣던 왕 교수는 내심 뜨끔했다. 정곡을 찔러왔기 때문이다. 하오 주임의 국제법 지식은 상상 이상이었다. 왕 교수는 정부 관료들을 내심 깔보고 있었다. 실력보다는 줄을 잘 선 사람들로 보기 때문이었다.

"하오 주임님 국제법 실력이 대단하시네요. 하하. 우리 소송팀도 그

렇게 예상하고 있습니다. 대한민국과 조선민주주의인민공화국이라
는 두 개의 나라로 나뉘어져 있지만 전통적인 의미에서의 한국은 하
나이고 대한민국 정부가 한국을 대표하는 정부라고 주장할 것이 뻔합
니다."

소송팀도 같은 예상을 하고 있다는 왕 교수의 말에 하오 주임이 내
심 쾌재를 불렀다.

'역시 내 예상이 맞았구나.'

"그렇죠! 양안관계 논리를 그대로 써먹겠지요. 하나의 한국 원칙이
적용된다면 대한민국이 간도반환청구소송을 제기할 자격이 있다고 봐
야 하는 것 아닌가요?"

양안관계(兩岸關係)란 타이완 해협을 사이에 둔 베이징 정부와 타이
완 정부의 관계를 지칭하는 말이다.

"하나의 한국 원칙이 적용된다면 그럴 수도 있지요. 하지만 하나의
한국 원칙은 받아들여질 수 없습니다."

"왜 그렇죠?"

"단적으로 말하자면 남북한 모두 유엔 회원국이기 때문에 그렇습니
다. 대한민국과 조선민주주의인민공화국은 1991년 유엔에 동시 가입
했습니다. 그것도 단일 의석이 아닌 별개 의석으로 말입니다. 즉 남북
한은 2개의 국가입니다."

"국가만 유엔에 가입할 수 있는 건가요?"

"그렇습니다. 국제연합 이전의 국제연맹은 완전독립국가뿐 아니라
자치령이나 식민지도 국제연맹에 가입할 수 있도록 규정했지만 국제
연합은 국가로 한정했습니다. 북한이 유엔 회원국이라는 것은 북한이
자주독립국가라는 것을 의미하는 것입니다."

〈국제연합헌장〉

제4조 ① 국제연합의 회원국 지위는 이 헌장에 규정된 의무를 수락하고 이러
한 의무를 이행할 능력과 의사가 있다고 기구가 판단하는 모든 평화
애호국에 개방된다.

② 국제연합 회원국으로의 승인은 안전보장이사회의 권고에 따라 총
회의 결정에 의하여 이루어진다.

"대한민국이 그런 것도 고려하지 않고 소송을 제기하지는 않았을
것 아닙니까? 뭔가 논리가 있겠지요? 그게 뭐죠?"

왕 교수가 내심 긴장하기 시작했다. 하오 주임의 질문은 그 정도는
알고 있다는 의미이기 때문이다.

'이 사람 무서운 사람이다. 설렁설렁 대답해서는 안 된다.'

"특수관계론을 주장하고 나올 겁니다."

"특수관계론요?"

"예. 1970년대 독일에서 대두된 이론입니다."

"독일에서요?"

제2차 세계대전 직후 패전국 독일은 미국·프랑스·영국·소련에 의
해 분할 점령되었고, 미국·프랑스·영국이 점령한 지역에서는 독일연
방공화국(서독)이, 소련이 점령한 지역에서는 독일민주공화국(동독)이
수립되며 분단국가가 되었다.

동독은 동서독이 서로 별개의 국가라고 주장한 반면, 서독은 할슈타
인 원칙하에 동독을 부정하였다.

독일연방공화국 정부는 독일에서 유일하게 합법적으로 구성된 정부로서 전

독일을 위하여 발언할 수 있는 유일한 권한을 가진 정부이다. … 제3국이 동독과 외교관계를 맺는 행위는 독일의 분열을 초래하는 비우호적인 행위이다.

이른바 '하나의 독일 원칙'이다. 하지만 하나의 독일 원칙은 탈냉전 정책과 더불어 완화된다.

서독과 독일이 성립한 지 20년이 지난 지금, 우리는 독일민족의 계속적인 분리된 생활을 막고 정체된 병존에서 공존으로 나아가도록 노력하여야 한다. … 단, 동독에 대한 국제법상의 국가승인은 고려될 수 없다. 독일 내에 두 개의 국가가 존재한다 할지라도 이 두 국가는 상호간에 외국일 수는 없다. 둘 사이의 관계는 특수한 것임에 틀림없다.

이것이 바로 독일에서 주창된 특수관계론이다.
"남북한은 1991년 남북합의서를 채택했는데 그때 남북한의 관계를 특수관계로 규정했습니다."

〈남북한 사이의 화해와 불가침 및 교류협력에 관한 합의서〉
남과 북은 … 쌍방 사이의 관계가 나라와 나라 사이의 관계가 아닌 통일을 지향하는 과정에서 잠정적으로 형성된 특수관계라는 점을 인정하고 …

"남과 북의 관계가 나라와 나라 사이의 관계가 아니라고 되어 있잖습니까? 이것은 우리처럼 하나의 한국 원칙을 고수한다는 의미 아닌가요?"
"아닙니다. 원래 독일에서 주창된 특수관계론은 분단 주체 상호간의 국가성을 인정하는 이론입니다. 한국도 마찬가지입니다. 남북합의 서는 남북 유엔 동시 가입 이후에 작성된 것입니다. 이것은 남북이 서로의 국가성을 인정했다는 것을 의미합니다."

왕 교수의 설명을 듣는 하오 주임의 얼굴에 안도감이 깃들었다. 거기에 왕 교수가 쐐기를 박았다.

"무엇보다도 남북은 세계 160여 개국과 공동 수교하고 있습니다. 이 것은 남북이 서로의 국가성을 인정한다는 증거입니다. 반면 우리 중화 인민공화국은 타이완과 수교하는 국가와는 수교하지 않습니다. 하나 의 중국 원칙을 고수하고 있기 때문입니다."

국제법상 정부승인과 국가승인은 완전히 다른 개념이다. 정부 승인 은 여러 개의 정부 중 어느 정부를 합법적인 정부로 인정할 것인가 하 는 문제다. 하나의 국가에 두 개의 대표 정부가 있을 수는 없기 때문에 제3국은 오로지 하나의 정부를 선택해야만 한다. 반면, 국가승인에는 이러한 제한이 없다.

대한민국 소송팀이 극복해야 하는 첫 번째 관문이 바로 이 문제다. 북한이 대한민국과의 공동 소송을 거부하는 바람에 발생한 문제였다.

"교수님, 이제는 결정을 내려야 합니다. 아무래도 하나의 한국 원칙 을 포기해야 될 것 같습니다."

김 변호사의 말에 강 교수의 이마에 주름이 깊어진다.

"그러게요. 여러 가지 정황들로 볼 때 하나의 한국 원칙은 먹히지 않 을 것 같군요."

그랬다. 대한민국 소송팀은 어떻게든 하나의 한국 원칙을 관철시켜 보려고 벌써 수십 일째 궁리에 궁리를 거듭하고 있었다. 하지만 너무 궁색했다.

"아무래도 특수관계론에 답이 있는 것 같습니다."

"그게 무슨 말이죠?"

"이걸 한번 보시지요."

남과 북은 … 쌍방 사이의 관계가 (일반적인) 나라와 나라 사이의 관계가 아닌 통일을 지향하는 과정에서 잠정적으로 형성된 특수(한) 관계라는 점을 인정하고 …

김 변호사가 보여준 종이에는 남북합의서 전문에 괄호 부분이 추가되어 있었다.

"제가 한번 임의적으로 단어를 추가해보았습니다. 해석해보면 '남과 북이 나라와 나라의 관계이다. 하지만 일반적인 관계가 아니라 특수한 관계'라는 말이 됩니다."

강 교수가 다시 한 번 소리 내어 읽어본다.

"그러니까, 북한의 국가성은 인정하되 특수관계라는 부분을 부각시켜 보자는 것이지요? 특수관계라는 것은 다름 아닌 분단국가를 말하는 것이겠지요?"

"네. 그렇습니다."

"좋아요. 생각해둔 게 있는 것 같은데요?"

"국제법적으로 말이 되는지 모르겠습니다. 교수님께서 판단해주셔야 될 것 같습니다."

"그래요. 어서 말해보세요."

강 교수가 김 변호사의 입을 바라보았다. 김 변호사는 뭔가 기발한

면이 있었다. 독도소송 때도 그런 것이 상황을 반전시키곤 했었다.

"사람이 죽게 되면 상속 문제가 발생하잖아요. 상속인이 여러 명이면 공동상속 문제가 발생되는데, 국가 간의 관계에 이런 논리를 적용시켜 보면 어떨까요?"

강 교수의 몸이 가볍게 떨렸다. 등줄기에 짜릿한 무언가가 지나간 것이다.

'그래, 그거다.'

벌써 며칠째 열띤 토론이 계속되고 있다.

"대한제국 멸망 이후 대한민국임시정부가 수립되었다가 대한민국과 조선민주주의인민공화국이 수립되었습니다. 중국도 마찬가지입니다. 청이 망하고 중화민국이 수립되었다가 타이완과 중화인민공화국이 수립되었습니다. 대한제국과 청은 군주제 국가였고, 대한민국임시정부와 중화민국은 공화제 국가, 대한민국과 타이완은 자유주의 국가, 조선민주주의인민공화국과 중화인민공화국은 공산주의 국가라는 점까지 딱 맞아 떨어집니다.

아버지인 대한제국과 청 사이에 간도를 둘러싼 영토분쟁이 있었습니다. 그런데 아버지들은 죽고 각 두 명의 자식들이 남아 있는 것입니다. 아버지들 사이의 분쟁이 자식들에게 대물림된 것이지요."

김 변호사의 설명을 강 교수가 묵묵히 듣고 있다.

"문제점이 두 가지 있습니다. 하나는 사법상의 상속 문제를 국제법에 적용할 수 있을 것인가 하는 점이고, 다른 하나는 사람은 보통 살아 있는 동안 자식을 낳는데 분단은 청과 대한제국이 멸망하고 한참 뒤의 일이라는 점입니다."

강 교수가 고개를 끄덕이며 생각에 잠기더니 잠시 후 이야기를 시작한다.

"후자는 별로 문제 될 것 같지 않네요. 역사는 필연이지 결코 우연이 아닙니다. 선행국가가 멸망하기 전에 후행국가가 이미 잉태되어 있다고 볼 수 있다는 것입니다. 예컨대, 청이 쇠망하고 중화민국이 수립되었습니다. 하지만 중화민국은 청이 망하기 전에 신해혁명에 의해 이미 잉태되어 있었던 것입니다. 전자의 문제는 국제법상 국가승계라는 개념으로 논의되는 것입니다. 국가상속이라고도 하지요."

강 교수는 이것이 국제법상 '분단국가와 영토분쟁의 국가승계'라는 주제로 논의될 수 있다고 했다. 선행국인 조선과 청 사이에 존재하던 간도 영토분쟁이 분단국가인 남한과 북한에 어떠한 모습으로 승계되는가 하는 문제라는 것이다.

"분단국가와 영토분쟁의 국가승계 문제를 해결하기 위해서는 먼저 국가승계의 일반적인 모습들을 알아야 합니다. 국가승계와 관련하여 유엔은 두 개의 조약을 채택한 바 있습니다."

국가승계란 어느 지역의 국가 소속이 달라지는 경우 이전 국가가 가지고 있던 그 지역에 대한 권리·의무가 새로운 국가로 이전되는지에 관한 문제이다.

유엔 국제법위원회는 1978년 〈조약의 국가승계에 관한 비엔나 협약〉과 1983년 〈국가재산, 문서 및 부채의 국가승계에 관한 비엔나 협약〉을 기안하였다.

유엔은 이러한 협약들을 통해 특정 지역에서 생성된 선행국의 조약, 재산, 문서, 부채가 후행국에 이전 승계되는지에 관해 승계 원인과 승계 대상에 따라 여러 가지 원칙을 만들어 명문화했다.

"국가승계와 관련해서는 기본적으로 두 가지 입장이 대립하고 있습니다. 하나는 해당 지역의 권리·의무관계는 계속되며 오직 영역주권의 주체라는 정치적 상부구조만 변경된다고 보는 계속론의 입장입니다. 또 하나는 주권적 권리·의무의 승계가 아닌 기존 주권질서의 파괴로서 선행국의 권리·의무는 모두 소멸하여 승계되지 않는다는 단절론의 입장입니다. 〈조약의 국가승계에 관한 비엔나협약〉은 국가승계 시 기존 조약의 효력에 관하여 승계의 유형과 승계국의 태도에 따라 백지출발주의, 계속성의 원칙, 조약경계이동의 원칙 등으로 유형화하고 있습니다.

음, 영토분쟁의 승계와 관련해서는 국경제도의 승계에 관해 규정하고 있는 제11조가 적용될 수 있을 것 같군요."

제11조(국경제도) 국가승계는 다음에 영향을 주지 않는다.

(a) 조약에 의하여 형성된 국경

(b) 조약에 의하여 형성된 국경제도와 관련된 권리와 의무

답 변 서

사건   간도반환청구소송
원고   대한민국
피고   중화인민공화국

피고 중화인민공화국은 다음과 같이 답변합니다.

다 음

1. 대한민국은 사건대상이 대한민국의 영토라며 이 소송을 제기하였습니다. 그러나 사건대상은 조선민주주의인민공화국(북한)에 연접해 있는 지역으로 북한이라면 몰라도 대한민국은 이에 대하여 아무런 권리가 없습니다. 이 사건 소송은 자격 없는 자에 의하여 제기된 것으로 부적법합니다.

2. 피고는 1962년 10월 12일 북한과 중조변계조약(中朝邊界條約)을 체결하여 사건대상을 피고의 영토로 확정지었습니다. 중조변계조약의 체결과정은 다음과 같습니다.

1962년 9월 26일부터 10월 2일까지 피고 측 대표단이 평양을 방문하여 북한 측 대표단과 협의하여 9개조로 된 회담기요를 작성하고 10월 3일 조인하였습니다.

그리고 10월 12일 평양에서 피고 측 저우언라이(周恩來) 국무원 총리와 북한 측 김일성 내각수상 사이에 5개조로 된 중조변계조약이 체결되었습니다. 중조변계조약에 따라 중조변계연합위원회가 설치되고, 국경 실지조사·국경표지 설치·도서와 사주의 귀속 확정 등의 업무가 진행되었습니다.

이러한 업무가 모두 끝난 뒤인 1964년 3월 20일 베이징에서 피고 측 전권대표 천이와 북한 측 전권대표 박성철 사이에 변계의정서가 작성 조인됨으로써 국경획정이 모두 마무리되었습니다. 변계의정서는 21개 조문과 별표 및 부속지도로 구성되어 있습니다.

3. 이상 살펴본 바와 같이 사건대상과 관련해서는 피고와 북한 사이에 이미 국경획정이 끝나 어떠한 분쟁도 존재하지 않습니다.

아울러 사건대상은 북한과 연접한 지역으로 원고와는 아무런 관련이 없습니다. 원고의 이 사건 청구는 아무런 권한없는 자에 의하여 제기된 것으로 부적법한 바, 이 사건 청구를 기각해주시기 바랍니다.

증 거

1. 을제1호증의1 중조변계문제회담기요
1. 을제1호증의2 중조변계조약
1. 을제1호증의3 중조변계의정서

피고 중화인민공화국
소송대리인 왕다성

안녕하십니까? 중화인민공화국의 소송대리인 왕다성입니다.

증거에 대해 설명하겠습니다.

원고는 사건대상을 두고 분쟁이 존재하는 것처럼 이 사건 소송을 제기하였습니다. 그러나 피고와 북한 간에는 1962년 국경조약을 체결하여 국경이 명확하게 확정되었고 이후 아무런 분쟁도 없는 상태입니다. 국경확정 당시의 문서들을 살펴보겠습니다.

먼저 을제1호증의1 중조변계문제회담기요과 다음 을제1호증의2 중조변계조약입니다.

국경확정과 관련하여 먼저 장백산 천지를 어떻게 구분할 것인지 문제되었습니다. 중조변계조약 제1조 제1항이 이에 관한 내용인데 조문을 보겠습니다.

제1조 ① 천지를 둘러싼 봉우리중 선남단상의 2520고지와 2664고지간의 안부(鞍部, 산의 능선이 말안장 모양으로 움푹 들어간 부분)의 중심점으로부터 동북쪽으로 직선으로 천지를 통과하여 반대편의 2628고지와 2680고지간의 안부의 중심점을 이어 그 서북부는 중화인민공화국에, 그 동남부는 조선민주주의인민공화국에 귀속되는 것으로 한다.

피고와 북한이 천지를 반으로 나누어 갖기로 합의한 내용입니다. 그다음 백두산 천지 서쪽의 국경선이 논의되었는데 천지분할선 서쪽으로는 압록강을 국경으로 삼기로 하였습니다. 제1조 제3항입니다.

③ 2520고지와 2664고지 사이의 안부의 중심점으로부터 동남쪽을 향하여 직선으로 2469고지를 지나 2071고지에 이르러 그 동쪽의 압록강 상류와 동 고지와의 최근 거리의 소지류상의 한 점을 잇고 이 점으로부터 동 소지류의 중심선으로 하여 수류를 따라 내려가 동 소지류가 압록강으로 합류하는 지점에서 압록강구까지로 하여 압록강을 국경으로 한다. 압록강구에서는 소다사도 최남단으로부터 신도 북단을 거쳐 대동구 이남의 돌출부 최남단을 연결한 직선을 압록강과 황해의 분계선으로 한다.

다음 천지분할선 동쪽으로는 두만강을 국경으로 삼기로 하였습니다. 제1조 제4항 및 제5항입니다.

④ 2628고지와 2680고지 사이의 안부의 중심점으로부터 동쪽을 향하여 직선으로 2114고지, 1992고지, 1956고지, 1562고지, 1332고지를 거쳐 다시 직선으로 두만강 상류의 지류인 홍토수와 북면의 한 지류의 합류지점 (1283고지 이북)을 거쳐 홍토수의 수류의 중심선을 따라 하류로 홍토수와 약류하(弱流河)의 합류지점까지로 한다.

⑤ 제4항의 합류지점으로부터 양국 국경의 동단의 종점까지로 하여 두만강 을 국경으로 한다.

　다음은 을제1호증의3 중조변계의정서입니다. 중조변계조약에 따라 설치된 중조변계연합위원회는 실지측량을 통해 국경선을 확정하고, 국경 표지석을 설치하고, 압록강과 두만강에 있는 도서와 사주들의 소속을 결정하고, 압록강구의 강해분계선을 감정하여 3개의 강해분계 표지를 설치하고 자유항행구역을 확정하는 등의 업무를 수행하였습 니다.

　더불어 이러한 모든 작업 내용을 축척 50,000분의 1 부속 지도에 기 록하였습니다. 지도는 서남쪽에서 동북쪽으로 순서대로 총 47폭으로 되어 있습니다.

　32호 도폭상에 부속된 1, 2호 국경표지 구역과 33호 도폭 상에 부속 된 20, 21호 국경표지 구역을 한 번 보겠습니다. 화면을 봐주시기 바랍 니다. 이 지도는 축척 25,000분의1 지도입니다. 추후 혹시라도 국경분 쟁이 발생할 것에 대비하여 보다 상세하게 작성한 것입니다. 어떻습니 까? 국경선이 정말 자세하게 표시되어 있지 않습니까?

이 지도에는 특별한 효력이 부여되어 있습니다. 이 부분입니다.

제6조 수류의 중심선을 국경으로 한 구역의 수류가 장차 변경되더라도 이
    지도상에 명시된 국경선은 변경되지 않는다.

이상 살펴보신 바와 같이 피고와 북한 사이에는 이미 국경이 명확하
게 획정되어 있으며, 이와 관련하여 어떠한 분쟁도 없습니다.

북한이 피고와 국경조약을 체결한 것은 사건대상 지역이 북한과 연
접된 지역이기 때문입니다.

원고 대한민국은 사건대상 지역과 수백 킬로미터 떨어져 있습니다.
도대체 이 지역과 하등 관련 없는 원고가 이 사건 소송을 제기한 이유
를 모르겠습니다. 이상입니다.

"조중변계조약이 실재하는 것이었군요."

강 교수가 혼잣말처럼 내뱉은 소리를 들은 이 사무관이 의아하다는
듯이 물었다.

"북한이 중국과 변계조약을 체결하였다는 것은 이미 잘 알려진 사
실이잖아요?"

"우리가 조중변계조약의 존재를 알게 된 것은 2000년의 일입니다.
그것도 비공식적인 것이어서 그 진위에 대해 의문이 있었습니다."

"정말요?"

"2000년 우연히 중국어본 조약문이 입수되었습니다. 1974년 6월 중국길림성 혁명위원회 외사판공실에서 내부용 기밀문건으로 작성된 것이었습니다."

이 자료가 입수되기 전까지는 온갖 추측이 무성했다. 북한과 중국의 정치적 갈등이 있던 1960년대 초에는 북한이 백두산 영유권 문제로 중국과 충돌하고 있다는 설이 있었고, 이후에는 백두산을 양분하여 각각 관할하고 있다는 백두산천지양분설이 대두되었다.

"북한과 중공 간에 국경조약이 체결된 것 같기는 한데 일체 공개하지 않아 그 내막을 알 수 없었던 것입니다."

재판이 끝나고 대사관으로 돌아오자마자 대한민국 소송팀의 긴급회의가 소집되었다. 중국 측의 답변에 대한 대응책을 논의하기 위한 것이었다.

"예상대로 중국은 대한민국이 간도에 대해 아무런 권리도 없다는 주장을 해왔습니다. 게다가 조중변계조약까지 증거로 제출했습니다. 중국이 답변서에서 조중변계조약을 들이댄 것으로 보건대, 중국이 초반에 승부를 보려고 하는 것 같습니다.

우리가 시뮬레이션 했던 경우의 수에 들어 있는 내용들이라 소송전략에 맞춰 대응해야 하겠지만 수위 조절이 관건입니다. 앞으로 2주 뒤 준비서면을 제출해야 하는데요. 최종 시점까지 기존에 논의했던 내용을 점검하고 내용을 보충하겠습니다. 매일 오전 10시에 뵙도록 하겠습니다."

팀원들 모두 바짝 긴장한 모습이었다. 만반의 준비를 해두었지만 역시 실전은 실전인 것이다.

"조중변계조약이 체결될 당시의 상황을 잘 이해해야 합니다. 당시 두 가지 중요한 포인트가 있었습니다. 중화인민공화국, 즉 중공과 소련의 대립구도와, 중공과 인도 간의 국경분쟁입니다."

"중공과 소련의 대립구도요?"

"네, 중공은 한국전쟁에 개입하여 성공을 거두면서 국제사회의 주요 국가로 떠올랐습니다. 미소 양극체제가 중국을 포함한 다극체제로 전환된 것입니다."

중공이 새로운 맹주로 떠오르면서 공산진영 내부에서 균열이 생기게 된다. 소련과 중공의 상호 견제가 시작된 것이다. 소련과 중공은 여러 가지 면에서 입장 차이를 보였다. 특히 소련은 미국과의 화해 분위기를 만들어가면서 평화공존이 가능하다는 수정주의를 주창했는데, 중공의 마오쩌둥은 이에 반대했다. 1956년 제20차 공산당대회에서의 일이었다. 그러자 소련은 중공이 마오쩌둥을 우상화하고 있다고 경고하고 1959년에는 타이완 문제를 성급하게 해결하지 말라고 충고하면서 핵기술 전수 약속을 철회해버렸다.

"이후 중공과 소련은 본격적으로 대립하기 시작했습니다. 중공은 북한 포섭의 필요성을 느끼게 됩니다."

"인도와의 국경분쟁은 어떤 거죠?"

"인도가 영국의 식민통치하에 있던 1913년 10월 13일 인도정청 외무장관 맥마흔과 중국, 티베트 대표들이 인도의 시믈라에 모여 티베트 문제에 관해 논의하기 시작하여 다음 해 3월 시믈라조약을 체결하게 됩니다. 이 조약에 의해 동부 히말라야 산맥 산정에 약 885킬로미터에 걸친 인도와 티베트 사이의 국경선이 획정되는데 이것을 맥마흔라인(McMahon Line)이라고 합니다. 당시 실지 측량을 하지 않았기 때문에 분수령을 국경선으로 삼았습니다. 이후 영국의 식민지에서 독립한 인도는 맥마흔라인을 국경선으로 주장했습니다. 하지만 중공이 맥마흔라인이 아닌 전통적 경계선이 국경선이 되어야 한다고 주장하면서 분쟁이 발생했습니다."

"조약에 의해 정해졌다면 중국도 할 말 없는 것 아닌가요?"

"중국은 제국주의 시절, 영국이 우월한 힘을 바탕으로 제멋대로 국경을 정한 것이기 때문에 협상이 다시 이루어져야 한다고 주장했습니다."

1959년 8월 중공과 인도의 국경수비대가 인도 북동부 국경지대와 라다크 지구에서 처음 충돌한다. 1960년 4월 저우언라이와 네루의 회담이 진행되면서 일시 소강 상태에 접어들지만 1962년 여름 다시 무력충돌이 발생했다. 1961년 12월 포르투갈령 고아를 침공하여 수복함으로써 자신감을 얻은 인도군이 대규모 공격을 감행한 것이다.

"중공군은 즉시 전열을 가다듬고 반격하였고 인도군을 모두 몰아냈습니다. 그런데 11월에 갑자기 중국이 정전을 선언하고 평화회담을 제의한 후 일방적으로 철수해버렸습니다."

"아니, 왜요? 중국이 유리한 상황인데…."

"중국은 정복국가이기 때문에 곳곳에서 영토분쟁이 발생할 소지가 많은 나라입니다. 위구르, 티베트, 몽골, 간도 모두 분쟁이 발생할 수 있는 지역입니다. 인도와 극단적으로 대립할 경우 다른 지역에서도 유사한 분쟁이 다발적으로 발생할 가능성이 높았습니다. 이에 인도와의 분쟁을 유보해두고 가장 만만한 북한과의 국경 문제를 먼저 정리한 겁니다."

"그렇군요. 정황상 북한이 유리한 상황인데 조약 내용도 유리하게 되었나요?"

"간도협약보다는 낫지요. 천지 절반과 홍토수까지는 확보했으니까요. 문제는 당시 간도에 대해 어떤 합의가 이루어졌는지 알 수 없다는 점입니다. 조약 내용만 보면 간도는 중국에 귀속되었다고 보아야 하는데, 어떤 이야기가 오갔는지 알 수가 없습니다. 조약에는 간도에 대한 언급은 전혀 없고 오로지 백두산 천지와 압록강 두만강 이야기만 나옵니다."

"북한이 간도에 대한 의식이 아예 없어서 문제를 제기하지 못한 것 아닌가요?"

"그건 아닙니다. 북한은 간도가 조선의 영토라는 사실을 잘 알고 있었습니다. 1947년 3월 조선공산당 대표들과 해룡, 혼춘, 왕청, 연길 등 간도 4개 현 대표들이 중국 공산당 동북당 정치국에 이들 네 개 현의 할양을 요구한 기록이 있습니다. 이뿐만이 아닙니다."

1948년 홍수로 수풍댐이 파손되었을 때, 북한이 중국과의 협의 없이 임의로 보수한 일이 있었다. 이로 인해 중국과 분쟁이 일어났는데 소련의 중재로 해결되었다. 북한이 수풍댐을 자력으로 보수했다는 것은 이 댐을 북한의 것으로 여겼기 때문일 것이다. 또 같은 해 소련과 북한이 평양에서 협정을 체결했는데, 이 협정에는 간도를 북한에 귀속시키는 것으로 되어 있다.

이러한 내용들은 중화민국 국방부 제2청이 1948년 7월 10일 중화민국 외교부에 보낸 공문에 나타나 있다. 공문에 첨부된 자료에는 해당 지역이 북한의 자치구로 표시되어 있다.

소련 대표가 우리나라 길림성의 연길, 목단강, 목릉 등 부근을 북한의 영토로 구분하려고 한다. … 이 지역에는 북한 정규군 부대가 주둔하고 있고, 지방 행정도 조선인이 주관하고 있어 실제 북한에 합병된 것과 같다. … 1948년 2월 소련은 북한과 평양 협정을 체결한 것에 따라 동북 일부 지역 즉 간도, 안동, 길림 세 지역을 조선인의 자치구로 획정해주었다.

"이러한 일련의 사건들로 볼 때 북한도 간도에 대한 영유 의식을 가지고 있었던 것이 분명합니다. 간도가 한국 영토라는 것은 저우언라이도 인정한 것입니다. 저우언라이의 연설문입니다."

… 이러한 한 시기에 한족(漢族) 또한 일부가 동북지역으로 옮겨 거주하게 되었다. 만주족 통치자는 당신들을 계속 동쪽으로 밀어냈고, 결국 압록강, 도문강 동쪽까지 밀리게 되었다.

만주족은 중국에 대해 공헌한 바가 있는데 바로 중국 땅을 크게 넓힌 것이다. 왕성한 시기에는 지금의 중국 땅보다도 더 컸었다. 만주족 이전, 원나라 역시 매우 크게 확장했지만 곧바로 사라졌기 때문에 논외로 치자. 한족이 통치한 시기에는 국토가 이렇게 큰 적이 없었다.

다만 이런 것들은 모두 역사의 흔적이고 지나간 일들이다. 이런 사정들은 우리가 책임질 일이 아니고 조상들의 일이다. 당연히 이런 현상을 인정할 수 있을 뿐이다.

이렇게 된 이상 우리는 당신들의 땅을 밀어붙여 작게 만들고 우리들이 살고 있는 땅이 커진 것에 대해 조상을 대신해서 당신들에게 사과해야 한다. 그래서 반드시 역사의 진실성을 회복해야 한다. 역사를 왜곡할 수는 없다. 도문강, 압록강 서쪽은 역사 이래 중국 땅이었다거나 심지어 고대부터 조선은 중국의 속국이었다고 말하는 것은 황당한 이야기다.

중국의 이런 대국 쇼비니즘이 봉건시대에는 상당히 강했다. 다른 나라에서 선물을 보내면 그들은 조공이라 했고, 다른 나라에서 사절을 보내 서로 우호 교류할 때도 그들은 알현하러 왔다고 불렀으며, 쌍방이 전쟁을 끝내고 강화할 때도 그들은 당신들이 신하로 복종한다고 말했고, 그들은 스스로 천조(天朝), 상방(上邦)으로 칭했는데 이것은 바로 불평등한 것이다. 모두 역사학자의 붓끝에서 나온 오류이다. 우리는 이런 것들을 바로 시정해야 한다. …

"그런데 왜 북한이 그런 조약을 체결한 것이죠?"

"글쎄요. 내막을 알 수 없으니 답답할 노릇입니다. 중국이 6·25 전쟁 참전 대가로 이 지역을 요구한 것이라는 설도 있고, 중국이 소련과 막후교섭을 했고 소련이 김일성에게 압력을 가하여 이렇게 된 것이라는 설도 있습니다. 중국과 북한 사이에 무슨 내막이 있었는지 현재로서는 알 길이 없습니다. 다만 당시 북한은 정치, 경제, 군사 등 모든 면에서 중국에 의존하고 있는 상황이었습니다. 이러한 상황에서 간도 영유권을 주장하기는 어려웠을 겁니다."

"조중변계조약이 간도 영유권 문제와 관련하여 어떤 의미가 있는 건가요?"

"중국이 북한과 변계조약을 체결했다는 것은 어찌되었건 당시 영토 분쟁이 존재하고 있었다는 점을 반증하는 것이라는 점에 역사적 의의가 있다고 볼 수 있습니다."

"조중변계조약이 국제법적으로 유효한 건가요?"

"학자들은 조중변계조약이 유효하다고 보는 것 같습니다. 남북통일이 될 경우 조중변계조약이 통일 한국에 어떻게 승계될 것인지에 관한 연구가 주를 이루고 있는데, 이러한 연구들은 조중변계조약이 유효하다는 것을 전제로 한 것입니다."

"조중변계조약이 유효하다면 소송을 해봐야 소용없는 것 아닌가요?"

"조중변계조약은 국제연합에 등록되지 않은 비밀조약이기 때문에 무효라는 주장이 있습니다."

"유엔에 등록되지 않았기 때문에 무효라구요?"

"예. 유엔헌장에 그런 규정이 있습니다. 과거 제국주의 시절 제국주의 국가들이 힘이 약한 제3국을 놓고 비밀조약을 체결하는 경우가 많았습니다. '여기는 너희가, 여기는 우리가 식민지로 삼는다' 뭐 이런 식이었지요. 이러한 비밀조약이 제3국의 지위를 불안정하게 하고 세계평화를 위협한다는 인식이 확산되면서 공개되지 않은 비밀조약을 무효화시키는 규정이 생겨난 것입니다."

〈국제연합헌장〉

제102조 ① 이 헌장이 발효된 후 국제연합회원국이 체결하는 모든 조약과 모든 국제협정은 가능한 한 신속히 사무국에 등록되고 사무국에 의하여 공표되어야 한다.

② 제1항의 규정에 따라 등록되지 아니한 조약과 국제협정의 당사국은 국제연합의 어떠한 기관에 대하여도 그 조약 또는 협정이 존재함을 주장할 수 없다.

"정말 그러네요! 조중변계조약은 유엔에 등록되지 않았으니 중국이 그 효력을 주장할 수 없겠는데요."

이미주 사무관이 쾌재를 불렀다. 그때 한서현 교수가 문제를 제기했다.

"여기 제1항을 보면 '국제연합회원국이 체결하는 모든 조약'이라고 되어 있잖아요. 1962년 조중변계조약 체결 당시에는 중공이나 북한 모두 유엔 회원국이 아니었잖아요. 회원국이 아닌 중공이나 북한은 조약을 등록할 의무가 없는 것 아닌가요?"

"당시 북한은 유엔에 가입되어 있지 않았지만 중국은 분명히 국제연합의 회원국이었습니다."

"하지만 중국을 대표하는 정부는 타이완 정부였고 베이징 정부는 대표권이 없었잖아요?"

한 교수의 질문에 강 교수가 기다렸다는 듯이 힘주어 말하기 시작했다.

"바로 그겁니다. 1962년 당시 베이징 정부는 중국을 대표할 수 있는 권한이 없었습니다. 그럼에도 불구하고 조중변계조약을 체결한 것입니다. 그런 조약이 유효하다고 할 수 있을까요? 같은 맥락에서 보면 북한도 한국을 대표할 수 있는 권한이 없기 때문에 변계조약을 체결할 권한이 없는 겁니다."

강 교수의 말을 듣는 김 변호사의 두뇌가 빠르게 움직이기 시작했다.

"게다가 당시 중국은 타이완 정부에 의해 대표되고 있었지만 분명 유엔 회원국이었습니다. 베이징 정부가 체결했든 타이완 정부가 체결했든 조중변계조약의 효력을 주장하려면 어쨌든 조중변계조약을 유엔에 등록했어야지요."

이미주 사무관이 이제 알았다는 듯 고개를 끄덕이며 내용을 정리해 본다.

"그러니까 당시 베이징 정부나 북한 정부는 중국이나 한국을 대표하여 조약을 체결할 권한이 없었기 때문에 조중변계조약은 무효이고, 설사 조약이 유효하더라도 유엔 회원국이었던 중국으로서는 이 조약을 등록하지 않았기 때문에 그 효력을 주장할 수 없다는 것이네요."

 준 비 서 면

사건   간도반환청구소송
원고   대한민국
피고   중화인민공화국

원고 대한민국은 다음과 같이 변론을 준비합니다.

다 음

1. 피고 중화인민공화국은 사건대상이 북한에 접해 있는 지역으로 원고 대한민국과는 아무런 관련이 없고, 조중변계조약에 의하여 피고의 영토로 확정되었기 때문에 어떠한 분쟁도 존재하지 않는다고 주장합니다. 그러나 이는 부당합니다.

2. 우선 사건대상 간도는 대한민국과 북한 두 나라에 공유적으로 귀속되는 것이기 때문에 북한이 단독으로 처분할 수 없습니다.

(1) 피고는 전통적 의미의 한국이 남북 두 개의 국가로 갈라졌다

고 주장합니다. 맞습니다. 한국이 남북으로 분단되었다는 것은 전 세계가 다 아는 사실이며, 남북한이 통일을 지향하고 있다는 사실 또한 잘 알려진 사실입니다.

비록 한국이 남북한 두 개의 국가로 분단되어 있으나, 이는 일시적이고 잠정적 상태에 불과합니다. 남북한은 원래 하나의 국가였으며, 향후 하나로 통일될 국가입니다.

이러한 남북한의 관계는 일반적인 국가관계와는 다른 특질을 가지고 있습니다. 그중 하나가 사건대상의 처분과 관련된 것입니다.

사건대상은 북한뿐만 아니라 남한과도 밀접한 이해관계가 있습니다. 사건대상은 결코 북한이 단독으로 처분할 수 없습니다. 사건대상의 영유권이 남북한에 공유적으로 귀속하기 때문입니다.

(2) 이러한 현상을 국제법적인 개념으로 설명하면 이른바 〈분단국가와 영토분쟁의 국가승계〉의 문제가 됩니다. 국가승계가 발생할 경우 인접 국가와 가장 큰 분쟁을 야기할 수 있는 문제가 바로 국경 문제입니다. 〈조약의 국가승계에 관한 비엔나협약〉 제11조는 국경제도의 승계에 관해 규정하고 있는데 국가승계가 발생하더라도 이미 조약을 통해 형성된 국경은 그대로 존속한다고 규정하고 있습니다. 법적 안정성을 중시하여 계속성의 원칙을 적용한 것입니다.

기존에 확고하게 국경이 형성되고 국경과 관련된 확고한 권리의무관계가 형성되어 있다면, 기존 질서는 존중되어야 하므로 타당한 규정이라 할 수 있습니다. 여기서 한 가지 의문이 발생합니다.

국가승계가 발생하기 전에 국경이 형성되지 않고 분쟁 상태에 있었던 경우에는 어떻게 되는가?

이는 기존의 영토분쟁이 어떻게 승계되는가의 문제입니다. 비엔나협약 제11조는 국가승계가 발생하더라도 기존의 국경 관련 상황이 그대로 유지되어야 한다는 법 이념에 기초한 것입니다. 이러한 이념에 따를 경우 국가승계 이전에 영토분쟁이 존재하고 있었다면 국가승계 이후에도 여전히 영토분쟁이 존속하고 있다고 보아야 합니다.

(3) 문제는 국가승계의 원인이 분단인 경우 분단국가들 중 어느 국가가 선행국가의 영토분쟁을 승계하는지의 문제입니다.

이에 관하여 피고는 지리적 근접성을 중시하여 사건대상에 연접해 있는 북한이 영토분쟁을 승계하게 된다고 보는 것 같습니다. 그러나 이러한 견해는 부당합니다.

분쟁지역이 분단된 두 국가 중 순전히 하나의 국가와 접해 있는 경우에는 설득력이 있을 수 있으나 분쟁지역이 두 국가 모두에 접해 있는 경우 또는 두 국가로부터 모두 떨어져 있는 경우에는 해결할 수 없기 때문입니다. 지리적 요소만을 고려할 경우에는 1센티미터라도 더 많이 접해 있는 쪽 또는 1센티미터라도 더 가까운 쪽이 승계하게 된다는 결론에 도달하게 되는 데 이러한 결론은 상식적으로 납득하기 어렵습니다.

이러한 문제점을 극복하기 위하여 지리적 원근보다는 당해 지역과 역사적으로 더 강한 연고를 갖는 국가가 분쟁을 승계해야 한다는 견해도 있을 수 있습니다. 하지만 역사적 연고라는 것도 다분히 주관적이기 때문에 이러한 견해 또한 타당하다고 할 수 없습니다.

가장 타당한 견해는 분단국가 모두 분쟁 당사자가 되어야 한다는 것입니다. 여러 명의 자식이 있는 경우 이들이 공동 상속하게 되는 것과 같은 이치입니다.

분단이라는 것이 잠정적 일시적 상태로 분단국가들 모두 통일을 지향하고 있다는 점을 고려할 때 분단국가들 모두 선행국가의 영토분쟁에 대해 이해관계를 가지며 이러한 이해관계는 단순한 사실적 이해관계가 아니라 법적 이해관계라고 보아야 하기 때문입니다.

⑷ 결론을 내리겠습니다. 전통적 의미의 한국은 남북 두 개의 국가로 분단되었습니다. 남북한은 영토분쟁의 국가승계 법리에 따라 공동으로 영토분쟁을 승계하게 됩니다. 따라서 원고 대한민국은 간도영토분쟁의 분쟁 당사자로서의 지위를 가집니다.

아울러 원고가 피고를 상대로 사건대상의 반환을 구하는 것은 원고와 북한에 모두 이익이 되는 보존 행위로서 원고 단독으로도 얼마든지 행사할 수 있습니다.

결론적으로 이 사건 소송은 적법합니다.

3. 피고는 조중변계조약에 의하여 사건대상이 피고의 영토로 확정되었다고 주장합니다. 허나 조중변계조약은 피고의 사건대상 간도에 대한 권원이 될 수 없습니다. 그 이유는 다음과 같습니다.

(1) 위에서 살펴본 것처럼 간도영유권은 남북한에 공유적으로 귀속된 것이기 때문에 북한이 단독으로 처분할 수 없습니다. 고로 원고 대한민국이 배제된 채 북한 단독으로 체결된 변계조약은 무효입니다.

(2) 피고 또한 변계조약을 체결할 권한이 없기는 마찬가지였습니다. 조중변계조약이 체결된 1962년 당시 중국은 타이완 정부에 의해 대표되고 있었기 때문입니다.

(3) 또한 조중변계조약은 국제연합에 등록되지 않은 조약으로서 피고가 그 존재를 주장할 수 없습니다. 중국은 유엔 창립 당시 원회원국이었습니다. 따라서 위 조약은 유엔헌장 제102조에 따라 유엔에 등록되어야만 합니다. 하지만 피고는 위 조약을 등록하지 않았습니다.

유엔헌장 제102조는 유엔에 등록되지 않은 조약은 국제연합의 어느 기관에 대해서도 이를 원용할 수 없다고 규정하고 있습니다.

따라서 피고가 귀 재판부에 위 조약의 존재를 주장하는 것은 부당하며 귀 재판부 또한 위 조약을 증거로 채택할 수 없습니다.

(4) 무엇보다도 조중변계조약은 조약 일방 당사국이 상대국에 종속된 상태에서 체결된 불평등조약이기 때문에 무효입니다. 국가 간에 현저하게 불공정한 조약은 법 이념상 당연 무효로 평가되어야 합니다.

당시 북한이 피고에게 정치경제 등 모든 분야에서 종속되어 있었다는 점은 주지의 사실입니다. 60여 년이 지난 지금도 북한은 피고에게 절대적으로 종속되어 있습니다.

요컨대, 북한이 피고에게 종속된 상태에서 체결된 위 조약은 불평등조약으로서 당연 무효로 평가되어야 할 것입니다.

원고 대한민국

소송대리인 김명찬

대한민국 측 준비서면을 받아 본 하오 주임은 머리가 멍해지는 것만 같았다. 역시 대한민국은 치밀한 논리를 준비하고 있었다.

"교수님. 이게 뭡니까? 하나의 한국 원칙은 전혀 주장되지 않았습니다. 게다가 특수관계론인가 뭔가 하는 것도 언급되지 않았습니다."

왕 교수가 아무 말도 하지 않는다. 하오 주임의 추궁이 계속된다.

"이건 무슨 말입니까? 남북이 별개 국가라고 하더라도 남한이 간도에 대해 법적 이해관계를 가지고 있다니요? 북한의 국가성이 인정된다면 남한은 간도에 대해 결코 권리를 가질 수 없다고 하지 않았던가요?"

대한민국 측 준비서면을 든 왕 변호사의 손이 미미하게 흔들리고 있다. 왕 변호사가 다시 서면을 살펴본다. 대한민국의 주장은 처음 보는 논리였다.

"대한민국의 독단적인 견해에 불과합니다. 소송팀 교수들과 검토해 봐야 할 것 같습니다."

왕 변호사가 난감해하는 하오 주임을 뒤로 하고 급히 소송팀으로 발걸음을 옮긴다.

몇 시간 뒤.

"교수님, 어떻게 되었습니까? 검토 결과가 나왔습니까?"

회의실에서 나오는 왕 교수를 본 하오 주임이 급히 다가와 묻는다. 장시간 토론을 하고 나오는 왕 교수의 얼굴에 피로감이 역력하다.

"처음 제기된 이론이라는 것이 학자들의 결론입니다. 아직까지 이런 주장이 학계에 제기된 적이 없다는 겁니다."

"타당성은요? 남한의 주장이 타당성이 있답니까?"

"설득력이 없지 않다는 것이 다수 의견이었습니다. 많은 의견들이 오갔지만 확실한 의견은 아직 제시되지 못했습니다. 일단 시간을 가지고 조금 더 검토해보기로 했습니다."

"거 보세요. 대한민국이 아무 생각 없이 이런 소송을 제기하지는 않았을 거라고 했잖아요."

하오 주임의 말이 귀에 거슬렸지만 왕 교수도 지금으로서는 할 말이 없었다. 남한이 이런 주장을 하리라고는 예상하지 못했던 것이다.

"오늘은 이만 가보겠습니다. 가서 생각 좀 해봐야겠습니다."

관용차 뒷좌석에 몸을 실은 왕 교수가 눈을 감은 채 생각에 빠져 있다. 사실 지금까지의 국제법 이론들은 모두 힘의 논리였다. 분단국가의 경우에도 상대적으로 힘이 강한 국가의 논리가 우선되었고 딱히 이를 규율하는 국제기구도 없었다.

국제사법재판소가 법과 정의의 원칙에 입각하여 재판을 하게 되면서 국제법 이론들이 풍성해지고 오히려 약소국가들이 권리보호를 받고 있는 상황이다.

'재판관들이 남한의 주장을 받아들일 것인지가 관건인데.'

남한의 논리는 솔직히 흠 잡을 데가 없었다. 결론적으로 볼 때 타당한 주장이었다.

왕 교수가 눈을 뜨고 창밖을 바라보았다. 익숙한 베이징의 야경이었다. 그때였다. 뭔가가 뇌리를 스쳐갔다.

'그래, 그거야. 내가 왜 그 생각을 못했을까?'

왕 교수는 매일 소송팀을 다그치고 있었다. 대한민국 소송팀을 너무 얕보았다고 반성하면서 젊은 시절의 근성이 되살아난 것이다. 그는 순전히 자수성가한 사람이었다. 젊은 시절 공산당원이 되고 국제법을 전공하며 향후 중국이 전 세계를 호령할 때 웅지를 펼 수 있으리라는 포부를 가지고 있었다. 왕 교수는 근면성과 정치력을 타고난 사람이었다. 그의 근면성은 학문적 성과를 낼 수 있도록 견인해주었고, 정치력은 그를 중국 국제법학계의 좌장으로 도약시켜주었다. 하지만 부와 명성을 누리면서 자기도 모르게 나태해져 있었던 것이다.

"남한은 대한제국을 승계했다고 주장했습니다. 여기에 약점이 있습니다. 대한제국은 1910년에 일본에 합병, 소멸되었습니다. 남북한이 대한제국으로부터 영토분쟁을 승계했다는 설정부터가 잘못된 것입니다. 이 부분을 파헤쳐야 합니다."

다음 날, 왕 교수가 중국 소송팀 회의에서 역설한 내용이다.

제3부
◇◇◇◇◇

한일합병

중국은 간도에 대해서는 북한만이 권리가 있을 뿐 대한민국은 아무런 권한이 없으며, 아울러 1962년 조중변계조약에 의하여 간도는 이미 중국에 귀속 확정되었다고 주장한다.

북한의 공동소송 거부로 대한민국 소송팀은 심각한 고민에 봉착한다. 대한민국이 간도에 대해 권리를 주장할 수 있는 국제법적 근거를 찾아내야만 하기 때문이다.

한편 중국 소송팀은 여유만만했다. 북한이 빠진 상황에서 대한민국이 간도에 대해 권리를 주장할 수 있는 법적 근거가 없다고 판단했기 때문이다. 하지만 치열한 고민 끝에 만들어진 한국 소송팀의 논리는 중국 소송팀을 당황시키는데….

"중국 측 서면이 제출되었나요?"

김 변호사가 이 사무관에게 물었다.

지난번 준비서면이 중국 측에 송달된 지 벌써 20일이 지나고 있었다. 김 변호사는 요즘 매일 같은 질문을 하고 있었다.

"아직도 제출하지 않고 있습니다. 무슨 꿍꿍이속인지 모르겠네요."

국제사법재판소는 소송 당사국들에게 가능한 한 2주 내에 답변서면을 제출해달라고 요구하고 있지만 강제성이 있는 것은 아니기 때문에 기간이 지난 뒤에 서면이 제출되더라도 유효하다.

하지만 소송상의 불이익이 있을 것을 우려하여 대부분의 국가들은 특별한 사정이 없는 한 기일을 지키고 있다.

그런데, 웬일인지 중국의 답변이 늦어지고 있는 것이다.

과연 중국은 어떤 논리를 준비하고 있는 것일까?

며칠 뒤 드디어 중국이 준비서면을 제출하였다.

준 비 서 면

사건   간도반환청구소송
원고   대한민국
피고   중화인민공화국

피고 중화인민공화국은 다음과 같이 변론을 준비합니다.

다 음

1. 원고 대한민국은 대한제국과 청 사이에 존재하던 간도 영토분쟁이 원고와 북한에 공동 승계되었기 때문에 이 사건 소송을 제기할 자격이 있다고 주장합니다.

2. 그러나 대한제국은 1910년 8월 22일 한일합병조약으로 일본에 병합되어 역사의 뒷길로 사라졌습니다. 원고 대한민국은 그로부터 38년 뒤인 1948년 8월 15일에야 비로소 수립되었습니다. 이미 멸망하여 사라진 대한제국으로부터 원고가 영토분쟁을 승계한다는 것은 불가능한 일입니다. 고로 원고가 대한제국으로부터 영토분쟁을 승계했다는 주장은 부당합니다.

3. 또한 원고는 1948년 정부 수립 이후 이 사건 소송을 제기할 때까지 단 한 번도 사건대상에 대해 문제를 제기하지 않았습니다. 무려 75년입니다. 이는 피고의 사건대상에 대한 영토 관리를 묵인하였다고 보기에 충분한 시간입니다.

　장기간 피고의 영토 관리를 묵인해온 원고가 이 사건 소송을 제기한 것은 금반언의 원칙상 허용될 수 없습니다.

4. 특히, 원고는 1992년 피고와 국교를 맺을 때 중한수교공동성명을 통해 서로의 영토를 존중하기로 약속하였습니다.

〈중한수교공동성명〉

2. 대한민국 정부와 중화인민공화국 정부는 유엔헌장의 원칙들과 주권 및 영토보전의 상호존중, 상호불가침, 상호 내정 불간섭, 평등과 호혜, 그리고 평화공존의 원칙에 입각하여 항구적인 선린우호협력관계를 발전시켜 나갈 것에 합의한다.

　보시는 바와 같이 원피고는 수교 당시 서로의 영토를 존중하겠다는 의사를 명백하게 표시하였습니다. 이것은 사건대상이 피고의 영토라는 점을 적극적으로 승인한 것입니다.
　피고의 사건대상에 대한 점유를 승인한 원고가 지금에 와서 이 사건 소송을 제기한 것 또한 금반언의 원칙상 허용될 수 없습니다.

증 거

1. 을제2호증　1992년 8월 24일 중한수교공동성명문

피고 중화인민공화국

소송대리인 왕다성

　소송전략 수립기간 중 대한민국 소송팀.
　"중국과 수교할 때 간도에 대해 아무런 논의가 없었나요?"
　"네, 없었던 것으로 알고 있습니다. 오히려 수교 당시의 상황을 서로 존중하기로 했습니다. 1992년 8월 24일 베이징에서 한중수교공동성명

이 채택되었습니다. 어디 보자, 여기 어디 있을 텐데, 여기 있군요. 한 중수교성명문입니다. 한번 보시지요. 제2조에 '영토보전의 상호존중' 이라는 문구가 있지요."

김 변호사가 강 교수가 건네주는 성명문을 한참 들여다본다.

"이것은 국제법상의 일반 원칙들을 선언적으로 확인하는 의미 아닌 가요? 이런 문구에 어떤 정치적인 의도가 있는지 모르겠지만, 단순히 이러한 문구가 존재한다는 것만으로 중국의 간도 점유를 승인했다고 보기는 어려울 것 같은데요."

"수교 당시 정부가 간도 문제를 염두에 두었다는 이야기는 들어보 지 못했습니다. 전문가들에게 물어보지도 않고 뚝딱뚝딱 해치워버렸 지요."

강 교수가 못마땅하다는 듯 혀를 차며 이야기한다.

"수교 시에 상투적으로 사용하는 문구로 볼 수도 있지만 중국이 의 도적으로 그러한 문구를 쓰게 했는지도 모릅니다. 간도 문제를 염두에 두고 말이죠. 중국은 사방이 적이어서 영토 문제에 대해 민감하고 우 리보다 능수능란하니까요."

"수교 당시 우리가 문제를 제기하지 않은 이유가 따로 있을까요?"

"당시 중공과 관계를 맺는 것이 최우선 과제였습니다. 아마 아예 생 각도 못 했을 가능성이 큽니다. 만에 하나 염두에 두고 있었다고 한다 면 문제를 제기했다가 수교고 뭐고 다 허사가 될 것이라는 생각에 입 도 뻥끗 안 한 것이겠죠."

"설마 그럴 리가요? 국가적인 문제인데 그런 큰 문제를 간과했겠어 요. 아마 수교에 집중하느라 미뤄둔 것이겠지요?"

이미주 사무관이 믿을 수 없다는 표정으로 되물었다. 그러자 가만히 듣고 있던 한 교수가 무덤덤한 표정으로 끼어든다.

"최근까지 정부가 간도 문제를 그냥 방치해둔 것을 보면 간과했다고 보는 것이 맞을 거예요. 정부는 학자들이 하는 이야기는 들으려고도 하지 않거든요."

"그래도 짚을 것은 짚어야 하는 것 아닌가요? 일본과 수교할 때에도 배상금 문제와 독도 문제로 오랫동안 논쟁을 벌였잖아요?"

"맞아요. 하지만 한중수교 당시의 정부는 그러지 않았어요."

"그렇다면 그동안 정치권에서 간도 문제가 전혀 논의되지 않은 건가요?"

"그렇지는 않습니다. 박정희 대통령 때인 1975년 국회에서 〈간도 영유권 관계 발췌문서〉라는 제목의 간도자료집이 발간되었습니다."

〈간도 영유권 관계 발췌문서〉는 1867년부터 1945년 사이에 작성된 일제 기밀문서 가운데 간도 영유권 관련 문서들의 번역본과 영인본을 수록한 자료집이다. 자료집 뒤에는 분량 때문에 미처 싣지 못한 기밀문서 목록이 첨부되어 있고 〈일본 외무성 및 육해군성 문서〉라는 부제가 붙어 있다.

"〈간도 영유권 관계 발췌문서〉라고요?"

"네. 일제강점기 때 간도 관련 핵심 자료들이 고스란히 담겨 있습니다. 통감부 서기관이 외무성 정무국장에게 보낸 공문도 있는데, 토문 감계사 이중하가 보관하고 있던 문서 내용까지 언급되어 있습니다."

"박정희 대통령 때 그런 자료집이 발간된 이유가 뭐죠?"

"1972년 7·4 남북공동성명으로 통일에 대한 기대감이 커졌고 통일 후 당장 중국과의 국경 문제가 대두될 것으로 판단했기 때문입니다. 자료집 서문에 그런 취지가 담겨 있습니다."

우리의 당면 과업은 조국의 통일이지만 통일이 성취되는 즉시 국경 문제가 중대한 외교 문제로 등장할 것이 명약관화하다. 따라서 간도 문제에 대한 자료를 수집 정리하고 철저히 연구하는 것은 국가적인 중대사로서…

자료집 편찬사업은 당시 국회도서관장이던 강주진 박사의 제안으로 시작되었다. 일제의 기밀문서 복사본이 마이크로필름 형태로 미국 국회도서관에 보관되어 있다는 사실을 알게 된 강 박사는 미국의 협조를 얻어 필름을 입수할 수 있다고 확신하고 당시 정일권 국회의장에게 도움을 요청했다.

"정 의장이 박 대통령에게 건의하여 예산을 배정받고 발간 사업을 추진한 것입니다."

"발췌문서라고 되어 있는 것을 보면 분량이 많았나 봐요?"

"마이크로필름은 모두 51책 분량이었습니다. 할당된 예산으로는 모두 책으로 엮기 어렵다고 판단하여 발췌작업을 하게 된 것입니다. 발췌작업은 당시 통일원 기획관리실장이자 간도연구가인 노계현 박사가 맡았습니다. 그는 모든 자료에 제목을 달고 선별 작업을 했습니다. 자료입수부터 발췌까지 2년이나 소요되었다고 합니다."

"예산이 적었나요?"

"정 의장은 자료집 서문에서 자료집 발간을 위해 박 대통령이 특별예산을 배정했다고 기록하고 있습니다. 당시 김용태 국회운영위원장도 정부 예비비에서 예산이 할애되었다고 적었습니다."

국가가 예산을 지원하고 국회도서관이 발간 주체였다는 것은 이 사업이 국책 사업으로 추진되었다는 것을 의미한다.

노계현 박사는 박 대통령이나 정 의장 모두 만주군관학교 출신이라

누구보다 간도 문제에 관심이 컸을 것이지만 단순히 최고통치권자의 관심 때문에 자료집이 발간된 것은 아니고 통일에 대비한 준비작업의 일환이었다고 회고했다.

"그 뒤에는요? 이후에도 간도 문제가 논의된 적이 있나요?"

"일부 뜻 있는 국회의원들이 발의안을 제출하곤 했지만 국회의원들과 정부의 무관심으로 채택되지 못했습니다. 오랜 세월이 흘러 이번에 영토 조항 폐지와 관련하여 간도 문제가 촉발된 것입니다."

강 교수가 안타깝다는 듯이 긴 한숨을 토해낸다.

"2009년 간도협약 체결 100년을 맞아 조약 체결 후 100년이 지나면 조약을 무효화시킬 수 없다며 간도소송을 제기해야 한다는 여론이 일었습니다. 하지만 정부는 전혀 움직이지 않았고 세월만 흘러갔습니다. 그동안 그렇게 입이 부르트게 말해도 듣는 척도 안 하더니 지금 와서 허둥지둥 하는 모습이 너무 안타깝습니다. 국민에게 정책을 제시해야 할 사람들이 그저 눈치나 보면서 표심만 쫓아다니니 나라가 제대로 운영될 수 있겠습니까?"

강 교수의 이야기를 듣고 있던 김 변호사의 뇌리에 대통령 당선인이 하던 이야기가 떠올랐다.

"사회 각층에 깊숙이 포진되어 있는 친일파 때문에 간도 문제가 묻혀 있었다는 의견도 있던데요?"

"일리 있는 말입니다. 일본은 한일합병 이후 간도지역을 기반으로 활동하고 있는 독립운동세력을 척결하는 데 심혈을 기울였습니다. 1920년 간도참변을 일으켜 간도에 거주하는 조선인들을 무차별 학살했고 1931년에는 만주사변을 일으켜 만주국을 수립하고 독립운동가들을 무참히 살해했습니다. 이러한 일본의 만행에는 친일 앞잡이들이 함께하고 있었습니다. 간도 문제를 파헤치다 보면 당연히 친일파 문제가 대두될 수밖에 없습니다. 각계각층에 포진되어 있는 친일파들이 갖은 구실을 만들어 간도 문제를 사장시켜온 이유죠."

하오 주임이 왕 교수와 한일합병에 대해 검토하고 있다.

하오 주임은 이번에는 꼼꼼하게 따져 볼 심산이었다. 북한의 국가성이 인정되면 소송은 끝난 것이나 다름없다는 왕 교수의 호언장담이 무위로 돌아가지 않았던가.

다행히 왕 교수가 한일합병으로 대한제국이 소멸되었기 때문에 남북한이 대한제국의 영토분쟁을 승계할 수 없다는 논리를 찾아내 망신을 면할 수 있었다.

하지만 이번에는 반드시 승기를 잡아야 했다. 그렇지 않으면 외교부장에게 영락없이 무능한 사람으로 찍히고 말 것이다.

"교수님, 일본이 합병조약을 체결한 이유가 뭐죠? 당시 약육강식의 국제무대에서 구태여 합병조약을 체결할 이유가 없었잖아요?"

"19세기말 영국, 러시아, 미국, 프랑스 등 서구 제국주의 열강들이 호시탐탐 조선을 노리고 있었습니다. 일본이 날름 집어삼키고 입을 씻을 상황이 아니었습니다."

1870년 이후 일본은 본격적으로 대륙진출을 모색하고 있었다. 이러한 일본의 대륙진출정책은 마침 진행 중이던 러시아의 남하정책과 충돌했는데 사할린 섬과 쿠릴 열도, 만주와 조선에서 분쟁이 현실화되었다.

"조선을 대륙침략의 교두보로 삼아야 하는 일본과 조선의 부동항을 확보해 태평양과 동남아시아로 진출하려는 러시아는 필연적으로 부딪칠 수밖에 없었습니다."

1896년 아관파천은 조선을 노리는 일본과 러시아간 패권경쟁의 전초전이었다.

아관파천 이후 조급해진 일본은 러시아와 공공연히 갈등하더니 급기야 1904년 러일전쟁을 일으키는데, 일본을 만만하게 보던 러시아가 1905년 동해 해전에서 참패하고 만다.

1905년 8월 10일 루스벨트 대통령의 중재로 미국 뉴햄프셔주 군항도시 포츠머스에서 강화협상이 진행된다. 배상금과 할양지 문제로 난항을 거듭하던 협상은 9월 5일 최종 합의점에 도달하게 되는데, 전쟁에 패한 러시아로서는 굴욕적인 내용일 수밖에 없었다.

① 조선에 대한 일본의 지도·보호·감리권 승인

② 여순(旅順)·여대(旅大)의 조차권, 장춘(長春) 이남의 철도부설권 할양

③ 동해·오호츠크해·베링해 등 러시아령 연안의 어업권 양도

④ 북위 50도 이남의 남사할린 할양

"조선에 대한 일본의 권리를 인정하면서 조건이 붙었습니다. 조선을 병합할 경우 조선의 자발적인 동의에 기초해야 한다는 것으로 무력에 의한 강제합병은 안 된다는 것이었습니다. 이 조건 때문에 어쩔 수 없이 한일합병조약이라는 형식을 갖추게 된 것입니다."

일본국 전권위원은 일본국이 장래 한국에 있어서 취할 필요가 있다고 인정되는 조치가 한국의 주권을 침해하게 될 경우 한국 정부와 합의한 뒤 이를

집행할 것을 서약한다.

"아무리 제국주의 시대라고 하지만 자기들 마음대로 이래라 저래라 해도 되는 건가요? 정작 당사자인 대한제국은 무슨 일이 벌어졌는지조차 모르고 있는 거잖아요?"

"이것이 바로 당시 제국주의 국가들 간에 유행하던 비밀조약입니다. 일본의 한국 병합을 묵인한 국가가 러시아에 국한된 것은 아니었습니다. 1902년 영일동맹조약, 1904년 가쓰라-태프트 밀약에 의하여 영국과 미국도 일본의 기득권을 묵인했습니다."

"남한은 한일합병조약이 무효라고 주장하겠지요?"

하오 주임이 물었다.

"그럴 겁니다."

"대한민국이 어떤 논리를 들이댈 것으로 예상하고 있습니까?"

하오 주임이 깐깐하게 따지고 들자 왕 교수의 입안에 시큼한 냄새가 감돌았지만 차마 내색하지는 못한다.

"남한으로 유학했던 학자들에게 관련 논문들을 번역하라고 지시해 두었습니다. 조만간 분석이 완료될 겁니다."

"역시 한일합병을 들고 나왔군요. 다른 나라라면 몰라도 중국이라면 그냥 넘어갈지도 모른다고 생각했는데."

강 교수가 허탈하다는 듯이 말했다.

"그러게요. 일본의 침략으로 고통을 받은 것은 한국이나 중국이나 마찬가지인데, 국가 이익이 걸리다 보니 중국도 어쩔 수 없나 봅니다."

강 교수와 김 변호사는 중국이라면 일본의 식민지배를 문제 삼지 않을지도 모른다고 내심 기대하고 있었다. 중국 또한 1895년 청일전쟁으로 타이완과 요동을 빼앗기고 1937년 난징대학살을 계기로 중일전쟁을 치르는 등 일본의 침략에 의해 큰 상처를 입지 않았던가. 동병상련이라고, 같은 아픔을 당한 처지에 서로의 상처를 헤집지는 않을 것이라고 기대했던 것이 너무 순진한 것일까?

"일본의 식민지배는 당연히 무효 아닌가요? 대한제국의 의사의 반해 일방적으로 강요된 것이었잖아요?"

한 교수가 강 교수에게 물었다.

"19세기는 제국주의 열강들이 앞다투어 식민지를 개척하던 시대였습니다. 스페인, 영국, 프랑스, 미국 등 잘나가는 국가들은 모두 힘이 약한 나라를 정복하고 식민지로 만들었습니다. 이와 관련하여 시제법(時際法, intertemporal law)의 원칙이라는 것이 있습니다."

"시제법의 원칙이요?"

"네. 구법 시대에 발생한 사실은 전적으로 그 당시의 법에 따라 적법성이 판단되어야 하고 신법에 의해 판단되어서는 안 된다는 원칙입니다."

영토의 취득에 대해서는 취득 당시 유효했던 국제법을 기초로 평가해야지 평가가 이루어지는 시점의 국제법을 기준으로 해서는 안 된다는 것이다.

"결국 전쟁과 정복이 인정되던 시대에 정복에 의해 취득한 영토는 그 적법성이 인정되어야 한다는 주장이지요."

"그럼 당시 제국주의 국가들이 다른 나라를 정복하고 식민지로 만든 행위가 모두 적법하다는 거예요?"

"그렇습니다."

잠자코 듣고 있던 이미주 사무관이 발끈했다.

"에이, 그게 말이 돼요? 결국은 자신들의 잘못을 모두 덮겠다는 논리잖아요. 그런 말도 안 되는 원칙이 어디 있어요?"

"국제사회도 결국은 힘의 논리로 움직입니다. 자신들의 행위를 정당화할 수 있는 논리가 필요하고 그 논리 중의 하나가 바로 시제법의 원칙인 것입니다."

"그 시대에 그것을 금지한다는 국제법규가 명시적으로 존재하지 않았다고 하는데 관습법이나 자연법이라는 것도 있잖아요? 다른 나라를 명분 없이 침략하고 약탈해서는 안 된다는 것은 일종의 자연법 같은 것 아닌가요?"

논리적으로 반박하는 한 교수의 말에 강 교수가 고개를 끄덕이며 말을 이었다.

"옳은 말씀입니다. 우리로서는 당연히 주장해야 하는 논리죠. 그렇지만 국제사법재판소에서 수용되지는 못할 겁니다. 과거를 송두리째 뒤엎어야 하는 일이거든요. 억울하더라도 냉정하게 접근해야 합니다. 일본의 한일합병이 법률적으로 무효였다는 것을 논증해야 우리 주장이 받아들여질 수 있습니다."

준비서면

사건   간도반환청구소송
원고   대한민국
피고   중화인민공화국

원고 대한민국은 다음과 같이 변론을 준비합니다.

다음

1. 피고 중화인민공화국은 1910년 한일합병으로 대한제국이 소멸하였기 때문에 1948년 수립된 원고가 대한제국으로부터 영토분쟁을 승계할 수 없다고 주장합니다. 또한 원고가 1948년 정부 수립 이후 이 사건 소송을 제기하기 전까지 일체 문제를 제기하지 않았고, 나아가 1992년 한중수교 시 피고의 사건대상에 대한 점유를 승인하였으므로, 이 사건 소송은 금반언의 원칙에 반한다고 주장합니다.

2. 한중수교공동성명 제2조는 유엔 헌장상의 일반 원칙들을 선언적 의미에서 재확인한 것으로써 국교체결 시 상투적 의례적 문구에 불과합니다.

〈국제연합헌장〉

제2조 ④ 모든 회원국은 그 국제관계에 있어서 다른 국가의 영토보전이나
    정치적 독립에 대하여 또는 국제연합의 목적과 양립하지 아니하는

어떠한 기타 방식으로도 무력의 위협이나 무력행사를 삼간다.

원고 대한민국이 한중 수교 당시 간도 문제를 제기하지 않은 것은 수교를 위해 어쩔 수 없는 것이었습니다. 잘 아시다시피 자유진영과 공산진영은 제2차 세계대전 이후 극심한 이념전쟁을 벌여 왔습니다. 만일 그 당시 간도문제가 제기되었다면 한중수교는 불가능했을 것입니다.

특히, 수교협상 당시 양국 모두 간도에 대해 전혀 언급하지 않았습니다. 간도가 언급되었음에도 불구하고 서로의 영토를 존중한다는 합의가 이루어졌다면 승인으로 보아야 할 것입니다. 그러나 일언반구도 언급이 없었던 이상 이를 피고의 간도 점유를 승인한 것이라고 볼 수는 없습니다.

피고 중화인민공화국에는 '선주붕우 후주생의(先做朋友, 後做生意)' 라는 말이 있습니다. '먼저 친구가 되고 이후에 문제를 해결하라'는 뜻입니다. 원고와 피고는 이러한 격언에 따라 먼저 국교를 맺은 것뿐입니다.

3. 원고가 1948년 정부 수립 이후 지금까지 사건대상 간도에 대해 문제를 제기하지 못한 것은 피고의 점유를 묵인해서가 아닙니다. 원고가 문제를 제기하지 못한 것은 불가피한 사정이 있었기 때문입니다.

(1) 우선 문제를 제기하기 위해서는 문제가 발생한 사실을 알아야 합니다. 제2차 세계대전의 전후처리에 대한 최종 결정은 샌프

란시스코 강화조약을 통해 표출되었습니다. 동 조약은 1951년 9월 8일 체결되어 1952년 4월 28일 발효되었습니다.

샌프란시스코 강화조약에는 사건대상을 포함한 만주에 대한 내용이 전혀 포함되어 있지 않았습니다. 당연히 원고에게 귀속되어야 할 사건대상에 대한 언급이 없었던 것입니다.

사건대상의 귀속에 대해서는 조약 해석의 문제가 남게 되었고 원고는 이후 상황을 지켜보아야 하는 입장이 되었습니다. 어찌되었건, 이 시점 이후에야 비로소 문제 제기가 가능했습니다.

(2) 1952년 4월 28일 샌프란시스코 강화조약이 발효될 당시 국제연합이 인정하는 중국의 유일 합법정부는 타이완이었습니다. 하지만 타이완은 1949년 베이징 정부 수립 이후 사건대상에 대한 사실상의 처분 권한을 상실한 상태였습니다.

이러한 상황에서 원고가 타이완을 상대로 문제를 제기하는 것은 무의미한 일이었습니다. 국제연합은 1971년 10월 25일에야 비로소 베이징 정부를 중국 대표 정부로 인정하였습니다.

그렇다면, 원고로서는 피고 정부가 국제사회에서 중국을 대표하는 정부로 인정된 이 시점 이후에야 비로소 문제를 제기할 수 있었다고 보아야 할 것입니다.

(3) 문제는 원고와 피고 간의 국교가 1992년에야 이루어졌다는 점입니다. 냉전시대에 영토 문제를 제기하는 것은 사실상 전쟁을 선포하는 것이나 마찬가지였습니다. 결국 원고와 피고 간에 국교가 이루어지기 전까지는 사건대상에 대한 문제제기가 현실적으

로 불가능하였다고 보아야 합니다.

(4) 피고가 답변서에서 주장하였다시피 원고는 소외 북한과 분단되어 있으며, 사건대상 간도는 북한과 맞닿아 있습니다. 이 상황에서 원고가 사건대상에 대한 문제를 제기한다는 것은 현실적으로 매우 어려운 일이었습니다. 피고도 주장하듯이 법리적으로 원고가 문제제기를 할 수 있는 권한이 있는지조차 불투명한 상황이었습니다.

이에 원고는 통일의 기운이 무르익었을 때 문제를 제기하고자 하였습니다. 독일과 예멘의 통일을 지켜보면서 남북한의 통일도 머지 않았다고 생각한 것입니다.

하지만 예상과 달리 독일 통일 이후 30여 년이 지난 지금까지도 남북 통일은 요원한 상태입니다. 언제 통일이 이루어질지 모르는 상태에서 더 이상 문제 제기를 늦출 수 없어 이 사건 소송을 제기하였다는 점은 이미 말씀드린 바 있습니다.

생각건대, 원고가 문제를 제기할 수 있었던 시점은 원피고 간 수교가 이루어진 1992년 이후 북한과의 통일이 요원함을 깨닫고 문제 제기의 필요성을 느끼기에 합당한 시간 이후로 설정되어야 할 것입니다.

(5) 피고는 답변서에서 조중변계조약을 증거로 제출하였습니다. 위 조약은 국제연합에 등록되지도 않았고 공개되지도 않았습니다.

피고와 북한 간에 어떠한 조건하에 어떠한 조약이 체결되었는지도 모르는 상태에서 원고가 문제를 제기한다는 것은 사실상 불가능한 일입니다.

　무엇보다도 원고가 조중변계조약이 체결되었다는 사실과 그 내용을 정확하게 알게 된 이후에야 문제 제기가 가능하다는 점에는 이의가 없으실 것이라 생각합니다.

(6) 요컨대, 이러한 사정들로 인하여 원고가 그동안 사건대상에 대하여 문제를 제기하지 못한 것을 두고 피고의 사건대상에 대한 점유를 묵인하였다고 볼 수는 없습니다.

4. 마지막으로 피고는 대한제국이 일본에 병합되어 소멸되었으므로 원고와 북한이 대한제국으로부터 영토분쟁을 승계하는 것은 논리적으로 불가능하다고 주장합니다.

　그러나 한일합병조약은 대한제국 및 대한제국 국민들의 의사에 반하여 강제로 체결된 것입니다. 이러한 조약은 성립 요건조차 갖추지 못하여 법률적으로는 부존재하는 것으로 평가됩니다.

　고로 대한제국은 법률적으로 존속하였던 것으로 평가되어야 하기 때문에 피고의 주장은 부당합니다.

증 거

1. 갑제1호증　순종황제 유조(遺詔)

원고 대한민국
소송대리인 김명찬

증거를 보겠습니다.

갑제1호증 순종황제 유조입니다. 순종 황제의 유조는 1926년 4월 26일 황제가 운명하기 직전에 말씀하신 것을 궁내대신 조정구가 받아 적은 것입니다. 이 유조는 미국 샌프란시스코에서 발행되던 〈신한민보(新韓民報)〉 1926년 7월 8일자에 보도된 바 있습니다.

한일합병조약은 대한제국 최고 통치권자였던 순종 황제의 의사에 반하는 것이었습니다. 이는 순종황제의 유조에 명확히 나타나 있습니다.

지난날의 병합 인준은 강력한 이웃나라가 역신(逆臣)의 무리와 더불어 제멋대로 선포한 것이오. 나를 유폐하고 나를 협박하여 거역하지 못하게 한 것이니 고금에 어찌 이런 도리가 있으리오.

보시는 것처럼 순종 황제는 한일합병을 승인한 사실이 없습니다. 국가 간의 조약은 국가를 대표하는 통치권자의 자유로운 의사에 의하여 체결되어야만 비로소 유효합니다.

한일합병조약은 순종 황제의 의사에 반하여 강제로 체결된 것으로서 법률적으로 성립할 수 없음이 명백합니다.

이상입니다.

"역시 남한은 한일합병조약이 무효라는 논리를 내세우고 있군요.

그런데 순종의 유언이 영 마음에 걸리는데요."

하오 주임이 자신의 예상이 들어맞았다는 것을 과시하듯 의기양양한 얼굴로 왕 교수를 바라보았다.

"순종은 대한제국의 마지막 황제였습니다. 자신의 대에서 왕조가 끝났다는 게 늘 마음에 걸렸을 것입니다. 마지막 순간까지도 조상들을 어떻게 볼 것인지 걱정스러웠겠지요. 그런 심정에서 책임 회피성 유언을 남겼을 것이 분명합니다."

왕 교수의 대답에 하오 주임이 반발한다.

"사람이 마지막 순간만큼은 진실을 말한다고 하지 않습니까? 순종이 임종 직전에 거짓말을 했겠습니까?"

하오 주임의 말에 왕 교수도 지지 않고 받아친다.

"그건 제가 순종이 아니니 모르지요. 하지만 한일합병 당시의 상황을 보면 결코 그렇지 않습니다."

"그게 무슨 말이죠?"

준 비 서 면

사건   간도반환청구소송
원고   대한민국
피고   중화인민공화국

피고는 다음과 같이 변론을 준비합니다.

다 음

1. 원고는 한일합병조약이 대한제국 순종 황제의 의사에 반해 강제로 체결된 것이기 때문에 조약 자체가 성립할 수 없다고 주장합니다. 그러나 이는 사실이 아닙니다.

2. 1910년 8월 29일자 순종의 칙유는 순종이 한일합병을 갈망하고 있었음을 보여줍니다. 칙유(勅諭)는 황제가 한 말을 그대로 옮겨 적은 포고문을 말합니다.

짐이 부족함에도 불구하고 크나 큰 위업을 이어받아 나라를 성심을 다하여 돌보아왔으나 원래 자질이 약한 것이 누적되어 고질이 되고 피폐가 극도에 이르러 조만간 만회할 가망이 없으니 선후책이 망연하다.

이러한 상황에서 망설이다 보면 상황이 더욱 악화되어 끝내는 결코 수습할 수 없는 상황에 이르고 말 것이니 차라리 대임을 남에게 맡기는 것만 못하다.

이에 짐이 결연히 스스로 결단하여 한국의 통치권을 종전부터 친근하게 믿고 의지하던 이웃 나라 대일본국 황제 폐하에게 양여하여 밖으로 동양의 평화를 공고히 하고 안으로 민생을 보전하게 하니 그대들 대소 신민들은 국세와 시의를 깊이 살펴 번거롭게 소란을 일으키지 말고 각각 본업에 충실하여 일본제국의 문명한 새 정치에 복종하여 복을 함께 누리라.

짐의 오늘의 이 조치는 그대들 민중을 잊음이 아니라 참으로 그대들 민중을 구원하려고 하는 지극한 뜻에서 나온 것이니 그대들 신민들은 짐의 이 뜻을 능히 헤아리라.

보시는 바와 같이 칙유의 내용은 순종의 유조와는 완전히 다른 내용입니다.

500년 사직을 스스로 접은 순종이 임종 직전에 회한이 있었음은 능히 짐작할 수 있을 것인 바, 그러한 심정이 술회된 유조를 근거로 한일합병조약이 순종의 의사에 반하는 것이라고 할 수는 없습니다. 오히려 칙유에서 보는 바와 같이 순종이 자발적으로 일본과의 합병에 동의하였음에 주목해야 할 것입니다.

3. 또한 대한제국 백성들 또한 한일합병을 갈망하고 있었습니다. 당시 대한제국 최대 사회단체였던 일진회는 1909년 2월 합방상주문과 합방청원서를 제출하고 합방성명서를 발표하는 등 합병을 촉구하였고, 일반 백성들의 큰 호응을 받아 합병운동으로 발전되었습니다.

당시 영국, 프랑스, 러시아, 미국 등 서양 제국주의 열강들의 침략을 받고 있던 대한제국 백성들은 생김새도 낯선 서양인에게 국권을 유린당하느니 먼저 개화한 일본에 의탁하여 국력을 키운 후 자립하는 것이 낫다고 판단하고 있었습니다.

4. 이상 살펴본 바와 같이 일본이 무력에 의하여 강제로 대한제국을 합병하였다는 것은 사실이 아닙니다. 요컨대, 대한제국은 1910년 한일합병조약에 의하여 소멸한 것이 분명하므로 1948년 수립된 원고가 영토분쟁을 승계하였다는 주장은 부당합니다.

5. 원고는 피고의 점유를 결코 묵인하지 않았다고 주장했습니다.

그러나 원고는 건국 당시부터 사건대상을 원고의 영토로 간주하지 않았습니다. 이는 1948년 7월 17일 제정되어 지금까지 존치되고 있는 대한민국 헌법 영토 조항을 통해 분명하게 드러납니다.

〈대한민국 헌법〉
제3조(영토) 대한민국의 영토는 한반도와 그 부속도서로 한다.

원고는 건국 당시부터 원고의 영토를 한반도로 한정하고 있었습니다. 한반도란 압록강과 두만강 이남, 태평양으로 돌출되어 있는 한민족의 고유 영토를 가리킵니다.

사건대상은 국가 수립 당시부터 원고의 영토로 관념되지 않았음이 분명합니다.

증 거

1. 을제3호증   순종황제의 칙유
1. 을제4호증의1   합방상주문
1. 을제4호증의2   합방청원서
1. 을제5호증   대한민국헌법

피고 중화인민공화국

소송대리인 왕다성

"와, 이건 해도 해도 너무하는 것 아닌가요? 아무리 소송이라지만 정말 너무하네요."

중국 측 준비서면을 본 이 사무관이 어이없다는 듯 푸념을 늘어놓자 한 교수도 거들고 나선다.

"그러게요. 같은 피해자라고 생각할 줄 알았는데 중국은 전혀 아닌 가 봐요?"

강 교수가 말을 받는다.

"2014년쯤이었던 것으로 기억되는데, 그때 일본이 초등학교 역사 교과서에 센카쿠와 독도를 일본의 고유영토로 기술하라는 교과서 제 작 지침을 발표했습니다. 그러자 한국과 중국에서 난리가 났지요. 중 국 외교부 대변인은 센카쿠는 중국의 고유영토가 분명한데도 불구하 고 왜곡된 역사를 가르치는 것은 절대 있을 수 없는 일이라며 일본을 맹비난했습니다. 그때 기자가 독도에 대해서는 어떤 입장이냐고 물었 는데 뭐라고 대답했는지 아세요?"

아무도 대답이 없다.

"독도 문제는 한일 간에 대화로 풀어야 할 문제라고 했답니다."

강 교수의 말에 모두 씁쓸한 표정이다. 사람도 마찬가지지만 국가들 도 자국 일이 아니면 신경 쓰지 않는다. 결국 어떤 일이든 스스로 풀어 가는 수밖에 없는 것이다.

"한 교수님, 한반도라는 말이 언제부터 쓰인 거죠?"

김 변호사가 물었다.

"북한에서는 한반도라는 표현 대신 조선반도라는 표현을 쓰고 있는 데, 조선반도라는 표현은 한일합병을 전후하여 일본이 만들어낸 개념 으로 추정되고 있습니다."

"일본이 만들어냈다고요?"

"간도협약 체결을 전후하여 조선반도라는 개념이 만들어졌을 거라는 말입니다."

"그게 무슨 말이죠?"

"일본이 대한제국을 병합하는 데 걸림돌이 된 것이 바로 간도였습니다. 마음은 급한데 간도 때문에 청이 자꾸 간섭하는 겁니다. 청은 일본이 대한제국을 병합하면 간도에 대해 권리를 주장하기 어려워질 것으로 생각하고 있었습니다. 이런 상황에서 일본이 무슨 생각을 했을까요?"

"간도를 떼어내 버리면 청이 간섭하지 않을 것이라고 판단했다는 건가요?"

"맞아요. 일본은 간도협약 체결 이후 간도를 중국에 팔아먹었다는 비난을 피하기 위해 원래 한민족은 조선반도를 터전으로 했다는 반도사관을 만들어냈습니다. 대한민국임시정부가 대한민국의 영토를 대한제국의 판도로 한다고 규정한 것은 이러한 반도사관에 대한 저항의 표현이었습니다."

김 변호사가 메모하는 것을 지켜보던 한 교수가 역으로 질문한다.

"다른 나라들의 영토 조항은 어떻게 되어 있나요?"

"사실 헌법에 영토 조항을 두고 있는 나라는 별로 없습니다. 영토 조항을 두는 나라들은 주로 연방제 국가들입니다. 연방의 범위를 분명히 하기 위해서죠. 연방제 국가가 아니면서 영토 조항을 두고 있는 나라는 채 10여 국이 안 됩니다."

"이번에 헌법을 개정하면서 영토 조항의 폐지 문제가 논의된 것으로 알고 있는데, 뭐가 문제가 된 것인가요?"

"영토 조항은 대한민국의 영토를 '한반도와 그 부속도서'로 규정하고 있습니다. 우선 북한의 지위 문제가 대두됩니다. 영토 조항에 의하면 북한은 대한민국 영토를 무단 점령하고 있는 것이 됩니다. 이러한 규정이 유엔에 동시 가입되어 있는 현실과 배치된다는 주장이 제기되었습니다."

헌법상 북한은 대한민국 영토를 불법 점령하고 있는 반국가단체로 보아야 하는데, 북한이 국제법상 하나의 국가로 평가받고 있는 현실과 맞지 않는다는 말이다.

"평화통일조항과 모순된다는 주장도 있었습니다."

영토 조항상 북한은 대한민국 영토를 불법 점령하고 있는 반국가단체로서 타도 대상에 불과하다. 그런데 헌법 제4조는 평화적 통일정책을 수립하고 추진해야 한다고 규정하여 북한을 대한민국과 대등한 대화 당사자로 설정하고 있어 모순된다는 것이다.

또 헌법 제5조는 침략전쟁을 부인하고 국군의 국토방위 의무를 규정하고 있는데 국군이 국토방위의무를 다하기 위해서는 대한민국 영토를 불법 점령하고 있는 북한 정권을 축출해야만 한다. 이것 또한 평화통일조항과 모순된다는 것이다.

〈대한민국 헌법〉

제3조(영토) 대한민국의 영토는 한반도와 그 부속도서로 한다.

제4조(평화통일정책) 대한민국은 통일을 지향하며, 자유민주적 기본질서에 입각한 평화적 통일정책을 수립하고 이를 추진한다.

제5조(침략전쟁의 부인, 국군의 사명과 정치적 중립성) ① 대한민국은 국제 평화의 유지에 노력하고 침략적 전쟁을 부인한다.

② 국군은 국가의 안전보장과 국토방위의 신성한 의무를 수행함을 사명으로 하며, 그 정치적 중립성은 준수된다.

"너무 어려워요. 그러니까 북한은 우리 영토이고 북한 정권은 반국가단체가 되는데, 평화통일조항에 의하면 반국가단체인 북한 정권을 대화상대로 인정해야 하고, 반국가단체를 몰아내야 하는 국군의 국토방위의무와 모순된다 뭐 그런 말이지요?"

"맞아요. 게다가 영토 조항은 대한민국의 영토를 부당하게 제한하고 있다는 지적도 있었습니다. 과거 우리 민족의 판도였던 만주, 요동, 연해주를 포기한 식민지 반도사관에 입각한 규정이라는 비판이지요."

미래 영토를 한정하고 있어 문제가 있다는 지적도 있다. 예컨대 우주항공산업의 발달로 새로운 행성을 찾아 나서는 것이 일반화될 경우, 다른 나라들은 행성을 선점하고 있는데 대한민국은 영토 조항에 묶여 아무것도 할 수 없다는 말이다. 영토라는 것이 항구적인 것이 아니라 시대와 문화에 따라 가변적이라는 점을 고려한 지적이다.

"타국 영토를 침범하지 않겠다는 의지를 천명한 것으로 좋게 봐줄 수도 있지만 군이 헌법에 이런 조항을 둘 필요가 없지 않느냐는 의견이 많았습니다."

영토 조항에 관한 검토가 끝나자, 이번에는 이 사무관이 한 교수에게 물었다.

"교수님, 일진회(一進會)는 어떤 단체였나요?"

중국은 한일합병이 일본의 강압에 의해 이루어진 것이 아니라 대한제국 백성들이 원했던 것이라며 일진회의 합방상주문 등을 증거로 제출했다. 이미주 사무관의 질문은 이와 관련된 것이다.

"러일전쟁 당시 일본군의 통역이었던 송병준이 독립협회의 윤시병, 유학주와 함께 1904년에 조직한 단체입니다."

일진회는 이후 동학당(東學黨)의 친일세력인 이용구의 진보회(進步會)와 통합하면서 대대적으로 세력을 확장하게 되는데, 1905년 11월 17일 을사조약 체결 10여 일을 앞두고 을사조약에 찬성하는 선언을 한다.

한국의 외교권을 일본에게 위임함으로써 국가 독립을 유지할 수 있고 복을 누릴 수 있다.

국채보상운동이 전개되던 1907년 5월 2일에는 국채보상운동으로 야기된 모든 사태가 정부의 잘못이라며 내각탄핵을 추진하기도 했다. 1909년 이토 히로부미(伊藤博文)가 하얼빈에서 암살된 이후 일진회의 친일매국행각은 더욱 심해졌고 급기야 한일합병안을 발표하는데, 1910년 한일합병조약이 체결되자 한 달만에 해산된다.

"동학당과 조직을 통합했다고요. 동학당이 어떻게 친일 행각을 벌일 수 있죠?"

"당시 사회 분위기가 영국, 미국, 러시아 등 서양 열강보다는 일본에 호의적이었습니다. 일찌감치 개화한 일본이 서양세력을 막아줄 것이라는 기대감이 있었습니다. 동양의 한청일 삼국이 연대하여 서양세력을 막아내야 한다는 아시아연대론이 각광받고 있을 때였습니다."

을사조약이 체결되기 전이었기 때문에 아직 일본에 대한 반감보다는 기대감이 클 때였다. 일진회는 세력 확장을 목적으로 진보회에 접근했다. 진보회에 대한 탄압을 중지해야 한다고 탄원하여 진보회 회원들의 마음을 사로잡은 것이다.

"일진회가 통합을 요청하자 진보회 내에서 일진회의 취지, 규칙, 목적 등이 진보회와 유사하니 같이 활동하는 것이 좋겠다는 의견이 나왔고, 협의를 거쳐 통합된 것입니다."

하지만 이후 일진회가 을사늑약 체결에 찬성하는 시국성명을 내는 등 친일 성향을 드러내자 동학당 교주 손병희는 1906년 9월 일진회와의 결별을 선언하고 천도교로 개칭한다.

 준 비 서 면

사건   간도반환청구소송
원고   대한민국
피고   중화인민공화국

원고 대한민국은 다음과 같이 변론을 준비합니다.

다 음

1. 피고는 한일합병이 일본의 강압에 의한 것이 아니라 오히려 대한제국이 바라던 것이며, 순종 황제 또한 한일합병에 동의하였다고 주장합니다.

2. 한일합병조약은 조약으로서의 성립요건조차 갖추지 못하여

조약으로서 부존재합니다.

(1) 무엇보다도 한일합병조약은 조약체결권한이 없는 자에 의하여 체결되었습니다.

한일합병조약은 대한제국 정부 내각의 일개 대신에 불과한 이완용에 의하여 체결되었습니다. 그런데, 이완용은 대한제국의 국가 원수인 순종 황제로부터 조약체결과 관련된 어떤 권한도 부여받지 못했습니다.

이완용은 조약체결에 대한 전권위임장 없이 한일합병조약을 체결하였습니다. 당시 행정 각료가 국가를 대표하여 조약을 체결할 경우, 국가최고원수의 전권위임장이 필요하다는 것이 국제법상의 관습이었습니다. 전권위임장 없이 체결된 한일합병조약은 조약으로 성립할 수 없습니다.

(2) 피고는 순종황제의 칙유를 증거로 제출하며 한일합방이 대한제국 최고통치권자의 의사에 의한 것이라고 주장합니다. 칙유는 조약을 비준하는 문서에 해당합니다. 잘 아시다시피 국가 간의 조약은 비준이 이루어져야만 유효하게 성립할 수 있습니다.

그런데 이 칙유는 위조된 것이었습니다. 그 증거로 당시 일본 천황의 병합조약 재가문서 및 조서를 제출합니다. 칙유가 위조되어 무효라고 할 경우 한일합병조약은 비준 절차 부존재로 성립할 수 없게 됩니다.

(3) 한일합병조약이 무효임은 1965년 한일기본조약을 통해 이미

확인된 사실입니다.

3. 피고는 대한제국 백성들이 한일합병을 원하고 있었다고 주장하며 일진회의 한일합방상주문 등을 증거로 제출했습니다.

그러나 당시 합방을 주장했던 무리는 매국친일파들로서 일본의 사주를 받은 자들이었습니다. 이러한 자들에 의해 제출된 상주문은 증거가 될 수 없습니다.

4. 피고는 대한민국 헌법상의 영토 조항을 근거로 원고가 사건대상을 영토로 인식하지 않았고, 이는 결국 피고의 지배를 묵인 내지 승인한 것이라고 주장합니다. 그러나 영토 조항은 피고의 점유를 묵인 내지 승인한 것이 아닙니다. 이와 관련하여 제헌의회 의사록을 증거로 제출합니다.

증 거

1. 갑제2호증	일본 천황의 병합조약 재가문서 및 조서
1. 갑제3호증	1965년 한일기본조약
1. 갑제4호증의1 내지 3	일진회 관련 공문
1. 갑제5호증	제헌의회 의사록

원고 대한민국

소송대리인 김명찬

증거를 보겠습니다. 먼저 갑제2호증 일본 천황의 병합조약재가문서 및 조서입니다. 병합조약재가문서는 일본 천황이 한일합병조약 체결을 비준하는 문서입니다. 여기를 보시지요. 천황의 친필서명과 국새가 날인되어 있습니다.

첫째, 피고가 증거로 제출한 칙유를 보면 국새 대신 '칙명지보(勅命之寶)'라는 어새가 찍혀 있습니다. '칙명지보'는 1907년 고종황제가 강제로 퇴위당했을 때 통감부가 빼앗아 간 것입니다.

둘째, 칙유에는 황제의 서명이 없습니다. 갑제2호증 일본 천황의 병합조약 재가문서 및 조서(詔書)를 보겠습니다. 여기 이 부분입니다. 천황어새(天皇御璽)가 날인되어 있고 '무쓰히토(睦仁)'라는 천황의 친필 서명이 존재합니다. 국가의 중대사인 조약을 비준하는 경우, 양국이 동일한 격식을 갖추는 것이 외교상의 통례입니다. 그런데 일본은 조서, 대한제국은 칙유로 형식이 다르며, 국새가 아닌 어새가 찍혀 있고 서명조차 없습니다. 왜 그럴까요?

셋째, 칙유라는 것이 황제가 이야기한 것을 포고문 형태로 옮겨 적은 것이기 때문에 황제의 서명이 없는 것이 당연하다고 주장할지 모르겠습니다. 이 경우 쟁점은 순종 황제가 정말 그런 이야기를 하였는지의 여부입니다. 이미 증거로 제출된 순종 황제의 유조를 다시 음미해 볼 필요가 있는 대목입니다. 유조를 보면 순종 황제는 한일합병에 동의한 사실이 없습니다.

다음은 갑제3호증 한일기본조약 제2조입니다. 1965년 한일수교 당시 체결된 조약입니다.

〈한일기본조약〉

제2조 1910년 8월 22일 또는 그 이전에 대한제국과 일본제국 간에 체결된 모든 조약 및 협정이 이미 무효임을 확인한다.

일본은 한일합병을 추진하기 위해 양동작전을 구사하였습니다. 친일매국단체를 조직하여 정치적으로 이용한 것입니다. 갑제4호증의1 내지 3은 일본 정부 내에서 일진회와 관련하여 작성 수발된 공문들입니다.

일진회 성립에 관해서 우리는 당초부터 중하게 여기고 있지 않다. 이것이 우리 군대의 행동이나 정책에 방해가 된다고는 생각하지 않는다. 다만 그들이 우리 공사관이나 군부의 후원으로 지탱해 나가지 않는가 하는 의혹을 품는다면 재미가 없을 것이다.

그들은 무뢰한 집단으로서 어떠한 일을 당할지 알 수 없으므로 해산해도 좋다.

우리들의 주안은 일진회를 이용하여 일본군의 후환을 제거하는 데 있다. 지금 전쟁은 점점 치열해져 가고 있다. 앞에는 적의 대군을 맞이하고 있으면서 뒤에 조선의 폭동이라도 일어나 보라. 일본은 눈코를 뜨지 못할 것이 아닌가.

보시는 바와 같이 일진회는 일본의 사주에 의하며 만들어진 단체로서 꼭두각시에 불과했습니다. 일본 군부에서 파견된 인물이 고문으로 활동하고 있었고 일본의 배후 조종을 받고 있었습니다.

합일합병 한 달만인 1910년 9월 26일 일진회가 전격 해체된 것만 보더라도 일진회의 설립 목적이 무엇인지 능히 짐작할 수 있을 것입니다.

다음 갑제5호증은 대한민국 헌법 제정 당시 국회 의사록입니다. 영토 조항상의 한반도의 의미에 대해 헌법 제정안을 만든 전문위원과 국회의원 간의 대화 내용을 보겠습니다.

김교현 의원 : 제1조에 보면 '대한민국은 민주공화국이다' 하니까 우리는 어디까지나 기성국가라는 표시올시다. 제4조에 '대한민국의 영토는 한반도와 그 부속도서로 한다' 그랬으니까 우리가 기성국가라고 할 것 같으면 고유한 영토가 있는데 새삼스럽게 우리가 영토를 무엇이라고 표시할 필요가 없다고 봅니다. 만일 이것이 필요하다고 한다면 우리는 나라로서 여기에 쓰인 이것밖에 못가진다는 제한적 정신으로 표시됐는지 모르겠습니다. 여기에 대해서 답변해주시기 바랍니다.

유진오 전문위원 : 영토에 관한 것은 안 넣을 수도 있겠습니다. 아까 말씀드린 바와 같이, 우리는 연방국가가 아니고 단일국가이니까 안 넣을 수도 있습니다. 그러나 이 헌법이 적용된 범위가 38선 이남뿐만 아니라 우리 조선 고유의 영토 전체를 영토로 삼아가지고 성립되는 국가의 형태를 표시한 것입니다.

이 대화록은 세 가지 사실을 암시하는 것입니다. 첫째, 영토 조항은 한국의 분단 상황을 고려한 조항으로 원고가 한국을 대표하는 유일 합법정부임을 천명한 것입니다. 즉 영토 조항은 조선민주주의인민공화국이 불법 점거하고 있는 지역이 대한민국의 영토임을 선언한 규정입니다.

둘째, 원고는 대한제국과 대한민국임시정부의 법통을 계승한 국가입니다. 대한민국임시정부 헌법의 영토 조항은 '대한민국의 강토는 구한국의 판도로 한다'고 규정하고 있었습니다. 구한국이란 대한제국을 의미합니다. 이러한 구한국이라는 표현이 한반도라는 표현으로 변형되었을 뿐입니다. 한반도는 '한민족의 고유 판도'라는 의미의 상징적인 표현에 불과합니다.

셋째, 피고는 한반도를 지정학적 개념으로 파악하고 한반도의 북방 한계가 압록강과 두만강이라면서 압록강, 두만강 이북 지역은 한반도에 포함되지 않는다고 주장합니다. 피고의 주장대로라면 한반도는 아시아 대륙에서 바다로 돌출된 부분을 선으로 연결하여 그 아래쪽만 가리킨다고 보아야 합니다. 그러나 이러한 주장은 부당합니다. 마치 이탈리아의 영토인 이탈리아 반도가 제노바와 베네치아를 연결한 선 아래에 국한되어야 한다고 주장하는 것과 같습니다. 이상입니다.

"왕 교수님, 이게 아무래도 이상한데요. 한일합병조약은 무효라고 봐야 하는 것 아닙니까?"

대한민국 준비서면을 살펴 본 하오 주임이 어느새 왕 교수의 집무실에 들러 이야기를 늘어놓고 있다.

왕 교수는 소파에 등을 기댄 채 심드렁한 표정으로 하오 주임을 바라보고 있다. 매번 무슨 일이 있을 때마다 쪼르르 달려와 이러쿵저러쿵 토를 다는 하오 주임이 언제부터인지 귀찮게 느껴지고 있었다. 소송이라는 것이 기복이 있는 것인데 상대방이 의견을 제출할 때마다 일희일비하는 하오 주임의 모습에 짜증이 난 것이다. 물론 하오 주임의 입장을 이해하지 못하는 것은 아니다. 외교부장으로부터 얼마나 닦달을 당하고 있을지 보지 않아도 눈에 선하다.

그래도 짜증이 나는 걸 어쩌랴!

왕 교수가 대답하지 않자 하오 주임이 다시 묻는다.

"전권위임장도 없이 체결된 조약이고 비준도 받지 못한 것이라고 주장하는데 어떻게 대응하실 건가요?"

"대한제국이 일본의 식민지였다는 사실은 결코 바뀌지 않는 역사적 사실입니다. 국제사법재판소는 정복에 의한 식민지배를 적법한 것으로 인정하고 있습니다. 합병조약 자체가 중요한 게 아닙니다. 일본은 간도가 우리 중국 영토라고 인정한 나라입니다. 그런 일본이 대한제국을 합병했다는 것이 중요합니다."

중국 소송팀 왕다성 교수가 국제사법재판소 제1호 법정에서 발언하고 있다. 쟁점은 한일합병이 유효한지의 여부였다.

"원고는 한일합병조약이 권한 없는 자에 의해 체결되고 비준절차를 거치지 않았으므로 조약 자체가 성립할 수 없다고 주장합니다. 하지만 설사 원고의 주장대로 한일합병조약이 성립할 수 없다고 하더라도 일본의 대한제국 합병은 적법합니다."

그는 잠시 말을 멈추고 한국 소송팀 쪽을 흘깃 바라보았다.

"당시는 그런 시대였습니다. 국제법에 의하여 전쟁개시권이 국가주권의 하나로 인정되었고, 모든 전쟁은 적법한 것으로 제한 없이 허용되었습니다. 전쟁에 의한 영토 취득도 적법한 것이었고 병합에 대한 제3국의 승인도 요구되지 않았습니다. 따라서 대한제국이 설사 무력에 의하여 병합되었다고 하더라도 이는 적법한 것입니다."

왕 교수가 재판관들과 눈을 마주쳐 가며 능수능란하게 주장을 펴 나간다.

"또한 세계 각국은 일본의 대한제국 합병을 사전 또는 사후에 승인하였습니다. 우선 대한제국에 대한 일본의 권리는 합병 이전에 이미 영국, 미국, 러시아에 의하여 승인되어 있었습니다. 또 일본은 합병 직후 영국, 러시아, 미국, 독일, 프랑스, 이탈리아, 오스트리아 등에 한일합병조약 체결 사실을 통보하였는데 어느 나라도 이의를 제기하지 않았습니다."

왕 교수가 잠시 말을 끊고 중앙의 재판장을 향해 서서 김명찬 변호사를 가리키며 이야기를 이어나간다.

"원고는 한일기본조약에 의하여 한일합병조약이 무효로 확인되었다고 주장합니다. 그러나 한일기본조약 제2조는 한일합병조약이 대한민국 정부 수립으로 사후에 무효화되었다는 것을 확인한 것으로, 한일합병조약이 1910년 유효하게 성립 존속되다가 1948년 대한민국 정부가 수립되면서 효력이 상실되었다는 의미에 불과합니다. 일본의 대한제국 합병은 당시 국제법에 비추어 볼 때 적법하며, 대한제국은 한일합병에 의해 소멸된 것이 분명합니다. 따라서 대한민국이 대한제국으로부터 영토분쟁을 승계하였다는 주장은 부당합니다."

왕 교수가 말을 마치고 재판관들을 향해 가볍게 고개를 숙이고 자리에 앉는다.

재판장이 김명찬 변호사를 바라본다. 반박을 해보라는 뜻이다. 김명찬 변호사가 기다렸다는 듯이 자리에서 일어나 재판관들을 쭉 훑어보더니 마지막으로 왕다성 교수를 쳐다보고 변론을 시작한다.

"피고의 주장은 두 가지로 요약됩니다. 첫 번째는 일본의 무력에 의한 한일합병은 시제법의 원칙상 적법하기 때문에 한일합병에 의해 대한제국이 소멸된 것이 분명하다는 것이고, 두 번째는 원고 대한민국이 소멸된 대한제국으로부터 간도영토분쟁을 승계할 수 없다는 것입니다. 그렇지요?"

김 변호사의 확인에 왕 교수가 고개를 끄덕인다.

"피고는 시제법의 원칙을 언급하고 있습니다. 당시 세계는 오늘날과 달리 교통 통신이 발달하지 않아 어느 곳에 무슨 일이 일어났는지 정확하게 알 수 없었습니다. 당시 제국주의 열강들이 침묵한 것은 일본에 의한 대한제국 합병이 적법하게 이루어졌을 것으로 추정했기 때문입니다. 그러나 이미 살펴본 바와 같이 한일합병조약은 조약 자체가 법률적으로 부존재합니다. 만일 서구 열강들이 이러한 사실을 알았다면 결코 묵과하지 않았을 것입니다. 실제 서구 열강들은 한일합병 이후 계속되는 일본의 침략 행위를 목도하면서 한일합병이 불법적으로 이루어졌다는 것을 알고 일본의 대한제국 병합을 승인하지 않겠다는 의사를 명확하게 표시하였습니다. 카이로선언문과 모스크바 3상회담문이 바로 그것입니다. 이를 증거로 제출합니다."

김 변호사가 증거물을 서기에게 전달하자, 서기가 재판장과 왕 교수에게 전달한다. 김 변호사가 리모컨을 이용하여 스크린에 영상을 띄운다.

"증거를 보겠습니다. 먼저 갑제6호증의1 1943년 12월 1일 카이로 선언문입니다. 연합국의 주축이었던 영국, 중국, 미국의 수뇌들이 이집트 카이로에서 한 선언입니다."

Korea shall become free and independent.
한국은 자유와 독립을 얻게 될 것이다.

"다음은 갑제6호증의2 1945년 12월 27일 모스크바 3상회담문입니다. 미국, 영국, 소련의 외상들이 모스크바 회담에서 채택한 결의문입니다."

With a view to the re-establishment of Korea as an independent
state, … there shall be set up a provisional Korean democratic
government …
독립국가로서의 한국을 재수립하겠다는 관점으로 … 한국인의 민주정부가
수립될 것이다. …

"어떻습니까? 보시는 바와 같이 세계 각국이 한일합병을 승인하였다는 피고의 주장은 부당합니다. 특히 합일합병 당시 청은 일본이 대한제국을 무력으로 불법 합병하였다는 사실을 너무나 잘 알고 있었습

니다. 중화민국의 장제스(蔣介石) 총통이 조선의 재수립을 선언한 것도 한일합병이 무효임을 잘 알고 있었기 때문입니다. 요컨대 1910년 8월 22일 한일합병조약은 법률적으로 존재하지 않는 바, 대한제국은 여전히 존속하는 것으로 평가되어야 합니다. 고로 대한민국이 대한제국으로부터 영토분쟁을 승계할 수 없다는 피고의 주장은 부당합니다."

스크린을 바라보며 설명을 하던 김 변호사가 이번에는 정면의 재판관들을 바라보며 변론을 마무리한다.

"설사 피고의 주장대로 대한제국이 합병에 의하여 소멸되었다고 하더라도 원고가 영토분쟁을 승계받는다는 결론에는 변함이 없습니다. 대한제국이 일본에 합병 소멸되었다고 볼 경우 영토분쟁은 그대로 일본에 승계되고 일본에 승계되었던 영토분쟁은 대한민국 정부가 수립되면서 다시 대한민국에 승계되기 때문입니다. 요컨대, 한일합병이 유효하다고 하더라도 사건대상에 대한 영토분쟁이 원고에게 승계된다는 결론에는 변함이 없습니다. 이상입니다."

이날의 법정 공방은 이렇게 끝이 났다. 폐정시간이 다가오고 있었고, 반박 발언을 하겠느냐는 재판장의 확인에 왕 교수가 서면으로 답변하겠다고 했기 때문이다. 대한민국에게 유리하게 진행된 변론이었다. 하지만 왕 교수는 전혀 당황하는 표정이 아니었다.

제4부
◇◇◇◇◇

간도협약

중국은 대한제국이 일본에 합병 소멸되었으므로 대한민국이 대한제국으로부터 영토분쟁을 승계하는 것은 불가능하다고 주장한다. 이에 대하여 대한민국은 한일합병조약 자체가 부존재하므로 대한제국으로부터 영토분쟁을 승계하는 데 아무런 문제가 없다고 반박한다.

그러자 중국은 20세기 초반 식민지 정복은 당시 국제법 질서상 정당하다는 시제법의 원칙을 주장하며 한일합병이 유효하다고 한다. 이에 대해 대한민국은 설사 한일합병이 유효하다고 하더라도 영토분쟁이 일본으로 승계되었다가 다시 남북한으로 승계되었기 때문에 문제 될 것이 없다고 주장하는데….

재판정에서 한국 측의 주장을 듣던 왕 교수는 속으로 쾌재를 불렀다.

'한일합병이 유효하더라도 영토분쟁을 승계하게 된다는 주장이 드디어 나왔구나. 언제 나오나 하고 기다리고 있었는데, 이제부터 반격이다.'

★∴

준비서면

사건　　간도반환청구소송
원고　　대한민국
피고　　중화인민공화국

피고 중화인민공화국은 다음과 같이 변론을 준비합니다.

다 음

1. 원고는 한일합병이 유효하다고 하더라도 대한제국과 청 사이에 존재하던 영토분쟁이 일본에 승계되고 이것이 다시 원고와 북한에 승계되었다고 주장합니다. 그러나 이는 부당합니다.

2. 일본은 사건대상 간도가 중국 영토임을 인정하였습니다.

1909년 9월 4일 〈중일도문강만한계무조관(中日圖門江滿韓界務條款)〉에 의하여 사건대상이 청의 영토로 확정되면서 영토분쟁은 종결되었습니다. 이후 현재까지 무려 115년 동안 사건대상은 피고의 영토로 관리되어 왔습니다.

사건대상을 둘러 싼 영토분쟁은 1909년에 이미 종결되었는 바 영토분쟁이 대한제국으로부터 일본에 승계되었다가 다시 원고에게 승계되었다는 주장은 부당합니다.

3. 원고가 주장한 바와 같이 〈조약의 국가승계에 관한 비엔나협약〉 제11조는 국경제도의 승계와 관련하여 계속성의 원칙을 규정하고 있습니다.

〈중일도문강만한계무조관〉에 의하여 확립된 한중간의 국경은 계속성의 원칙에 따라 존중되어야 합니다.

증 거

1. 을제6호증 중일도문강만한계무조관

피고 중화인민공화국
소송대리인 왕다성

증거를 보겠습니다. 을제6호증 중일도문강만한계무조관입니다. 원고 측에서는 이 조약을 간도협약이라고 부릅니다. 제1조를 보겠습니다.

제1조 청일 양국 정부는 도문강을 청한 양국의 국경으로 하고 강원(江源) 지
　　 방에 있어서는 정계비를 기점으로 하여 석을수를 양국의 경계로 할
　　 것을 성명한다.

도문강이 바로 두만강입니다. 두만강을 국경으로 하여 그 이북은 청
의 영토로 그 이남은 조선의 영토로 한다는 의미입니다. 사건대상은
두만강 이북에 존재하는 청의 영토가 분명합니다. 이상입니다.

"왕 교수님, 정말 대단하십니다. 이런 걸 노리고 계셨으면 진작 말씀
해주시지 그러셨습니까? 이런 줄도 모르고 노심초사했지 뭡니까?"
　하오 주임이 호들갑이다. 왕 교수의 논리가 너무 명쾌했기 때문이
다. 사실 하오 주임은 이 소송은 간도협약을 들이대면 금방 끝날 것이
라고 생각하고 있었다. 무슨 소송 당사자 자격이 어쩌니 하면서 이상
한 주장을 하는 것이 영 탐탁지 않았다. 그런데 드디어 왕 교수가 간도
협약을 들고 나온 것이다.
　"간도 문제는 청일 간에 정리된 것이기 때문에 남한이 일본과의 연
관성을 들고 나올 때 들이대야 합니다. 이때가 오기를 차분히 기다리
고 있었습니다."
　왕 교수가 준엄한 목소리로 말하자 하오 주임이 계면쩍어한다.
　"간도협약이 제출된 이상 저쪽에서 이제 어쩌지 못하겠죠?"

"글쎄요. 간도협약에 대해서도 뭔가 대응 논리를 준비하고 있지 않을까요? 그만한 준비도 없이 소송을 제기했겠습니까?"

왕 교수가 하오 주임이 했던 말을 흉내 내며 빙그레 웃는다.

왕 교수의 말마따나 대한민국 소송팀은 간도협약에 대해 수많은 검토를 해야만 했다. 가능한 모든 상황에 대비하여 대응 방법을 모색해 둬야 했기 때문이다.

"교수님, 자료를 찾다 보니 간도협약 체결 100년이 지나기 전에 문제를 제기해야 한다는 네티즌들의 주장이 있던데, 이게 맞는 말인가요?"

자료를 수집 정리하던 이 사무관이 강 교수에게 물었다.

"아, 100년 시효설요. 그건 법적 근거가 없습니다. 제국주의 국가들이 영토할양방법으로 사용했던 조차(租借)가 최대 99년으로 되어 있는 것을 보고 100년을 넘기면 조차가 아닌 영유권이 인정되는 것 아니냐 하는 노파심에서 비롯된 속설입니다. 아마 그때 일부 단체에서 국제사법재판소에 소장을 제출하기도 했을 겁니다."

"교수님, 영토와 관련하여 취득시효가 인정될 수 있나요?"

김 변호사가 끼어들었다.

"이론상으로는 가능합니다. 타국의 영토를 장기간 평온·공연하게 점유함으로써 성립할 수 있는 권원입니다. 사법상의 취득시효가 국제법에 도입된 것으로 실효적 지배에 입각한 권원이라는 점에서 선점과 유사합니다. 다만 선점은 무주지를 대상으로 하는데, 취득시효는 타국의 영토를 대상으로 한다는 점에서 차이가 있습니다."

"취득시효가 인정되려면 어느 정도의 기간이 필요하죠?"

"그에 대해서는 아직 판례가 없습니다. 실제 영토분쟁에서 당사국들이 취득시효를 주장하지는 않습니다. 영국과 프랑스 간의 망키에 및 에크르오 섬 영유권 분쟁에서 양국은 거의 1,000년 동안 점유했지만 취득시효를 주장하지 않았습니다. 취득시효를 주장하는 순간 분쟁지가 상대방의 영토였다는 것을 인정하는 것이 되어버리기 때문입니다."

"예비적으로 주장할 수는 있지 않을까요?"

"취득시효가 인정될 수 있는 기간 동안 평온·공연하게 점유했다면 오히려 묵인이나 승인을 주장하는 것이 더 효과적입니다."

〈간도에 관한 일청협약 / 중일도문강만한계무조관〉

대일본제국 정부와 대청국 정부는 선린의 호의에 비추어 도문강이 청한 양국의 국경임을 서로 확인함과 아울러 타협의 정신으로 일체의 변법을 상정함으로써 청한 양국의 변민으로 하여금 영원히 치안의 경복을 향수하게 함을 욕망하고 이에 좌의 조관을 정립한다.

제1조 청일 양국 정부는 도문강을 청한 양국의 국경으로 하고 강원 지방에 있어서는 정계비를 기점으로 하여 석을수를 양국의 경계로 할 것을 성명한다.

제2조 청국 정부는 본 협약 조인 후 가능한 한 속히 좌기의 각 지역을 외국인의 거주와 무역을 위하여 개방하도록 하고 일본국 정부는 이곳에 영사관 또는 영사관 분관을 설치하기로 한다. 개방일은 따로 정한다. 용정촌(龍井村), 국자가(局子街), 두도구(頭道溝), 백초구(百草溝).

제3조 청국 정부는 종래와 같이 도문강 이북의 개간지에 있어서 한국민의 거주를 인정한다. 그 지역의 경계는 별지 지도에 표시한다.

제4조 도문강 이북 지방 잡거지 구역 내 개간지에 거주하는 한국민은 청국의 법권에 복종하며 청국 지방관의 재판관할에 속하는 것으로 한다. 청국

관헌은 한국민을 청국민과 동등하게 대우하여야 하며 납세 기타 일체 행정상의 처분도 청국민과 동일하게 대우하여야 한다. 한국민에 관계되는 일체의 민형사 소송 사건은 청국 관헌에서 청국의 법률을 적용하여 공평히 재판하여야 하며 일본국 영사관 또는 그의 위임을 받은 관리는 자유로이 법정에 입회할 수 있다. 단 사람의 생명에 관한 중대한 사안에 대하여서는 먼저 일본국 영사관에 알려야 한다. 일본국 영사관에서 만약 법률을 적절하게 적용하지 않고 판단한 사건이 있음을 인정할 때에는 공정한 재판을 위하여 따로 관리를 파견하여 재심을 청구할 수 있다.

제5조 도문강 이북 잡거구역 내에 있어서의 한국민 소유의 토지와 가옥은 청국 정부가 청국 인민의 재산과 마찬가지로 보호하여야 한다. 또 도문강 연안에 장소를 택하여 선박을 설치하여 쌍방 인민의 왕래를 자유롭게 한다. 단 병기를 휴대한 자는 공문 또는 증표 없이 넘어올 수 없다. 잡거구역 내에서 산출된 미곡은 한국민의 판매 운반을 허가한다. 그러나 흉년에는 금지할 수 있다.

제6조 청국 정부는 장차 길장(吉長) 철도를 연길 남경(延吉 南境)에 연장하여 한국 회령(會寧)에서 한국 철도와 연결하도록 하며 일체 변법(辨法)은 길장 철도와 일률로 하여야 한다. 변경 시기는 청국 정부에서 상황을 참작하여 일본국 정부와 상의한 뒤에 정하기로 한다.

제7조 본 조약은 조인 후 즉시 효력을 발생하며 통감부 파출소 및 문무의 관리들은 가능한 한 속히 철수하며 2개월 이내에 완료한다. 일본국 정부는 2개월 이내에 제2조의 통상지에 영사관을 개설한다.

메이지(明治) 42년 9월 4일

대일본제국특명전권공사 이쥬인 히코키치(伊集院彦吉)

선통(宣統) 원년 7월 20일

대청국흠명외무부상서회판대신 양돈언(梁敦彦)

김 변호사는 간도협약을 달달 외울 정도였다. 그는 조약을 통해 도출되는 사실들을 수첩에 적어두고 있었다.

① 일본이 간도를 청의 영토로 인정하고 영사관을 설치한다. 청은 간도 한국인들의 재산권을 인정하고 왕래할 자유를 보장한다.

② 조약체결 당사국은 일본과 청으로 되어 있고, 일본이 대한제국을 대리 체결한다는 문구는 없다.

③ 일본은 간도라는 지명을 사용하고 있으나 청은 도문강이라는 표현을 쓰고 있고 만(滿)과 한(韓)의 경계를 정한다고 하고 있다. 만(滿)이라?

④ 협약은 간도가 한국인에 의하여 개간되었고 한국인들이 다수 거주하며 농업에 종사하고 있다는 사실을 인정하고 있다. 이것만으로도 한국의 우선권이 인정되어야 하는 것 아닌가!

간도협약은 간도에 거주하는 조선인들의 재산을 인정하고 청인들과 동등하게 대우하며 조선인들의 간도 출입을 자유롭게 허용한다고 되어 있다. 왜 이런 내용이 포함되어 있는 것일까? 이유는 간단하다. 간도에 주로 조선인들이 거주하고 있었기 때문일 것이다.

김 변호사는 당시 간도 거주 인구조사통계표를 찾아보았다. 거주 인구의 80% 이상이 조선인이었다. 간도파출소에 대해서도 꼼꼼히 살펴보았다. 일본은 1907년 8월 19일 용정촌에 〈통감부간도임시파출소〉를 개설했다. 헌병 46명, 조선 순검 19명, 기타 8명 등 총 64명 규모였다. 파출소장은 사이토(齊藤季次郎) 중좌, 총무과장은 시노다(條田治策)였다. 사이토는 조선 주차군 사령부 소속으로 러일 전쟁 당시 여순 군정관을 지냈고 중국통으로 알려져 있던 자인데 파견 직후 대좌로 승진하였다. 총무과장 시노다는 국제법학자 겸 변호사로 러일전쟁 당시 국제법 고문관으로 종군하였고 나중에《백두산정계비》를 저술하였다.

　파출소를 설치하여 간도를 관리하던 일본은 1909년 느닷없이 간도를 청의 영토로 인정해버렸고 1년도 지나지 않아 한일합병이 이루어졌다.

　'간도가 한국 영토라고 강변하던 일본이 돌변한 이유가 무엇일까? 청일전쟁과 러일전쟁에서 승리하여 동북아시아의 패권을 장악하고 있던 일본이 간도를 청에 넘겨준 이유가 무엇일까?'

준 비 서 면

사건　　간도반환청구소송
원고　　대한민국
피고　　중화인민공화국

원고는 다음과 같이 변론을 준비합니다.

다 음

1. 피고는 1909년 간도협약에 의하여 사건대상 간도가 피고의 영토임이 확인되었고 이후 115년 동안 피고의 영토로서 점유 관리되었다고 주장합니다.

2. 간도협약은 청일 간에 체결된 조약으로 체약국인 청일 간에는 그 효력이 있을지 몰라도 제3국에 불과한 대한제국에는 효력이 없습니다.

'누구도 자신이 가진 것 이상은 줄 수 없다'라는 법언(法諺)이 있습니다. 이는 로마법 이래 확고하게 인정되는 법원칙으로 〈조약법에 관한 비엔나협약〉도 이러한 원칙을 확인하고 있습니다.

제34조(제3국에 관한 일반 규칙) 조약은 제3국에 대하여 그 동의 없이는 의무 또는 권리를 창설하지 아니한다.

제35조(제3국에 대하여 의무를 규정하는 조약) 조약의 당사국이 제3국에 대하여 의무를 설정하는 경우에는 당해 제3국이 서면으로 그 의무를 명시적으로 수락하는 경우에 한하여 의무가 발생한다.

대한제국은 간도협약에 동의한 바 없으며, 간도협약상의 의무를 수락한 바도 없습니다. 고로 간도협약은 대한제국에 대해서는 효력이 없습니다.

3. 일본은 간도를 청의 영토로 인정하는 대신 만주 5대 이권을 넘겨 받았습니다. 대한제국 영토로 청과 거래한 것입니다. 같은 날 체결된 만주협약을 증거로 제출합니다.

4. 간도협약은 당사자인 청일 간에 무효화된 조약입니다. 1952년 4월 28일 중일평화조약이 체결되었습니다. 중일평화조약은 1895년 청일전쟁 이후 1941년 태평양 전쟁 발생 시점까지 양국 사이에 체결된 모든 조약을 무효화했습니다.

제4조 중일 양국은 1941년 12월 9일 이전에 체결한 모든 조약, 협약 및 협정을 무효로 한다.

여기에는 1909년 9월 4일 체결된 간도협약과 만주협약이 당연히 포함됩니다. 이처럼 간도협약은 그 체약당사국 사이에서도 무효화된 조약으로 이러한 조약에 근거하여 사건대상에 대한 청의 영유권이 인정될 수는 없습니다,

증 거

1. 갑제7호증 만주협약

원고 대한민국
소송대리인 김명찬

증거를 보겠습니다. 먼저 갑제7호증 만주협약입니다.

제1조 청국 정부는 신민둔(新民屯)에서 법고문(法庫門) 간의 철도를 부설할

경우에는 미리 일본국 정부와 상의할 것에 동의한다.

제2조 청국 정부는 대석교(大石橋) 영구(營口) 지선을 남만주철도 지선으로 승인하고 영구에 연장할 것에 동의한다.

제3조 청국 정부는 일본국 정부가 무순(撫順)과 연대(煙臺) 탄광의 채굴권을 가지는 것을 승인한다.

제4조 무순과 연대를 제외한 안봉철도(安奉鐵道) 연선과 남만주철도 간선, 무순 연대 탄광 업무는 청국 동삼성독무(東三省督撫)와 일본국 총영사가 상의하여 결정하기로 한다.

제5조 경봉철도를 봉천성(奉天城)까지 연장하는 것에 일본국 정부는 이의가 없음을 성명한다.

보시는 바와 같이 일본은 간도를 청의 영토로 인정하는 대신 청으로부터 만주지역의 철도와 탄광에 대한 이권을 획득하였습니다. 청이 이러한 이권들을 제공하였다는 것은 당시 간도가 청의 영토가 아니었음을 의미하는 것입니다. 이상입니다.

"간도가 대한제국 영토라고 주장하던 일본이 돌변한 이유가 뭐죠?"
김 변호사가 한 교수에게 물었다.

"간도파출소의 시노다 총무과장은 간도가 조선의 영토라고 확신하고 있었습니다. 그가 1938년에 저술한 《백두산정계비》를 보면 시종일관 간도가 조선의 영토라고 주장하고 있고 간도를 청에 넘겨준 것은 일본 외교의 실패라고 결론짓고 있습니다."

간도 일대 1천 수백 방리의 지역은 원래 한국의 영토이다. 우리는 일본과 한국 양국 민족을 발전시키기 위해 원대한 계획을 세우고 활동했지만 외교 실패로 간도가 희생되고 말았다. 일본이 만주의 모든 현안과 교환하는 대가로 '간도협약'에 의해 청국의 영토권을 인정하고 후퇴한 것은 참으로 억울한 일이었다.

"외교 실패라고요? 외교를 잘 했으면 넘겨주지 않아도 되었다는 이야긴가요?"
"일본이 간도에 진출하자 러시아와 미국이 민감하게 반응했습니다. 만일 일본이 사전에 간도가 조선의 영토임을 충분히 설명했다면 간도를 넘겨줄 필요가 없었다는 비판입니다."
"미국이나 러시아의 반응과 간도를 넘겨주는 것이 무슨 관련이 있죠?"
"중국은 미국과 러시아가 일본을 견제하는 것을 보고 쾌재를 불렀습니다. 간도 파출소 설치 5일 뒤인 1907년 8월 24일 성명은 아주 강경했습니다."

청국과 조선의 국경은 두만강이다. 동 지방은 평온하며 조선인이 학대받은 사실이 없으므로 사이토 중좌 이하는 모두 신속히 철수하여야 한다.

"러시아, 미국, 중국이 합심하여 일본의 간도 진출을 견제하는 양상이네요."

"일본은 불안해지기 시작했습니다. 1895년 청일전쟁으로 할양받았던 요동반도를 삼국간섭으로 돌려줬던 기억이 되살아난 것입니다. 강대국의 간섭으로 대한제국마저 토해내는 상황이 되어서는 안 된다고 생각했을 겁니다. 마침 대한제국 내에서는 의병들의 항일운동이 점점 거세지고 있었습니다. 이런 사실이 국제 사회에 알려지면 강대국들이 개입할 가능성이 농후했고 자칫 닭 쫓던 개 지붕 쳐다보는 꼴이 될 수 있었습니다."

이러한 이유로 일본 내부에 조기 합병론이 등장하게 된다. 조선의 반일감정을 잘 알고 있던 초대 통감 이토 히로부미는 조기 합병론에 반대하다가 정치적으로 숙청되고 만다.

다 된 밥에 코 빠뜨리는 우를 범해서는 안 된다는 것이 대세였고, 조선의 간도 영유권을 계속 주장하는 것은 한일합병의 걸림돌이 된다는 의견이 제기되었다. 간도를 포기하더라도 일단 조선을 확보해두면 대륙 진출은 얼마든지 가능하다는 논리였다.

이는 당시 청일 간에 현안으로 되어 있던 만주 5안건과 간도 문제를 연결시키는 계기가 된다. 1908년 9월 25일 일본 각의에서 〈만주에 관한 대청국 문제 해결방침 결정의 건〉이 통과되었다.

차제에 그 가운데 가장 중요한 간도 문제, 법고문 철도, 영구철도의 철거, 신봉철도의 연장, 무순과 연대탄광 채굴권 및 안봉선 등 6개 안건을 일괄 처리하기로 한다.

"일단 방침이 결정되자 나머지는 사소한 문제였습니다. 중국은 도

도하게 밀어붙였고 일본은 중국이 이끄는 대로 1909년 9월 4일 간도
협약과 만주협약을 체결하게 됩니다."

"중국은 어떤가요? 간도에 집착하다가 만주 이권을 넘겨준 꼴 아닌
가요? 일본이 중국의 안방까지 넘볼 수 있게 되었잖아요?"

"맞아요. 빈대 잡으려다 초가삼간 태워 먹는 상황이 되고 말았지요."

준비서면

사건   간도반환청구소송
원고   대한민국
피고   중화인민공화국

피고 중화인민공화국은 다음과 같이 변론을 준비합니다.

다음

1. 원고는 간도협약이 청과 일본 간의 조약이라고 주장하나 이는
부당합니다. 간도협약은 일본이 대한제국을 대리하여 체결한 것
으로 실질적인 조약 당사자는 대한제국과 청입니다.

2. 일본은 1905년 11월 17일 한일협상조약에 의하여 대한제국의
보호국이 되었습니다. 1906년 11월 8일 대한제국 총리대신 박제
순은 보호국인 일본에게 간도 거주 조선인을 보호해달라고 요청

하였습니다.

간도에 거주하는 조선인의 보호는 을사보호조약의 결과 대한제국의 외교를 관장하고 있는 일본이 담당해야 한다.

간도협약은 대한제국의 요청에 따라 보호국인 일본이 대한제국을 대리하여 체결한 조약이기 때문에 실질적인 조약 당사자는 대한제국입니다. 따라서 간도협약은 당연히 대한제국에 효력이 있습니다. 아울러 간도협약은 실질적인 조약체결 당사자가 청과 대한제국이기 때문에 중일평화조약에 의하여 무효화되는 조약이 아닙니다.

3. 귀 재판소는 1994년 리비아와 차드 간 국경분쟁사건에서 국경조약의 승계에 관하여 계속성의 원칙에 근거하여 다음과 같이 판결한 바 있습니다.

구 식민지 지배국이 체결한 국경조약은 이후 독립국에도 승계되며 일단 합의된 국경은 원 조약의 유효기간이 경과하였어도 항구성을 지닌다.

원고는 한일합병이 유효하다고 하더라도 대한제국의 영토 분쟁이 그대로 일본에 승계되고 다시 원고 대한민국에 승계된다고 주장하였습니다. 하지만 간도협약에 의해 영토분쟁은 모두 종결되었다고 보아야 하는 바, 이러한 원고의 주장에 따르더라도 간도협약에 의하여 확정된 청과 대한제국의 국경이 그대로 유지 존속되어야 할 것입니다.

증 거

1. 을제7호증   1905년 11월 17일 한일협상조약
1. 을제8호증   1906년 11월 8일자 대한제국 공문

피고 중화인민공화국

소송대리인 왕다성

"하하, 드디어 결론이 보이는 것 같군요."

하오 주임이 작성된 준비서면을 보고 왕 교수와 희희낙락하고 있다.

"대한제국의 보호국이었던 일본이 대한제국을 대리하여 간도가 청의 영토임을 인정했기 때문에 간도 문제는 모두 종결된 것이라는 그런 뜻이지요?"

"그렇습니다. 이제 하오 주임님도 박사가 다 되었네요?"

"나도 요새 공부 많이 하고 있습니다. 명색이 실무 담당자 아닙니까? 그런데 리비아-차드 간 국경분쟁은 어떤 것인가요?"

"리비아와 차드 사이에 아우조우(Aouzou)라는 지역이 있습니다. 이지역을 놓고 리비아가 국제사법재판소에 재판을 제기하였습니다."

제소 당시 아우조우는 리비아가 점령하고 있었다. 1955년 차드가 프랑스의 식민지였을 때, 프랑스와 리비아 사이에 20년을 유효기간으로 하는 우호선린조약이 체결되었다. 아우조우를 포함한 차드에 대한

프랑스의 식민 지배를 인정한다는 내용이었다.

조약의 유효기간이 종료되자 리비아는 아우조우가 리비아의 고유 영토라며 차드 정부에 반환을 요청하였다. 차드가 임의로 반환하지 않자 리비아가 아우조우를 점령한 뒤 영유권 확인소송을 제기한 것이다.

"재판에서는 1955년 조약이 리비아-차드 간 경계를 확정하고 있었는지, 만약 그렇다면 조약의 유효기간이 지난 후에도 조약에 따른 국경선이 계속 유효한 것인지가 핵심 쟁점이었습니다. 판결이 내려지자 리비아는 프랑스의 중재하에 점령 중이던 아우조우를 반환했습니다."

"한 교수님, 박제순이 일본 정부에 간도 거주민 보호를 요청한 이유가 뭔가요?"

이미주 사무관이 물었다.

"당시 간도에서는 분쟁이 한창이었고 청은 간도 거주 조선인들을 통제하는 데 혈안이 되어 있었습니다. 조정에 간도 조선인들의 보호 요청이 거듭 접수되자 박제순이 보호 요청을 하게 된 것입니다. 하지만 여기에는 일본의 불순한 의도가 작용하고 있었습니다."

"불순한 의도라니요?"

"간도는 지정학적으로 한반도와 대륙을 잇는 다리와 같습니다. 일본 입장에서 볼 때 한반도와 함께 간도까지 차지하게 되면 대륙 진출이 훨씬 수월해집니다. 또 러시아를 견제하는 데에도 간도가 꼭 필요한 상황이었습니다. 이런저런 이유로 일본이 간도에 관심을 기울이게 되었는데, 마침 조선인들이 간도를 거점으로 항일투쟁을 벌이고 있었습니다."

당시 일본이 간도에 진출하고자 한 이유는 크게 두 가지였다. 러일전쟁에 패한 러시아의 복수전에 대비하면서 대륙 진출에 보다 유리한 거점을 확보하는 것이 그 첫 번째요, 간도를 중심으로 진행되고 있는 항일운동의 근거지를 없앰으로써 그 고리를 끊고자 함이 두 번째였다.

"러일전쟁 이후 간도는 이범윤을 중심으로 항일운동의 거점으로 변해갔고, 1906년 10월 용정촌에 서전서숙(瑞甸書塾)이 설립되어 민족교육이 실시되는 등 조직적인 반일운동이 전개되고 있었습니다."

마침 조선이 청과 간도 영유권을 놓고 분쟁 중이었고 조사 결과 조선이 영유권을 주장할 수 있는 국제법적 권원이 충분하다는 판단이 내려졌다.

"간도에 대한 조선의 권원을 확인한 일본은 간도에 일진회를 진출시켰습니다."

"일진회를요?"

"네. 일진회는 1905년 9월 윤갑병(尹甲炳)을 북간도 지부 회장에 임명하고 본격적인 활동을 개시했습니다. 간도 각지에 지회를 설립하고 회원을 모집했습니다. 윤갑병이 회령에 출장 중이던 하세가와 조선주차군 사령관에게 간도를 조선의 영토로 회복시켜달라는 진정서를 제출하기도 했는데, 간도 파출소가 설치된 1907년 8월경에는 회원이 수천 명에 이르게 되고 1907년 12월 윤갑병이 함경북도 관찰사에 임명됩니다."

"일진회를 간도에 진출시킨 이유가 뭐죠?"

"표면적으로는 당세를 확장하고 간도 한인들을 보호하기 위한 것이라고 되어 있지만 궁극적으로는 일본의 간도 진출을 지원하기 위한 것이었습니다."

"일본이 간도파출소를 설치했을 때 우리 쪽 대응은 어떠했습니까?"

하오 주임이 왕 변호사에게 간도파출소 설치 당시의 상황에 대해 물었다.

"일본은 비겁하게 야밤에 파출소 주재원들을 간도에 잠입시켰습니다. 그리고 1907년 8월 19일 파출소 설치 사실을 외무부에 통보해왔습니다."

간도의 소속이 불확정한 가운데 대한제국 정부로부터 10만여 호의 조선 주민 보호를 의뢰받아 통감부 직원을 파견하였습니다. 간도에 주재하는 청국 관헌의 착오가 없도록 적절한 조치를 취해주시기 바랍니다.

"참 뻔뻔하네요! 그래서요?"

"말도 안 되는 억지 부리지 말고 즉시 파출소를 철수시키라고 요구했지요."

간도는 연길청에 속하는 청의 영토이고, 이곳에 거주하는 한인들은 월경 잠입자에 불과하기 때문에 청의 경찰권이 적용되는 것이 타당하다.

"일본이 간도파출소를 철수시켰습니까?"

"그럴리가요. 오히려 조선의 간도 영유권을 주장하고 나왔습니다."

간도는 조선 영토이기 때문에 간도 한인은 청국의 재판에 복종할 필요가 없고, 청국 관헌이 징수하는 조세와 법령을 일체 인정하지 않겠다.

"그래서요?"

"일본 입장을 확인한 우리 정부는 군대를 증파하여 만일의 사태에 대비하였습니다."

대한민국 소송팀 한서현 교수가 을사조약 체결 당일의 상황에 대하여 설명하고 있다.

"을사조약이 체결된 1905년 11월 17일의 상황입니다."

1905년 11월 17일 일본 공사가 대한제국 각부 대신들을 공사관으로 불러 한일협약 승인을 강요하였으나 오후 3시가 되도록 결론을 얻지 못하자 경운궁(덕수궁)에서 어전회의를 열게 하였다.

어전회의에서 한일협약을 거부한다는 결론이 내려지자 일본의 특파대사 이토 히로부미는 한국주차 군사령관 하세가와 요시미치(長谷川好道)와 헌병사령관 아카이시 겐지로(明石元二郎)를 대동하고 수십 명의 일본 헌병대의 호위를 받으며 직접 대궐로 들어가 황제와 대신들을 노골적으로 협박하였다.

고종이 참석하지 않은 가운데 다시 열린 어전회의에서도 결론이 나지 않자 이토는 메모지와 연필을 대신들에게 내밀며 '可'에 서명하도록 협박하였다.

일본의 계속되는 강압에 참정대신 한규설이 통곡을 터뜨리자 이토 히로부미는 한규설을 별실에 감금하고 계속 거부하면 죽여버리겠다고 협박하였다.

결국 참정대신 한규설, 탁지부대신 민영기, 법무대신 이하영은 '不可'에, 학부대신 이완용, 군부대신 이근택, 내무대신 이지용, 외무대신 박제순, 농상공부대신 권중현은 '可'에 서명하였다.

이토 히로부미는 8명의 대신 중 5명이 찬성했으니 가결된 것이라며 이토 히로부미의 문서과장을 지낸 마에마 교시쿠를 시켜 훔쳐 낸 외무대신 박제순의 관인을 조약문에 날인하였다.

"완전히 강압에 의하여 체결된 것이잖아요. 민법에서는 강박에 의한 의사표시는 취소할 수 있다고 규정하고 있습니다. 국제법에도 같은 규정이 있을 것 같은데요?"

김 변호사가 강 교수를 보며 이야기하자 강 교수가 조약집을 펼쳐 보여준다.

"〈조약법에 관한 비엔나협약〉은 무력이나 강박에 의하여 체결된 조약은 무효라고 규정하고 있습니다."

제51조(국가 대표의 강제) 국가 대표에게 정면으로 향한 행동 또는 위협을 통하여 그 대표에 대한 강제에 의하여 체결된 조약에 대한 국가의 기속적 동의 표시는 법적 효력을 가지지 아니한다.

제52조(힘의 위협 또는 사용에 의한 국가의 강제) 국제연합헌장에 구현된 국제법의 제 원칙을 위반하여 힘의 위협 또는 사용에 의하여 조약 체결이 강제된 경우 그 조약은 무효이다.

                   준 비 서 면

사건   간도반환청구소송
원고   대한민국
피고   중화인민공화국

원고 대한민국은 다음과 같이 변론을 준비합니다.

다 음

1. 피고는 간도협약이 대한제국의 보호국인 일본이 대한제국의 요청에 따라 대한제국을 대신하여 체결한 조약이기 때문에 실질적인 당사자인 대한제국에 효력이 있다고 주장합니다. 그러나 피고의 주장은 부당합니다.

2. 피고는 1905년 한일협상조약, 즉 을사조약에 의하여 일본이 대한제국의 보호국이 되었다고 주장합니다. 그러나 을사조약은 국가대표에 대한 강박에 의하여 체결된 조약으로서 무효입니다. 또한 이 조약은 조약체결권을 위임받지 않은 자에 의해 체결되었으며 국가원수에 의한 비준절차도 거치지 않았다는 점에서 한일합병조약과 같습니다. 이점에서 을사조약 또한 조약으로서의 성립요건을 갖추지 못하여 조약으로서 부존재합니다. 따라서 일본은 대한제국의 보호국이 될 수 없으며 대한제국을 대리할 권한이 없습니다.

무엇보다도 청은 이러한 사실을 잘 알고 있었습니다. 법이론상 악의의 제3자는 보호받을 수 없습니다. 청은 대한제국과 이웃한 국가로서 대한제국의 사정을 다른 어느 나라보다 잘 알고 있었습니다. 을사조약이 일본의 강압에 의하여 체결되었다는 사실, 일본이 간도를 처분할 권한이 없다는 사실을 누구보다 잘 알고 있던 청이 간도협약의 유효성을 주장하는 것은 부당합니다.

3. 설사 일본이 대한제국을 대리하여 조약을 체결할 권한이 있다고 하더라도 간도협약은 대리권한 범위를 벗어났기 때문에 무효입니다.

(1) 우선 보호국은 피보호국의 권리를 침해하는 조약을 체결할 수 없습니다. 국제법상 보호관계란 보호국이 피보호국을 외부의 침략이나 다른 압박으로부터 보호하기로 하고 피보호국의 대외관계를 대신 처리하는 관계입니다.

보호국은 피보호국을 보호할 의무가 있으므로 피보호국의 이익을 침해하는 조약은 체결할 수 없습니다. 간도협약은 대한제국의 영토를 청에게 넘겨주고 만주 이권을 대가로 받는 조약으로, 오로지 피보호국의 이익을 침해하여 보호국의 이익을 취하는 조약으로, 보호권의 범위를 벗어나 무효입니다.

(2) 일본이 대한제국을 대리하여 간도협약을 체결할 권한이 없다는 점은 을사조약 자체로도 명백합니다.

제1조 일본국 정부는 재동경 외무성을 경유하여 금후 한국의 외국에 대한 관계 및 사무를 감리(監理)·지휘하며, 일본국의 외교대표자 및 영사는 외국에 재류하는 한국의 신민(臣民) 및 이익을 보호한다.
제2조 일본국 정부는 한국과 타국 사이에 현존하는 조약의 실행을 완수할 임무가 있으며, 한국 정부는 금후 일본국 정부의 중개를 거치지 않고는 국제적 성질을 가진 어떤 조약이나 약속도 하지 않기로 상약한다.

보시는 바와 같이 일본은 대한제국의 외교상의 업무를 감리·지휘하고 조약을 중개할 권한만 가질 뿐 대한제국을 대신하여 조약을 체결할 권한은 없습니다.

간도협약에는 일본이 대한제국을 대리하여 체결한다는 취지가 전혀 기재되어 있지 않습니다. 요컨대 간도협약은 대한제국을 대신하여 체결된 조약이 아니라 오로지 청일 간의 조약에 불과합니다.

(3) 피고는 일본이 대한제국의 요청에 따라 간도협약을 체결하였다고 주장합니다. 대한제국은 간도 거주 조선인을 보호해달라고 요청하였을 뿐입니다. 그런데 일본은 만주 5대 이권을 대가로 간도를 청의 영토로 넘겨 버렸습니다. 간도협약은 구체적인 위임 범위를 벗어나 체결된 조약으로 무효입니다.

4. 피고는 간도협약의 실질적인 당사자가 대한제국이기 때문에, 간도협약은 1952년 중일평화조약에 의해 무효화되는 조약이 아니라고 주장합니다. 간도협약은 같은 날 체결된 만주협약과 대가적 관계에 있습니다. 피고의 논리대로라면 대가관계에 있는 만주협약은 무효가 되는 반면 간도협약만 유효하다는 기이한 결과에 봉착하게 되는 바, 피고의 주장은 부당합니다.

원고 대한민국
소송대리인 김명찬

"일본은 간도를 넘겨주기 전까지 간도가 대한제국 영토라고 주장했잖아요?"

"그렇지요."

"그 내용을 좀 설명해주시겠습니까? 일본이 아무런 근거도 없이 조선의 영토라고 주장하지는 않았을 것 아닙니까?"

김 변호사가 한 교수에게 설명을 요청하자 한 교수가 빙그레 웃으며 옛일을 떠올린다. 독도반환청구소송 때에도 김 변호사는 가능한 한 많은 이야기를 해달라고 했고 거기에서 기발한 논리들을 도출해내곤 했다.

"일본은 간도 임시 파출소를 설치하기 전부터 많은 준비를 했습니다. 아무튼 치밀한 족속입니다. 1906년 2월 26일 천황의 재가를 얻어 러시아의 복수전에 대비한 〈일본제국군대 작전계획〉이 수립됩니다."

주(主) 작전지역을 북만주로, 종(從) 작전지역을 함경도에서 길림성 동북부 및 남부 연해주에 걸친 지역으로 설정하고, 함경북도 지방에서 오소리(烏蘇利) 지방으로 진격하여 적을 격파한다. 간도 문제를 유리하게 해결하여 간도에서 일본의 자유행동이 가능해지면 오소리 방면에서 … 우리 작전을 매우 유리하게 전개할 수 있다. … 간도 문제의 해결은 원래 외교적인 문제이나 우리는 제국의 장래를 위해 유리하게 그리고 가능하면 신속하게 이를 해결해야 한다.

"마침 한국 주차군 참모부가 간도를 현지 조사하고, 육군성 및 외무성에 〈간도에 관한 조사 개요〉라는 보고서를 제출했습니다."

간도는 함북에서 길림에 이르는 도로의 요충에 해당되며 물자가 풍부하다. … 우리에 앞서 적이 먼저 간도를 점령하면 그들은 보급의 편리를 얻게 되고, 우리는 북함(北咸)이 무인지경이 되어 멀리 후방에서 물자를 구해야 한다. 우리가 간도의 고지를 점령하지 않는다면 회령의 평지는 적에게 내주지 않을 수 없다. 만약 우리가 공격을 취해 북함 방면에서 길림지방으로 진출하고자 한다면 우선 간도를 점령하지 않으면 안 된다. … 이 지역이 조선과 청국 어느 쪽의 영토에 속하느냐는 조선 국토의 방위상 등한시할 문제가 아니다.

"때를 같이하여 일진회 윤갑병이 간도회복요청을 하고 하야시 곤스케(林權助) 주조선공사가 이토 히로부미에게 간도 조선인 보호의 필요성을 역설하였습니다."

조선이 일본의 보호국이 되었으므로 간도 조선인의 보호는 일본의 위신에 관계되는 중요한 일입니다.

"1907년 2월 8일 일본 정부의 방침이 정해집니다."

우선 해당 지역에 대해 소속 문제를 제기하는 것을 피하고 종래 조선 정부가 실행한 예에 따라 조선인 보호를 위해 상당수의 관헌을 파견하고 가능한 한 두드러지지 않는 방법으로 장차 우리들의 기반을 확립한다.

"일본은 간도 진출의 근거를 을사조약 제1조에서 찾았습니다."
한 교수의 설명을 유심히 듣고 있던 김 변호사가 갑자기 말을 끊었다.
"잠깐만요. 을사조약 제1조에서 근거를 찾았다고요? 제1조는 외국에 있는 조선의 신민을 보호한다는 규정인데요. 아, 그럼 간도를 조선의 영토가 아닌 외국으로 보았다는 거네요. 외국이란 청을 말하는 것이고요."

김 변호사가 말을 멈추고 생각에 빠져든다.

"여기서 문제가 발생한 것이군요. 간도를 외국 영토로 간주하면서 첫 단추가 잘못 끼워진 것입니다. 간도협약 체결 이후에는 어떻게 되었죠?"

"1909년 11월 1일부로 통감부 임시 간도파출소가 폐지되고 다음 날 총영사관이 업무를 시작했습니다. 간도를 넘겨준 일본은 더 이상 간도에 관여할 명분을 잃게 됩니다. 국내 항일운동에 대한 일제의 탄압이 거세지자 많은 독립운동가들이 일본의 힘이 미치지 않는 간도로 이주하고 간도는 차츰 항일독립운동의 요람으로 변해갔습니다."

옆에서 듣고 있던 이 사무관이 끼어들었다.

"일본이 포기한 간도가 일본의 발목을 잡는 근거가 되었다니 참 역사의 아이러니네요. 중국은 간도 한국인에 대해 어떤 입장이었나요?"

"중국 입장에서 간도의 한국인들은 중국의 간도 지배를 방해하는 걸림돌에 불과했습니다. 그들은 간도가 중국 땅이라는 전제하에 이들을 밀입국자로 취급했습니다."

1627년부터 1870년경까지 청은 간도를 봉금지역으로 선포하고 무인국경지대로 운영해왔다. 19세기 조선의 백성들이 비옥한 토지를 찾아 압록강과 두만강을 넘어 토지를 일구고 정착하는 데 청은 그다지 신경 쓰지 않았다.

그러다가 러시아가 흑룡강까지 남하하자 비로소 만주 지역에 관심을 갖게 된다. 중국의 간도개척정책이 실시되면서 영유권분쟁이 발생하게 되고 중국은 간도 한국인들을 탄압하기 시작한다.

간도협약이 체결된 이후에는 조선인의 간도 이주를 권장하는 정책을 실시한다. 간도가 중국 영토로 확정되었으므로 문제 될 것이 없다고 본 것이다.

"부지런한 조선인이 황무지를 개간하여 옥토로 바꿔주기 때문이죠. 하지만 한일합방 이후 일본의 대중국 침략정책이 노골화되고 배일감정이 발생하면서 이것이 간도 한국인에 대한 탄압으로 이어지게 됩니다."

"배일감정이 간도 한국인에 대한 탄압으로 이어졌다고요?"

"한일합병 이후 간도 한국인의 지위 문제가 발생하게 됩니다. 대한제국이 일본에 합병된 이상 대한제국 국민들은 일본의 국민으로 간주되고, 일본은 자국민 보호를 이유로 간도에서 영향력을 행사합니다. 중국인과 한국인 간에 분쟁이 발생하면 일본이 자국민 보호를 명분으로 관여하는 것입니다. 이 때문에 중국인들은 한국인들을 일본의 앞잡이로 여기게 됩니다."

"일본의 대중국 침략정책이 표출된 것이 언제인가요?"

"1915년 1월 18일 21개조 요구안이 그 시발점이라고 할 수 있습니다."

1914년 유럽에서 제1차 세계대전이 발발하자 일본은 영일동맹에 근거하여 연합국의 일원으로 참전한다. 1914년 8월 독일에 선전포고를 하고, 독일의 조차지인 산둥반도의 자오저우만을 점령하는 등 군사행동을 전개하였다. 산둥 반도를 점령한 일본은 위안스카이 총통에게 산둥에 대한 독일의 권리를 일본이 승계하고 남만주와 내몽골 일부를 일본에 조차하는 것을 골자로 하는 21개조를 요구한다.

중국은 당초 이를 거부했지만 일본이 최후통첩을 발하자 1915년 5월 9일 승인하고 만다. 이 일을 계기로 중국 내부에 대대적인 배일 여론이 발생하게 된다. 중국은 5월 9일을 국치일로 정하고 항일·배일운동을 전개한다.

"간도에서의 한국인의 역사는 참혹한 수난의 역사였습니다. 기근을 피해 비옥한 토지를 찾아 간도로 넘어가 모진 고생을 하며 토지를 개간해 먹고살 만해지니 중국이 귀화하라고 종용합니다. 귀화하지 않을 거면 조선으로 돌아가라며 억압했습니다."

이주 한국인 중 중국으로 귀화한 사람은 10퍼센트도 안 되었다. 중국은 귀화하지 않는 한국인의 토지 소유를 인정하지 않았고 이를 계기로 간도 영유권분쟁이 발생하게 된다.

중국은 분쟁이 발생하자 한국인들을 더 탄압한다. 영토분쟁을 야기한 책임을 전가시킨 것이다. 중국은 간도개척정책을 실시하여 중국인들을 이주시키면서 그들에게 광대한 토지를 불하해주었다. 중국인들이 불하받은 토지에는 한국인들이 이미 개간하여 거주하고 있던 땅들이 포함되어 있었다.

"중국 영토라고 주장하려면 중국인들이 거주하고 있어야 하니까요. 필연적으로 간도 한국인과 중국인 사이에 갈등이 초래됩니다. 한국인들이 중국에 맞서보지만 중과부적이었습니다. 결국 한국인들은 중국인들의 소작농으로 전락하고 맙니다. 소작료도 점점 올라가 나중에는 소출의 70퍼센트까지 지불해야만 했습니다. 21개조가 받아들여진 이후 탄압은 더욱 심해졌습니다. 그러다가 1931년 7월 1일 만보산 사건이 일어나면서 한중 간 민족 갈등이 극단적으로 표출됩니다."

"만보산 사건이오?"

"네. 만주 길림성 만보산 부근의 수로 문제로 중국인과 한국인 사이에 벌어진 사건입니다."

1931년 길림성 오지에서 학대를 받아오던 200여 명의 한국인들이 장춘 북방 약 18리 지점 만보산 부근 삼성보라는 마을에서 벼농사에 적합한 토지를 발견하고, 중국인 지주에게 토지 임대를 교섭하여 임대계약이 체결되었다.

한국인들은 이통하(伊通河)로부터 15리 이상 되는 도랑공사에 착공하여 2달 만에 공사를 거의 마무리하였다. 그런데 5월 24일 장춘공안국이 돌연 공사 중지 명령을 내리고 다음 날 50여 명의 공안대를 파견하여 퇴거를 명하였다. 피땀 흘려 도랑공사를 마치고 농사지을 꿈에 부풀어 있던 한국인들은 장춘조선인민회에 부당함을 알리고 해결책을 모색하였다.

하지만 장춘공안국은 5월 30일 경관 200명을 증파하여 한국인 지도자 9명을 체포하고 당장 떠날 것을 종용하였다. 다급해진 한국인 부녀자들이 장춘 주재 일본영사에게 이 사실을 알렸다. 일본 영사가 장춘현장에게 항의하고 경찰관을 파견하자 중국 관헌과 촌민들이 분노해 한국인들에게 온갖 폭력을 행사하며 강제로 축출하려 하였다.

해결책을 찾지 못한 채 시간은 흘러가고 파종을 더 이상 늦출 수 없었던 이주민들은 7월 1일 도랑공사를 끝내려고 공사를 재개하였다. 공사 재개 사실을 안 중국 촌민 500여 명이 몰려와 완성된 도랑을 전부 파괴하며 발포하였고 일본 경찰대가 이에 맞서 응사하였다.

"다행히 희생자는 없었지만 문제는 다음부터였습니다. 만보산 사건이 국내 신문에 보도되자 성난 국민들이 국내에 거주하는 중국인들에게 보복을 가하기 시작한 것입니다. 그렇지 않아도 간도 거주 한국인에 대한 중국인들의 탄압에 분노하고 있던 국민들이 폭발하고 만 겁니다. 중국은 일본 정부에 손해배상과 범인 처벌 등을 요구했습니다. 협상이 진행되던 중 만주사변이 발생하게 됩니다."

준 비 서 면

사건   간도반환청구소송
원고   대한민국
피고   중화인민공화국

피고 중화인민공화국은 다음과 같이 변론을 준비합니다.

다 음

1. 원고는 간도협약이 청과 일본 사이에 체결된 조약이기 때문에 제3자에 불과한 대한제국에는 효력을 미치지 않는다고 주장합니다. 그러나 설사 그렇다고 하더라도 간도 영유권분쟁이 종결되었다는 결론에는 변함이 없습니다.

2. 간도협약을 통해 간도가 청의 영토임을 인정한 일본은 1910년 대한제국을 합병하였습니다. 합병 이후 일본은 간도에 대한 청의

지배를 인정하였습니다. 일본은 1909년 11월 2일 이 지역에 설치된 일본총영사관을 그대로 유지하였습니다.

3. 요컨대, 한일합병으로 대한제국의 주권을 보유한 일본이 청의 간도 영유권을 승인함으로써 간도 영토분쟁은 모두 종결된 것입니다. 원고는 간도영토분쟁이 대한제국과 일본을 거쳐 대한민국으로 승계되었다고 주장하나 간도에 대한 처분권을 가진 일본이 간도에 대한 청의 영유권을 승인함으로써 간도는 최종적으로 청에 귀속된 것이 분명한 바, 원고의 이 사건 청구는 이유 없습니다.

피고 중화인민공화국
소송대리인 왕다성

"중국 입장에서 볼 때 간도는 오지 중에 오지였습니다. 지금도 동북 3성은 중국에서도 가장 낙후된 지역에 해당합니다. 19세기 간도는 무인 봉금지대에 비로소 사람이 유입되기 시작하는 상황이었습니다. 이 점에 유의하여야 합니다."

"예?"

"당시 간도는 수백 년간 인간의 발길이 전혀 미치지 않는 원시림 상태였다는 말입니다. 모든 것을 새로 개척해야 하는 상황이었습니다. 만주국이 수립된 1932년 이후에도 일본은 한국인들을 만주 각지로 집단 이주시켰습니다. 미개척지들을 개간하기 위해서였습니다. 이때 집단 이주된 한국인들에 의해 만주 각지에 한국인 마을이 형성되었고 지금도 수백 개의 한국인 마을이 남아 있습니다. 한반도는 인구밀도가 높아 구석구석 사람의 손길이 미치지 않은 곳이 없지만 간도는 그렇지 않았습니다. 농사짓기 좋은 평야 지대에 드문드문 마을이 형성되는 정도였습니다."

"그러니까 미개척지인 간도는 교통, 통신이 발달하지 않아 중국의 행정력이 미치기 어려운 지역이었다는 말이네요."

"맞아요. 당시 중국에서 동북3성의 지방관으로 파견된다는 것은 좌천 중에서도 최악으로 평가되었습니다. 그러니 제대로 된 행정이 이루어질 리 없지요. 행정력이 빈약했기 때문에 통제도 제대로 이루어지지 못했습니다."

준비서면

사건   간도반환청구소송
원고   대한민국
피고   중화인민공화국

원고 대한민국은 다음과 같이 변론을 준비합니다.

다음

1. 피고는 한일합병으로 대한제국의 주권을 보유하게 된 일본이 중국의 간도 영유권을 승인하였으므로 한일합병에 의하여 간도

영토분쟁이 종식되었다고 주장합니다. 그러나 이는 부당합니다.

2. 사건대상을 포함한 만주지역은 피고의 행정력도 제대로 미치지 않는 오지였습니다. 잘 아시는 바와 같이 당시 일본은 대륙 정복의 야심을 품고 있었습니다. 일본의 대륙 정복은 '한반도 → 만주 → 중국'이라는 순차적인 계획하에 진행되었습니다.

3. 1단계로 한반도 정복에 성공한 일본은 바로 이어 만주 정복을 위한 일련의 활동을 개시하였습니다. 간도협약과 동시에 체결된 만주협약은 이를 위한 포석이었습니다. 일본의 계획은 차근차근 진행되어 1932년 만주국이 수립되었습니다.

4. 1932년 3월 1일 수립된 만주국은 간도지역이 포함된 만주 전역을 그 영토로 하고 있었습니다. 즉, 간도에 대한 피고의 점유는 만주국 수립에 의해 전면 중단되었습니다.

　요컨대, 간도가 간도협약에 의하여 일시 중국에 귀속되었는지 몰라도 1932년 이후 만주국의 영토가 되었는바, 한일합병 이후 일본이 중국의 간도 영유권을 승인하였다는 주장은 부당합니다.

원고 대한민국

소송대리인 김명찬

"당시 행정력이 미치지 못했다는 말이 맞는 건가요?"

대한민국 준비서면을 살펴보던 하오 주임이 당황한 얼굴로 왕 교수에게 물었다.

"1911년 신해혁명으로 청이 멸망하고, 이듬해 1월 난징에서 쑨원(孫文)을 임시대총통으로 하는 중화민국 임시정부가 수립되었습니다."

쑨원이 임시대총통에 추대되었지만, 쑨원은 중국의 통합을 위하여 청조로부터 대권을 부여받은 위안스카이에게 총통직을 양보한다.

그러나 대총통이 된 위안스카이는 황제가 되려는 야심을 품고 혁명파를 탄압하며 독재정치를 실시한다. 1913년 7월 국민당 주도로 위안스카이를 타도하려는 민중봉기가 일어났는데, 1915년 위안스카이가 일본의 21개조 요구안을 수락한 뒤 민심은 더욱 이반된다. 1916년 위안스카이 사망 후 각 지방에서 군벌이 할거하면서 중국 전역이 혼란에 빠지게 된다.

"이런 상황이었으니 행정력이 제대로 발휘될 턱이 없지요. 일본은 이 틈을 타 간도를 제 집 드나들듯 드나들었습니다."

준 비 서 면

사건   간도반환청구소송
원고   대한민국
피고   중화인민공화국

피고 중화인민공화국은 다음과 같이 변론을 준비합니다.

다 음

1. 원고는 일본이 한일합병 이후 만주침략을 개시하여 1932년 만주국을 수립하였는 바, 일본이 중국의 간도 영유권을 승인하였다고 볼 수 없고 또한 중국의 간도 점유 또한 단절되었다고 주장합니다.

2. 그러나 만주국은 국가로 승인받지 못한 일본의 괴뢰정부로서 만주국에 의한 점유는 법률상 무효이며, 만주국에 의한 점유는 일시적인 전시점령 상태에 불과합니다.

3. 1945년 일본의 항복으로 간도지역은 중국에 환원되었는 바, 간도에 대한 중국의 점유는 계속되었다고 보아야 합니다.

증 거

1. 을제9호증의1   1931년 1월 7일 스팀슨 독트린
1. 을제9호증의2   1932년 3월 국제연맹 총회 결의안
1. 을제9호증의3   리튼 보고서
1. 을제9호증의4   1933년 2월 24일 국제연맹 총회 결의안

피고 중화인민공화국

소송대리인 왕다성

증거를 보겠습니다.

만주국은 국제법상 국가로 인정될 수 없으며 만주국에 의한 만주 점령은 법률적으로 무효입니다. 만주국에 관한 각국 및 국제연맹의 입장을 살펴보도록 하겠습니다.

먼저 을제9호증의1 스팀슨 독트린입니다. 1931년 일본이 만주사변을 일으켜 만주국을 수립하자, 미국의 스팀슨 국무장관은 1932년 1월 7일 일본의 만주점령을 인정할 수 없다고 선언하였습니다. 이른바 스팀슨 독트린(Stimson Doctrine)입니다.

다음은 을제9호증의2 국제연맹 총회 결의안입니다. 국제연맹 또한 1932년 3월 연맹규약 및 부전조약에 위배되는 수단에 의한 결과를 승인하지 않겠다는 총회 결의안을 채택하고, 만주국의 실상을 조사하기 위해 리튼을 단장으로 하는 조사단을 파견했습니다. 조사단은 만주국을 실사한 후 보고서를 제출하였습니다. 을제9호증의3 리튼 보고서입니다.

만주국 정부에는 일본 관리들이 현저히 눈에 띄며, 또한 일본 고문들이 모든 중요 정부 부서에 소속되어 있다. 수상과 그의 각료들은 모두 중국인들이지만, 이 신생국의 조직 내에서 실권을 행사하는 여러 행정부서의 우두머리는 일본인들이다. 그들은 처음에는 고문으로 임명되었지만, 최근에 그들은 가장 중요한 직책을 보유하면서 중국인들과 동일한 기초 위에서 완전한 정부 관료가 되었다.

1933년 2월 24일 국제연맹은 리튼 보고서에 기초하여 만주에 대한 주권은 중화민국에 있다는 을제9호증의4 총회 결의안을 채택하였습니다.

요컨대, 만주국에 의하여 중국의 간도점유가 중단되었다는 원고의
주장은 부당합니다.

이상입니다.

 준 비 서 면

사건   간도반환청구소송
원고   대한민국
피고   중화인민공화국

원고 대한민국은 다음과 같이 변론을 준비합니다.

다 음

1. 피고는 만주국이 일본의 괴뢰국으로 독립국가로 승인받지 못하
였기 때문에 만주국에 의한 점유는 법률상 무효라고 주장합니다.

2. 만주국은 청나라의 마지막 황제인 푸이를 황제로 옹립하고 만
주족과 한족, 몽골족, 조선인, 일본인의 오족협화로 이루어진 '만
주인'에 의한 민족자결 원칙에 기초를 둔 국민국가를 표방하였습
니다.

만주국의 영토는 길림성, 흑룡강성, 요녕성 일대였고, 1932년 3

월 1일 수립되어 1945년 8월 18일 소련군의 진공으로 붕괴될 때까지 13년간 통치하였습니다.

3. 만주국이 설사 일본의 괴뢰국이라고 하더라도 만주국에 의하여 사건대상에 대한 피고의 점유가 중단되었다는 사실은 변하지 않습니다.

피고는 만주국에 의한 점령이 전시점령에 불과하기 때문에 중국의 간도 점유는 중단 없이 계속되었다고 주장합니다.

일본에 의한 대한제국 병합 또한 같은 것이었습니다. 일본은 무력에 의해 강제로 을사조약과 한일합병조약을 체결하고 대한제국을 점령하였지만, 대한제국은 끊임없이 독립투쟁을 벌였고 1945년 해방되었기 때문입니다.

원고 대한민국
소송대리인 김명찬

'뭐야 이거, 재판이 왜 이렇게 흘러가는 거야?'

준비서면을 바라보고 있는 왕 교수의 눈앞이 막막해지는 듯했다.

'만주국의 간도점령을 한일합병과 대비시키다니.'

전혀 예상하지 못했던 논리였다.

'도대체, 대한민국 소송팀에 누가 있는 거야? 누가 이런 논리를 제공하는 거지.'

국제사법재판소 제1호 법정.

김 변호사와 왕 교수가 제2차 세계대전 기간 중 만주의 귀속처리 방침에 대해 논쟁을 벌이고 있다. 긴장이 감도는 가운데 먼저 왕 교수가 포문을 열었다.

"사건대상 간도가 중국의 영토라는 명확한 증거가 있습니다. 바로 1943년의 카이로 선언문입니다. 제2차 세계대전이 한창 진행 중이던 1943년 11월 27일 연합군의 주축 국가였던 미국, 영국, 중화민국의 국가수반들이 이집트의 카이로에 모여 제2차 세계대전에 대한 연합군의 입장을 정립하여 발표했습니다. 화면을 보시지요. 을제10호증의1 카이로 선언문입니다."

연합국의 목적은 … 만주, 타이완 및 펑후도와 같이 일본국이 중국인으로부터 도취한 지역 일체를 중화민국에 반환함에 있다.

"연합국은 만주를 일본이 중국으로부터 도취한 지역으로 간주하고 있습니다. 연합국이 간도를 포함한 만주를 피고의 영토로 인정한 것은 카이로선언뿐만이 아닙니다. 연합군총사령부는 1946월 1월 29일 〈일정 외곽지역에 대한 일본으로부터의 통치권적 행정적 분리〉라는 훈령 제677호를 발하였습니다. 을제10호증의2입니다."

제4조 일본제국 정부의 통치권적 행정적 관할권으로부터 특별히 제외되는 지역은 다음과 같다.
    (a) 1914년 세계대전 이래 일본이 위임통치 등의 방법으로 탈취 또는 점령한 태평양 제도

(b) 만주, 타이완, 펑후 열도

(c) 한국

(d) 사할린

"보시는 바와 같이 연합국은 한국과 만주를 구분하고, 만주, 타이완, 펑후 열도를 집합적으로 처리하여 중국에 환원되었음을 명시하고 있습니다. 사건대상 간도는 중국의 영토가 분명합니다."

왕 교수의 변론을 경청하고 있던 김 변호사가 천천히 손을 들며 재판장을 바라본다. 재판장이 고개를 끄덕이자 김 변호사가 자리에서 일어나 반론을 시작한다.

"피고는 제2차 세계대전이 끝나갈 무렵 연합국들이 간도를 포함한 만주 전체를 피고의 영토로 간주하고 있었다고 주장합니다. 참 이상한 일입니다. 피고는 1962년 조중변계조약에 의하여 사건대상이 피고의 영토로 확정 귀속되었다고 주장한 바 있습니다. 제2차 세계대전 이후 사건대상을 포함한 만주 전체가 피고의 영토로 귀속되었다고 한다면 피고가 북한과 위와 같은 조약을 체결할 이유가 없었을 것입니다. 피고가 사건대상 간도에 대한 영유권을 확신하지 못한 이유가 무엇일까요?"

김 변호사가 잠시 말을 끊고 재판관들을 훑어본다. 재판관들 모두 흥미진진한 표정이다.

"그것은 만주에 대한 연합국의 최종적인 입장이 표명되지 않았기 때문입니다. 제2차 세계대전에서 승리한 연합국은 1951년 9월 8일 샌프란시스코 강화조약을 체결하여 전후처리를 종결하였습니다. 동 조약은 1952년 4월 28일자로 발효되었습니다. 그런데 샌프란시스코 강화조약 어디에도 사건대상을 포함한 만주에 대한 처리규정이 존재하지 않습니다. 그 이유가 무엇일까요?"

질문과 함께 김 변호사가 왕 교수를 바라본다. 그의 질문은 샌프란시스코 강화조약상 만주의 귀속 처리에 대한 규정이 존재하지 않는다는 사실을 상기시키는 것이었다. 왕 교수가 김 변호사의 시선을 피하려는 듯 지그시 눈을 감아버린다. 그 모습을 본 김 변호사의 목소리에 힘이 들어간다.

"그 이유는 바로 사건대상 간도를 포함한 만주의 주인이 누구인지 정할 수 없었기 때문입니다. 요컨대, 제2차 세계대전 이후 사건대상을 포함한 만주 전역이 연합국에 의하여 피고의 영토로 인정되었다는 피고의 주장은 부당합니다. 이상입니다."

"샌프란시스코 강화조약에 만주에 관한 규정이 정말 없습니까?"

"없습니다."

하오 주임의 질문에 왕 교수가 힘없이 대답했다.

"왜 빠진 거죠. 카이로선언과 연합군총사령부 훈령에는 분명 만주에 대한 규정이 있었잖아요?"

"그걸 몰라서 묻습니까? 샌프란시스코 강화조약이 체결된 시점은 한국전쟁 중이었습니다. 우리 인민군이 1951년 1월 4일 참전하면서 원산까지 진격했던 연합군이 휴전선 부근까지 후퇴하였고 휴전선을 전선으로 쌍방이 일진일퇴를 거듭하던 상황이었습니다. 이러한 상황에서 미국이 만주를 우리 영토로 인정할 수 있겠습니까?"

"타이완과 펑후제도는 우리 영토로 인정했잖습니까?"

"그거야 타이완의 국민당 정부를 위한 거잖아요. 북한 정권이 수립되고 북한은 간도에서 주인 행세를 하고 있었습니다. 간도가 조선 영토라고 주장했지요. 소련도 북한을 지지하고 있었습니다."

왕 교수의 완벽한 패배였다.

간도협약을 가지고 쐐기를 박으려고 했던 당초 계획이 완전히 물거품이 되고 말았다. 대한민국의 소송전략에 말려들고 만 것이다.

1909년 이후 지금까지의 중국의 간도점유가 중국의 영유권을 인정하는 근거가 될 수 없다는 결과가 도출되고 말았다.

'결국 이렇게 되고 마는 것이었나?'

제5부
◇◇◇◇◇

결정적 기일

중국은 간도협약을 증거로 제출하며 간도영유권분쟁은 1909년에 이미 종결되었다고 주장한다. 이에 대한민국은 간도협약은 청일 간의 조약으로 제3국인 대한제국에는 효력이 없다고 반박한다.

그러자 중국은 일본이 을사조약에 의해 보호국의 지위에서 간도협약을 체결한 것이기 때문에 당연히 대한제국에도 효력이 미친다고 주장한다. 이에 대한민국은 을사조약은 강압에 의해 체결된 것으로 무효라고 반박한다.

그러자 중국은 간도협약이 대한제국에 효력이 없다고 하더라도 한일합병에 의하여 대한제국의 주권을 보유한 일본이 중국의 간도영유권을 승인하였으므로 간도분쟁은 종결된 것이 분명하다고 주장한다. 이에 대한민국은 대륙정복의 야심을 가진 일본은 중국의 간도영유권을 승인한 적이 없으며, 만주국에 의하여 중국의 간도점유가 중단되었다고 반박하는데….

"한 교수님 기뻐하세요."

이 사무관이 회의실 문을 열어젖히더니 큰 소리로 호들갑이다.

"네?"

한 교수가 놀란 눈으로 이 사무관을 바라봤다.

"북한에서 연락이 왔어요."

"무슨 연락이요?"

북한이 소송불참을 통보해온 후 낙담한 한 교수를 지켜보던 김 변호사는 이 사무관에게 비밀리에 부탁을 했었다. 북한과 교섭하여 한 교수가 현장 답사를 할 수 있게 해달라고.

북한이 중국과의 관계상 소송에 참여할 수 없더라도, 이 정도 협조는 해주지 않을까 하는 기대가 있었기 때문이었다.

일주일 뒤 극비리에 한 교수와 이 사무관이 북으로 향했다. 한 교수가 가장 확인하고 싶은 것은 백두산정계비가 있던 분수령이 어떤 모습인지, 토문강이라는 이름의 기원이 된 토문이 어떻게 생겼는지 하는 것이었다.

해질 무렵 대동강 변에 있는 양각도 호텔로 안내받은 한 교수와 이 사무관이 여장을 풀었다.

한 교수는 자료를 검토하느라 밤새 잠을 이룰 수 없었다.

다음 날 아침식사를 마치자마자 일정이 시작되었다. 순안공항에서 삼지연공항까지 비행기로 이동한 후 마이크로버스를 타고 백두산 아래 주차장에 도착하니 오전 11시다.

주차장에 도착하니 두 명의 남자가 다가왔다. 한 명은 50대 중반에 안경을 쓰고 있고 다른 한 명은 30대 중반의 군복 차림이다.

"어서 오시라요. 기다리고 있었습네다."

군복 차림의 사내가 인사를 하며 다가오자 안내원이 반갑게 인사하며 소개한다.

"백두산 경계를 맡고 있는 이형백 군관 동지입네다."

한 교수와 이 사무관이 고개를 숙여 인사하자 이형백이 50대 남자를 소개한다.

"여기는 김상숙 박사님이십네다. 두 분이 오신다고 해서 당에서 특별히 모셨디요. 김일성 대학에서 역사를 가르치고 계십네다."

김 박사가 다가와 인사한다. 이 사무관이 김 박사에게 인사를 하고 한 교수를 소개한다.

"이 분이 바로 한서현 교수님이세요. 간도반환청구소송팀의 역사 분야를 담당하고 계십니다."

이 사무관이 소개를 끝내자 한 교수가 김 박사를 향해 고개를 숙인다. 김 박사가 마주 인사하고 고개를 드는 순간 두 사람의 눈이 마주친다. 이형백이 있어 어색했지만 김 박사의 눈빛에는 깊은 신뢰감이 서려 있다. 한 교수도 같은 눈빛으로 화답한다.

백두산정계비터는 주차장 한쪽 모퉁이 초소 뒤에 있었다.

백두산정계비는 천지를 둘러싼 봉우리들 중 하나인 백두봉 남동쪽 4킬로미터 지점에 세워졌다. 정계비터가 가까워져 오자 한 교수의 가슴이 두방망이질 치기 시작했다. 기록을 읽으며 머릿속으로 수도 없이 그려본 모습이었다.

300년간 거센 바람을 견뎌 온 백두산정계비터에는 검은 빛이 도는 받침돌과 흰 표석만 남아 있었다. 비석을 받쳤던 받침돌은 어른 어깨 넓이만 한 바위였다.

받침돌 바로 아래에 배수로를 설치하는 바람에 받침돌의 앞면이 많이 드러나 있었다. 받침돌 바로 뒤에 표석이 세워져 있다. 안내원의 설명에 의하면 이 표석은 백두산정계비 자리를 표시하기 위해 1980년에 세운 것이라고 한다. 표석은 높이 45센티미터가량 되는 흰색 직사각형 기둥 모양으로 아무런 글자도 새겨져 있지 않았다.

한 교수의 눈에 눈물이 맺혔다.

'소중한 유적이 이런 대접을 받고 있다니.'

한 교수가 마음을 가다듬는 듯 긴 숨을 내쉬더니 표석 옆으로 걸어가 멈춰선다. 실록에 기록된 내용을 머릿속으로 더듬으며 주변을 살펴본다.

극등이 가운데 샘물이 갈라진 사이 지점에 앉아 경문 등에게 말하기를, '이곳의 명칭이 분수령이니 비를 세워 경계를 정하면 어떻겠소?' 하니, 경문도 말하기를 '매우 좋습니다. 당신의 이번 길의 이 일은 이 산과 함께 영원히 전할 것입니다.' 하였다.

그 물줄기가 '인(人)'자 모양으로 갈라졌고 가운데에 범이 엎드린 것처럼 생긴 작은 바위가 있는 것을 보고 극등이 말하기를 '이 산에 이 바위가 있는 것 또한 매우 기이한 일이니 이것으로 비의 밑돌을 만듭시다.' 하였다.

좌우를 둘러보니 분수령의 의미가 한눈에 들어왔다. 비석은 장군봉과 대연지봉 사이의 골짜기에서 장군봉 쪽으로 올라가는 야트막한 언덕 위에 자리 잡고 있기 때문에 양쪽으로 시야가 시원스레 터져 있었다.

서북쪽으로 장군봉과 향도봉이 올려다 보이고 동남쪽으로 연지봉이 내려다보였다. 그리고 동서 양쪽으로 시작되는 물줄기의 흔적이 한눈에 들어왔다.

서쪽으로는 압록강 물줄기가 시작되는 골짜기가 보이고, 동쪽으로는 평원이 넓게 펼쳐지고 그 위에 물줄기가 흐른 흔적이 있다. 바로 토문강의 자취이다.

한 교수가 김 박사에게 물었다.

"여기서 두만강이 보이나요?"

"두만강의 지류 중 가장 북단에 있는 홍토수조차 보이디 않습네다. 여기서 한참 떨어져 있디요. 정계비는 송화강과 압록강이 갈라지는 2분수령에 위치하고 있습네다. 두만강, 송화강, 압록강이 갈라지는 3분수령은 대연지봉입네요. 대연지봉에서 시작하는 두만강 홍토수는 소연지봉을 휘돌아 흘러 두만강으로 합류하게 됩네다."

한 교수는 즉시 토퇴와 석퇴가 있는지 둘러보았다. 그러나 그런 것은 전혀 보이지 않았다. 여기저기 흩어져 있는 바위가 보였지만 일정한 거리를 두고 쌓은 돌무더기는 아니었다.

1899년 함경북도 관찰사 이종관의 조사보고서에는 분명 석퇴와 토퇴가 존재하고 있었다.

비지(碑地)로부터 동구를 따라 내려가면 삼사십 보 거리를 두고 석퇴를 쌓아 이십 리 거리 대각봉에 이른다. 여기서부터 토퇴를 쌓아 동방 칠십 리에 이른다. 퇴수는 합하여 백팔십여 개이며 퇴상의 나무는 자생하여 아름드리가 되었다.

축토의 중간에 토벽이 있는데 모양이 문과 같고 수십 리를 계속한다. 그래서 토문이라는 이름이 있는 것이며 만고불역의 경계이다.

삼사십 보 정도면 약 20미터에서 25미터 정도 될 것이다. 그러나 시야가 허락되는 지점까지는 아무 것도 없었다.

"퇴는 어떻게 되었습니까?"

"주차장 등 토목 공사를 할 때 주변 돌이 모두 자재로 쓰여 버렸디요. 원래 돌각담의 총수는 106개이고 처음 지점부터 끝나는 지점까지가 5,391미터에 달하는 것이었습네다. 10여 개의 돌덩이들을 모아 놓았디요. 이걸 정계석이라고도 불렀습네다."

김 박사가 안타깝다는 듯이 작은 한숨을 내쉰다.

"더 멀리 가면 아직 퇴나 나무가 남아 있습니까?"

"그럼요. 여기서 조금 더 물길을 따라 대각봉 쪽으로 가면 석퇴가 남아 있습네다. 대각봉부터는 토퇴를 쌓고 나무를 심어놨는데 아직 남아있는 나무들도 있습네다."

"토문은요?"

"대각봉까지 가야 됩네다. 대각봉 해발 2,100미터 지점에 조면암으로 된 자연갱도가 발달되어 있습네다. 72미터 정도 되는데 이것이 바로 토문입니다. 이걸 보면 토문이 왜 토문이라고 불리는지, 흑석하를 왜 토문강이라고 부르는지 단박에 알 수 있습네다."

"석퇴를 보고 싶은데 가볼 수 있을까요?"

"지금 말입네까?"

"제 눈으로 꼭 보고 싶습니다."

한 교수가 애원하는 듯한 눈빛으로 김 박사를 바라보자 김 박사가 한 교수와 이 사무관의 옷차림을 살펴본다. 두 사람 모두 등산화에 등산복 차림이었다. 아예 작정하고 나온 것이 분명했다.

"네. 그럼 그렇게 하시디요."

김 박사는 중앙당으로부터 최대한 협조하라는 명령을 받았다. 김 박사가 이 중좌에게 명령하듯이 이야기한다.

"중좌, 앞장서기요."

중좌가 앞장서자 한 교수가 김 박사와 나란히 따라가고 이 사무관이 그 뒤를 따른다.

"이 물길이 어디로 이어지는 건가요?"

"어디긴 어딥네까? 오도백하(伍道百河)는 송화강으로 흘러갑네다."

한참을 걸어가니 석퇴가 나타나기 시작한다. 사람 머리통만 한 돌들이 일정한 간격으로 줄지어 있다.

"이런 식으로 4킬로미터 정도 더 이어집니다. 몇 시간은 더 가야하는데, 남조선 여성 동무들이 갈 수 있으려나 모르겠습네다."

앞장서서 안내하고 있는 이 중좌의 말에 한 교수가 걱정 없다는 듯 웃어 보인다. 길은 북동쪽으로 향하고 있었다. 오후의 뜨거운 햇살이 뒤통수를 비추고 있었다.

일행은 점심을 건너뛴 상태였다. 원래 정계비터를 둘러보고 점심 식사를 할 예정이었는데, 한 교수가 석퇴를 보자고 하는 바람에 그렇게 된 것이다.

길은 완만했지만 거리가 만만치 않았다. 산길 5킬로미터는 결코 짧은 거리가 아니다. 아무리 완만하다고 하지만 산길은 산길이다. 군데군데 경사가 지고 길은 좁았다.

그때였다. 이 사무관이 외마디 비명을 지르며 넘어졌다.

"악!"

"무슨 일입네까?"

이 중좌가 뒤돌아보며 이 사무관을 살펴본다. 밟은 돌이 흔들리는 바람에 다리를 삔 것 같았다. 양말을 벗어보니 복숭아 뼈 부위가 금세 부풀어 올라 있었다.

"이거 안 되겠는데요. 이 상태로 산길을 따라가는 것은 무리입네다."

이 중좌의 말에 모두들 난감한 표정이다.

할 수 없었다. 이 중좌가 이 사무관을 부축하고 왔던 길을 되돌리는 수밖에.

돌아오는 길은 훨씬 멀었다. 이 중좌도 되돌아오는 길에 이 사무관을 업기도 하고 부축하기도 하느라 기진맥진한 상태였다.

주차장으로 다시 돌아오니 오후 4시가 넘어가고 있었다.

"베게봉호텔로 가시디요? 아무래도 숙소로 돌아가 치료를 해야 할 것 같습네다."

이 중좌의 말이었다. 하지만 이대로 돌아갈 수는 없었다. 한 교수는 반드시 토문을 봐야만 했다.

"박사님, 토문으로 가는 도로가 있지 않나요?"

"있디요."

"그럼, 그곳으로 데려다 주시면 안 될까요? 이 사무관은 중좌님과 같이 먼저 호텔로 가세요."

이 중좌가 군용차에 이 사무관을 태우고 호텔로 향한 뒤, 한 교수는 김 박사와 함께 마이크로버스를 타고 토문으로 향했다.

30분쯤 지나자 차가 멈춰 선다.

"자. 내리시디요. 다 왔습네다."

한 교수가 김 박사의 뒤를 따라 버스에서 내려섰다.

"여기는 중국과의 국경지대입니다. 9호와 10호 국경비 사이이요. 중국쪽은 최근에 감시가 삼엄해져서 출입을 철저히 통제하고 있습네다. 아무래도 소송 때문인 것 같습네다."

김 교수가 앞서가며 한 교수를 안내했다.

오른쪽, 왼쪽으로 순서를 바꾸어가며 병풍처럼 검은 절벽이 펼쳐져 있었다. 아예 양옆으로 절벽이 높게 세워져 있는 곳도 있었다.

'이래서 토문이라고 불리는구나.'

"저것이 돌벽처럼 보이지만 모두 흙입네다. 흙벽이이요. 석문이 아니라 토문이라고 하는 이유입네다."

간도파출소장 사이토 스에지로는 1907년 10월 18일 이토 히로부미에게 〈토문강 답사보고서〉를 제출했는데, 〈간도 영유권 발췌문서〉에 수록되어 있다.

석퇴의 끝 지점에 양쪽 높이 약 100미터의 단애가 있는데 소위 토문이라 칭하는 것이 이것인 것 같다.

하천의 형상을 따라 울창한 대삼림 속으로 달려 약 4리를 더 가니 방향을 북으로 돌린다.

토문에서 약 3리 정도는 큰 돌이 여기저기 떨어져 있는 조약돌천이며, 거기서부터는 모래천이 된다. … 방향을 북으로 돌리고 나서는 약 18리 지나 곧 낭낭고 부근에 이르고 다시 방향을 서로 돌려 소사하를 거쳐 드디어 송화강으로 들어간다.

단애의 아래 쪽에는 건천이 펼쳐져 있었다.

"이 천이 송화강으로 흘러가는 건가요?"

"그렇습네다. 이 물줄기를 따라가면 오도백하로 가게 됩네다. 중국 사람들이 흑석하라고 부르는 천이 바로 이 토문강입네다."

"황화송구자(黃花松溝子)는 어디인가요?"

"흑석하와 오도백하가 만나는 지점이 바로 황화송구자입네다. 정계 비에서 대략 35킬로미터 정도 떨어져 있습네다."

"변호사님, 이제 어떻게 되는 건가요?"

이미주 사무관이 물었다.

"어떻게 되다니요?"

"중국이 간도협약을 내세우다가 당하고 말았잖아요."

"아, 그거요. 싸움은 지금부터입니다. 앞으로 역사적 권원에 관한 논쟁이 시작될 거예요. 중국은 간도협약 이전에 간도가 중국 영토였다는 증거들을 제출할 겁니다. 변계선후장정이나 감계회담 등 중국에 유리한 증거들이 많습니다."

대한민국으로서는 여간 다행스러운 일이 아니었다.

대한민국이 소송 당사자가 될 수 있는지, 1948년 정부 수립 이후 70년 넘게 아무런 문제를 제기하지 않은 것이 정당한지, 일본이 체결한 간도협약과 식민지배에 의하여 영토분쟁이 종결된 것은 아닌지 하는 관문들을 넘어야 비로소 역사적인 권원을 따져볼 수 있기 때문이다.

김 변호사와 강 교수의 감회는 특히 남달랐다. 합숙하다시피 하며 끊임없이 토론하고 논쟁하며 수립한 소송 전략이 다행히 잘 먹혀들었던 것이다.

'이제부터 시작이다.'

준 비 서 면

사건   간도반환청구소송
원고   대한민국
피고   중화인민공화국

피고 중화인민공화국은 다음과 같이 변론을 준비합니다.

다 음

1. 간도협약은 1904년 6월 15일 청과 대한제국 사이에 12개조로 체결된 변계선후장정(邊界先後章程)에 기초하여 체결된 것입니다. 선후장정의 핵심 내용은 압록강과 두만강을 국경으로 삼아 각자 자국 영토를 관리하자는 것이었습니다.

2. 원고는 마치 간도협약에 의하여 일본이 간도를 청에 넘겨준 것처럼 주장하지만, 간도가 청의 영토라는 것은 간도협약 이전에 이미 확정된 사실이었습니다. 간도협약은 이러한 사실을 재확인

한 것에 불과합니다.

3. 요컨대, 청과 대한제국의 국경은 압록강과 두만강이며 그 북쪽
에 위치한 사건대상은 피고의 영토가 분명합니다.

증 거

1. 을제11호증 청한변계선후장정

피고 중화인민공화국

소송대리인 왕다성

증거를 보겠습니다.

을제11호증 청한변계선후장정입니다. 먼저 변계선후장정을 체결하
게 된 배경에 대하여 설명 드리겠습니다.

청과 조선의 국경은 국경 하천이라고 할 수 있는 압록강과 두만강이
었습니다. 다만, 두만강 상류 지역의 국경을 획정함에 있어 수원과 관
련하여 이견이 존재하고 있었습니다. 두만강 상류 수원이 여러 갈래여
서 이 중 어느 수원을 본류로 정할 것인지 다툼이 있었던 것입니다. 조
선은 영토를 조금이라도 더 확보하기 위해 본류도 아닌 최북단 홍토수
를 국경으로 주장했습니다.

그런데 이런 와중에 국경 수비가 허술한 틈을 타 조선의 백성들이
압록강과 두만강을 넘어 농토를 개간하고 불법 거주하는 일이 발생하

였습니다. 게다가 조선의 이범윤이라는 관리는 백성들을 보호한다는 명목으로 사포대(私砲隊)라는 군대를 조직하여 청의 양민들과 군인들을 공격하는 등 문제를 일으키고 심지어 대한제국 정부의 철수 명령에도 응하지 않고 있었습니다.

양국은 문제를 일으키고 있는 이범윤과 사포대원들을 체포하여 국경지대의 치안을 확립할 필요성을 절실하게 느꼈습니다. 이러한 상황에서 러일전쟁이 발발하자 협정을 체결한 것입니다. 선후장정은 모두 12개 조문으로 되어 있습니다. 먼저 국경과 관련된 규정입니다.

제1조 양국의 국경은 백두산정계비라는 증거가 있으니 양국 정부의 파원회감(派員會勘)을 기다릴 것이다. 그 전에는 과거에 하던 대로 도문강을 경계로 하여 각자의 지역을 지키고 무기를 가지고 몰래 넘어와 사단을 일으키지 못하게 한다.

도문강이 바로 두만강입니다. 양국은 두만강을 경계로 국경을 안정시키고 치안을 확립하기로 합의하였습니다. 다만, 두만강 상류 어느 수원을 국경으로 삼을 것인지에 대해서는 추후 관리를 파견하여 회담하기로 했습니다.

두만강 상류 수원을 그린 지도를 봐주시기 바랍니다. 두만강의 수원지는 크게 4곳입니다. 백두산으로부터 남쪽으로 차례로 홍토수, 석을수, 홍단수, 서두수가 있습니다. 이 수원들이 합류하는 지점 하류에 대해서는 이견이 없었는데 이들 상류 수원들 중 어느 것을 본류로 하여 국경으로 삼을 것인지 다툼이 있었습니다.

당시 두만강 이북에는 청의 관리와 군대가, 이남에는 조선의 관리와 군대가 파견되어 있었습니다. 이미 두만강을 국경으로 삼아 각자 관리하고 있었던 것입니다.

다음은 간도에 몰래 넘어온 경작 조선인들의 처리에 관한 규정입니다. 이 문제에 대해 청은 시혜적인 차원에서 통 큰 양보를 했습니다. 청의 영토에서 기왕에 농사를 짓고 있던 조선 백성들이 농사를 지을 수 있도록 허락해준 것입니다.

> 제6조 연강의 교선은 주민이 건너는 데 편리를 주는 것이므로 이후 다리를 없애고 선박을 두더라도 다른 뜻은 없는 것으로 한다.
>
> 제7조 양계의 주민의 왕래는 그들의 편의에 맡긴다. 군인이 무기를 소지하지 않고 평복으로 왕래할 때는 평민과 같다. 다만 무기를 가지고 경계를 넘을 경우 증빙서를 가지고 있지 않으면 사살하여도 무방하다.
>
> 제8조 고간도는 광제욕(光霽峪) 가강(假江)의 땅으로 종성 한민의 농사를 허락하여 왔으므로 관례에 따라 관리할 것이다.
>
> 제10조 청국이 미곡의 국외 반출을 금지하여 온 것은 청한조약 제6조에 기재되어 있다. 이제 양계가 화해함에 따라 편의상 운반 및 판매를 허락함으로써 조선인의 식량 문제를 해결한다. 다만 흉년이 되어 변계가 불안할 때에는 미곡의 국외 반출을 금지할 것이며 퇴비 또한 같다.

다음은 치안확보방안에 관한 규정입니다.

> 제9조 양계의 변민이 불행하게도 죽고 다치는 일이 있을 때에는 양계의 문무관은 상호 협조하고 속히 범인을 잡아 공정하게 심판함으로써 억울한 일이 없도록 한다.

제11조 양계의 방위병은 각자의 위치가 있으니 지금까지 하던 대로 주둔하고 강의 연안 상하를 순찰할 것이며 약정 이후 화목 무사하면 규모를 정하여 철수하기로 한다.

제12조 청한 양계는 일이 많아 일일이 규정하기 어려우나 이미 조약에 규정된 것은 그에 따라 처리하고 조약상 미비한 점은 공법에 의거하여 관리하기로 한다.

다음은 당시 큰 문제가 되고 있던 이범윤과 사포대에 관한 규정입니다. 양국은 문제를 일으키고 있던 이범윤을 체포하여 대한제국에 송환하고, 사포대 대원들을 처벌함으로써 이 지역의 화근을 제거하기로 합의하였습니다.

제2조 시찰 이범윤은 이미 여러 차례 사단을 일으켰으니 약정 이후 대한제국 측 문무각관은 긴급히 변방의 소요를 금지할 것이다. 만약 다시 청계를 침범하는 일이 있으면 한관 등의 승인하에 무고히 약속을 어기고 사단을 일으킨 것으로 볼 것이다.

제3조 이범윤이 북간도를 관리하는 것을 청국 정부와 국경의 관리들이 인정하거나 묵인한 적이 없음을 확인한다.

제4조 이승호, 김극열, 강사언, 성문석 등은 이미 청계를 침범한 반민(叛民)이다. 공법에 따라 청관이 체포하여 심판할 권리가 있다. 재회 한관은 빨리 잡아 청관의 관속에 넘겨 변계를 편안히 하기로 한다.

제5조 재회의 한관은 이범윤을 철거케 하고 이승호 등을 잡아들임에 있어 반드시 대한제국 정부에 알린 후에 처리하기로 한다.

어떻습니까? 살펴본 바와 같이 청한변계선후장정은 두만강 이북 지역이 청의 영토라는 사실을 전제로 합의한 것입니다. 간도협약은 이러한 기왕의 사실을 확인한 것에 불과합니다.

1909년 간도협약은 두만강 상류 지역의 국경을 석을수로, 1962년 중조변계조약은 홍토수로 확정하였다는 점은 이미 살펴본 바와 같습니다. 이상입니다.

예상대로 중국 측은 한청변계선후장정을 증거로 제출하였다. 두만강이 국경선이었고 단지 두만강 상류 지역의 본류만 미정 상태였다는 것이다. 주장은 논리 정연했고 설득력이 있었다.

"간도의 역사와 관련하여 간도관리사 이범윤을 빼놓을 수 없습니다. 독도에 홍순칠이 있었다면 간도에는 이범윤이 있었습니다."

한 교수가 이범윤에 대해 설명하고 있다.

이범윤은 1856년 12월 29일 경기도 고양시에서 태어났다. 고종은 간도의 조선인 보호를 위해 1902년 6월 이범윤을 간도시찰원으로 임명하였다. 토문과 두만 사이에 거주하는 백성들을 시찰하여 위로하고 인구를 조사하기 위한 것이었다.

이범윤은 1903년 5월까지 지역을 순찰하며 백성들을 위로하고 호구 및 토지를 조사하여 1만 3천여 호를 편적시켰다. 호적 50책에 달하는 방대한 분량이었다.

"《조선왕조실록》고종 40년 1903년 6월 19일자 기록입니다. 의정부 참정 김규홍(金奎弘)이 아뢴 내용인데, 당시 상황이 잘 묘사되어 있습니다."

북간도(北墾島)는 우리나라와 청의 경계로 수백 년 동안 비어 있었습니다. 수십 년 전부터 함경북도 연변(沿邊)의 각 고을 백성들이 그곳에 이주하여 농사를 지으며 살고 있는데 그 수가 수만 호 십만여 명에 이릅니다.

그런데 청나라 사람들에게 혹독한 침탈을 받고 있습니다. 그래서 지난해 시찰관 이범윤을 파견하여 황상의 교화를 베풀고 호구를 조사하게 하였습니다.

이범윤은 보고서에서 '청나라 사람들의 학대가 낱낱이 말하기 어려운 정도이니 특별히 굽어살펴 즉시 청나라 공사와 담판하여 청나라 관원들의 학대를 막고 관청을 세우고 군사를 두어 백성들을 위로하여 마음 편히 살 수 있도록 조치해야 할 것입니다.'라고 하면서 먼저 호적을 만들어 보고한 것이 1만 3천여 호입니다.

보고서에 의하면 이곳에서 우리나라 백성들이 거주한 지 이미 수십 년이나 되는데, 아직도 관청을 세워 백성들을 보호하지 못하고 있어 많은 백성들이 의지할 곳 없이 청나라 관원들의 학대에 내맡겨지고 있으니 먼 지방을 안정시키는 도리에 있어서 소홀한 점이 없지 않습니다. 우선 외교부에서 청나라 공사와 상의하여 일을 처리한 뒤에 그 지방 부근의 관원에게 공문을 보내 재물을 수탈하거나 법에 어긋나게 학대하는 일이 없도록 해야 할 것입니다.

국경 문제를 논한다면, 이전에 분수령 정계비 이하 토문강 이남의 구역은 본래 우리나라 경계로 확정되었으니, 정해진 바에 따라 세금을 징수해야 하겠지만 수백 년 동안 비어 있던 땅에 갑자기 정하는 것은 너무 일을 크게 벌이는 것 같습니다. 그러니 우선 보호할 관리를 두되, 저 북간도 백성들의 청

원대로 시찰관 이범윤을 그대로 관리로 임명하여 북간도에 머물러 사무를 맡아보게 함으로써 그들의 생명과 재산을 보호하여, 북간도 백성들을 사랑하여 보살피는 조정의 뜻을 보여주는 것이 어떻겠습니까?

1903년 10월 이범윤은 간도관리사로 임명된다. 이범윤은 백성들을 보호하기 위해 병력을 요청했으나 여의치 않자, 직접 장정들을 모집하여 사포대를 조직, 훈련시키고 모아산(帽兒山), 마안산(馬鞍山)과 두도구(頭道溝) 등에 병영을 설치했다. 또한 10호를 1통(統), 10통을 1촌(村)으로 하는 행정체계를 수립하고 도민에게 세금을 징수하여 유지비를 충당했으며 청나라에 납세할 의무가 없음을 선포하였다.

사포대는 1904년 러일전쟁이 일어나자 러시아 편에 서서 일본군에게 타격을 줌으로써 러시아 황제로부터 훈장을 받기도 했다. 청과 충돌이 잦아지자 청은 대한제국에 그의 소환을 요구한다.

"1905년 5월 소환명령이 내려졌지만 이범윤은 이에 응하지 않고 부하들을 이끌고 연해주로 건너가 독립운동가로 활동하게 됩니다. 이상 설명을 마치겠습니다. 궁금한 점이 있으면 질문하시기 바랍니다."

"고종은 1882년 울릉도 개척정책을 펴는 등 국토를 지키는 데 노력한 임금이었습니다. 간도에 대해서도 관심이 많았을 것 같은데요?"

김 변호사가 독도반환청구소송 당시의 기억을 떠올리며 물었다.

"맞습니다. 고종은 간도에 관심이 많았습니다."

1897년 고종은 간도의 현황을 파악하기 위해 함경북도 관찰사 조존우에게 백두산정계비와 그 일대 분수령의 수류에 관해 조사하라고 지시하였다. 조존우는 답사를 통해 도본(圖本)과 담판오조(談判伍條)를 제출하였다.

한민의 이주한 자 이미 수만 호가 되며 청인의 압제를 받고 있습니다. 청인은 한인의 백분지 일에 불과하며 치발역복(薙髮易服)한 자 또한 백분지 일에 불과합니다. 그들도 우리 조선 땅인 줄 알고 개간하였는데 저쪽 땅이라고 하니 부득이 일시의 생활을 계책하는 것이며, 조상의 분묘가 조선에 있고 부자형제가 양국에 갈려 사는 자가 많아 고토를 잊지 못하고 있습니다. 모두 속히 정계되기를 갈망하고 있습니다.

1899년 함경북도 관찰사 이종관에게 재조사를 명하였고, 이종관은 경원군수 박일헌과 관찰부사 김응룡을 파견하여 답사케 하고 조사보고서를 제출한다.

비의 동서의 모양이 꼭 팔(八)자와 같다. 지남침으로 방위를 조사하니 서쪽의 압록의 구와 동쪽의 토문의 구가 정확하게 일치한다.

비퇴와 두만 상류의 거리가 구십여 리나 되고, 두만은 토문에 접하지 않고 발원하니 두만을 토문이라고 하는 것은 말이 되지 않는다.

비지(碑地)로부터 동구를 따라 내려가면 삼사십 보 거리를 두고 석퇴를 쌓아 이십 리 거리에 대각봉에 이른다. 여기서부터 토퇴를 쌓아 동방 칠십 리에 이른다. 퇴수는 합하여 180여 개이며 퇴상의 나무는 자생하여 아름드리가 되었다. 축토의 중간에 토벽이 있는데 모양이 문과 같고 수십 리를 계속한다. 그래서 토문이라는 이름이 있는 것이며 만고불역의 경계이다.

토문강의 수원은 석퇴, 토퇴를 지나 삼포에 이르러 물이 처음으로 솟아 강이 되고, 북증산(北甑山) 서쪽으로 오륙백 리를 흘러 송화강과 합하고 동쪽으로 흑룡강(黑龍江, 아무르강)에 이르러 바다로 들어간다. 토문하 상원으로부터 하류 입해 이동에 이르는 지방은 원래 조선의 영토에 속하는 것인데, 우리

나라는 분경에 일이 일어남을 염려하여 유민을 엄금하고 그 땅을 비워두었다.

그런데 청국이 이를 자기 땅이라 하고 러시아에 1,000여 리의 땅을 할양하였다. 당년 토문으로 계한한 것으로 보면 용인할 수 없는 일이며 이로써 민생이 곤란을 받고 변경 문제가 늘어가니 한청아 삼국이 회동 조사하여 국제법규에 따라 공평히 타결할 일이다.

두 차례의 현지답사를 통해 대한제국은 토문강의 존재와 그 물줄기를 확인하여 간도와 연해주가 대한제국의 영토임을 확신하게 된다.

당시 조사에 따르면 압록강 대안지역의 조선인 인구가 연변보다 많았던 것으로 보인다. 통화(通化), 환인(桓仁), 관전(寬甸) 등에 이주한 조선인은 1897년 당시 3만 7천여 명에 이르렀다.

이에 대한제국은 1899년 압록강 북쪽 서간도 지역에 28개 면을 설치하여 평안도 관찰사로 하여금 관할하게 하고, 1900년 온성 등 두만강 연안 육진에 진위대를 설치한다. 1901년 3월에는 회령에 변계경무서(邊界警務署)를 설치하고, 무산과 종성에 파출소를 두어 사법·행정·위생을 담당케 하여 간도 거주민을 보호하고 일지를 기록하게 하였다. 1903년에는 양변관리사를 파견하여 서간도 지역 조선인 마을을 묶어 향약제도를 실시하였다. 변계경무서는 간도를 동부와 서부로 나누고, 조선인이 밀집한 동부를 북도소(北都所), 종성간도, 회령간도, 무산간도, 경원간도로 나누어 관리하였다.

"이범윤이 러시아 측에 가담한 이유가 뭐죠?"

"1904년이면 이미 일본에 국권이 유린당하고 있던 시절입니다. 일본은 1904년 2월 조선주답군을 창설하고 조정을 위협하여 한일의정서를 체결하였습니다. 이범윤은 일본의 조선침략 야욕을 간파하고 러시아를 이용해 일본을 견제하려고 한 것입니다. 일본이 러일전쟁 당시 러시아를 도와 일본에 항거한 이범윤을 그냥 둘 리 없지요. 소환명령에 따라 서울로 가는 것은 죽으러 가는 것이나 마찬가지였습니다. 살아남아 구국활동을 하는 것이 나라를 위하는 길이라고 판단한 것이죠."

"사포대는 주로 어떤 활동을 했습니까?"

"청은 봉금정책을 해제하고 간도 땅을 한족들에게 불하하였는데, 땅을 불하받은 한족들은 주인 행세를 하면서 조선 백성들을 온갖 방법으로 학대하고 있었습니다. 비참한 현실을 두 눈으로 확인한 이범윤은 도저히 묵과할 수 없다고 생각하고 민병대를 조직하여 한족의 횡포에 맞선 것입니다. 사포대는 대한제국 백성들을 수탈하는 데 앞장섰던 절과 지주들로부터 조선인을 보호했습니다. 당연히 청으로서는 골치가 아팠겠지요."

"조선의 관리들도 이범윤을 잡아들이는 데 동의했던 것 같은데요?"

"변방의 지방관들에게 이범윤은 눈엣가시 같은 존재였습니다. 백성들이 이범윤을 칭송하며 따르는 것이 불만이었겠지요. 마침 청과 일본 모두 이범윤을 소환하라고 요청하고 있는 상황이니 잘 되었다 싶었을 겁니다."

"간도 거주민을 보호하기 위하여 진위대와 경무서가 설치된 것이라고 하지 않았나요?"

"이들은 청과의 마찰을 꺼려 서로 책임을 미루면서 거주민 보호에 소홀했습니다."

"이범윤의 파병 요청이 받아들여지지 않은 이유가 뭐죠?"

"당시 정세와 관련되어 있습니다. 1903년 10월 이범윤이 간도관리사에 임명되었고, 1904년 2월 8일 일본이 여순에 있는 러시아 함대를 기습공격하면서 러일전쟁이 발발합니다. 그리고 1904년 6월 15일 변계 선후장정이 체결되었습니다. 불과 8개월 사이에 벌어진 일들입니다."

조선과 만주를 둘러싼 러시아와 일본의 대립은 1904년 2월 러일전 쟁으로 표출되는데 일본은 본격적인 전투에 앞서 사전정지작업을 해 두었다. 만주에서 전투가 벌어질 것에 대비하여 1904년 2월 16일 중국 의 중립선언을 이끌어내고, 2월 23일에는 대한제국을 일본의 병참기 지로 만드는 한일의정서를 체결해둔 것이다.

"이러한 상황이었으니 이범윤이 간도 한국인을 보호한다며 파병을 요청해도 받아들여질 리 없지요."

"러시아에 간 이범윤은 어떻게 되었습니까?"
"러시아에서 항일운동을 이끌었습니다."

연해주로 간 이범윤은 1910년 성명회(聲鳴會)를 조직하여 유인석 등 과 항일운동을 벌였고, 1911년 블라디보스토크에서 권민회(勸民會) 총 재로 추대되었다. 1912년부터는 국내진공작전을 벌여 회령 등지에서 일본군을 공격하였고, 1919년 3·1운동이 일어나자 진학신, 최우익 등 과 함께 간도 일대의 의병부대를 통합, 연길현 명월구에서 의군부(義軍 府)를 조직, 5개 대대 병력을 확보하였다.

이후 서일, 김좌진이 지휘하는 북로군정서(北路軍政署)와 연합하여 항 일무장투쟁을 벌였는데 청산리 전투 후 일본군의 대대적인 반격작전 이 전개되자 군정서 및 다른 독립군부대들과 함께 흑룡강을 건너 러시 아령 자유시로 이동하였다. 1925년 중국 흑룡강성 영안현에서 신민부 (新民府)가 조직되자 참의원 원장으로 추대되었다. 해방 전 비밀 입국하여 여생을 마쳤으며, 1962년 건국훈장 대통령장에 추서되었다.

"변계선후장정에 의하여 조선과 청 사이의 국경선이 두만강으로 정해졌다는 주장에 대해서는 어떻게 반박해야 할까요?"

김 변호사와 강 교수가 변계선후장정에 대한 대응 방안을 강구하고 있다.

"변계선후장정의 내용을 잘 살펴보면 답이 나옵니다."

 준 비 서 면

사건   간도반환청구소송
원고   대한민국
피고   중화인민공화국

원고 대한민국은 다음과 같이 변론을 준비합니다.

다 음

1. 피고는 1904년 변계선후장정에 의하여 양국의 국경이 두만강으로 정해졌고, 다만 두만강 상류 지역의 국경선만 미정 상태였다고 주장합니다. 그러나 이는 사실이 아닙니다.

2. 선후장정은 러일전쟁이라는 급박한 상황에서 양국 지방관들

끼리 잠정 합의한 것으로 국가적인 차원에서 체결된 조약이 아닙니다. 이는 대한제국의 지방관인 함경북도 교계관(交界官) 겸 경무관인 최남륭, 김병약, 진위대 참령 김명환과 청의 지방관인 연길청 지부 진작언(陳作彦), 길강군 통령 호전갑(胡殿甲) 사이에 체결된 것으로 이들은 광제욕 분방경력 장도기의 관서에서 선후장정을 체결하였습니다.

3. 국제법상 조약이 성립하기 위해서는 협의, 서명, 비준, 교환, 기탁, 등록 및 공포 등의 절차를 거쳐야 합니다. 그런데, 선후장정은 지방관들 사이에서 협의와 서명만 되었을 뿐 비준 등의 절차는 전혀 거치지 않았습니다. 특히 선후장정을 체결한 양국 지방관들은 양국을 대표하는 황제의 위임장도 받지 않았습니다.

선후장정은 국가 간의 조약이 아닙니다. 장정이라는 명칭 자체가 조약으로서의 위상을 갖추지 못하였다는 사실을 보여주는 것입니다. 당시 대한제국 변방관리들은 선후장정 체결 사실을 중앙정부에 보고하지 않았습니다. 선후장정을 국가 간의 조약이 아닌 지방관들끼리의 신사협정으로 간주하였기 때문입니다.

요컨대, 선후장정에 의하여 사건대상에 대한 영유권이 확정되었다는 피고의 주장은 부당합니다.

4. 오히려 위 장정은 당시 양국 간 영유권분쟁이 극심했음을 보여주는 유력한 증거입니다. 분쟁 자체가 없었다면 장정을 체결할 이유가 없었을 것이기 때문입니다. 장정은 당시 양국 지방관들의 간도에 대한 영유 의식을 명확하게 보여주고 있습니다. 선후장정

제1조를 정확하게 해석하면 다음과 같습니다.

양국의 경계는 백두산정계비의 비문에서 고증할 것이 있기 때문에 추후
양국 관원을 파견하여 조사하여야 한다. 이에 조사 이전에는 도문강을 경
계로 상호 군대를 배치해 백성들이 무기를 가지고 월경하여 사단을 일으
키지 못하게 한다.

　　여기서 우리가 주목할 부분은 양국 지방관들이 영토분쟁이 존
재한다는 점과 이 분쟁이 장차 백두산정계비를 고증하여 해결되
어야 한다고 인식하고 있었다는 점입니다.

원고 대한민국
소송대리인 김명찬

"선후장정의 체결 당사자가 국가가 아니라 지방관들이라는 주장이
맞는 건가요?"
　하오 주임이 물었다.
"네."
"그럼 국제법상 효력이 없다는 주장이 맞는 것 아닌가요?"
"선후장정을 증거로 제출한 것은 당시 지방관들이 두만강을 국경으
로 인식하고 있었다는 점을 인식시키기 위한 것입니다. 선후장정이 국
가 간 조약이었다면 소송이 제기될 이유조차 없지요. 그런 명확한 근
거가 없기 때문에 이런 소송이 제기된 것입니다. 우리는 유리한 증거

들을 찾아내 제출해야 합니다. 선후장정은 당시 지방관들이 두만강을 국경으로 인식하고 있었다는 유력한 증거가 분명합니다."

왕 교수의 설명에 하오 주임이 고개를 끄덕인다.

★ː

준 비 서 면

사건   간도반환청구소송
원고   대한민국
피고   중화인민공화국

피고 중화인민공화국은 다음과 같이 변론을 준비합니다.

다 음

1. 원고는 선후장정이 지방관들 사이에 체결된 것으로 청한 양국 간에는 효력이 없다고 주장합니다.

2. 청은 선후장정을 체결하면서 중앙 정부에 보고하였고, 주한공사 허대신(許坮身)으로 하여금 그 내용을 기안하게 하는 등 조약 체결을 위한 제반절차를 진행하였습니다. 따라서 선후장정은 이에 상응하는 증명력을 갖습니다. 조선의 지방관들이 중앙 정부에 보고하였는지의 여부는 원고 측 사정에 불과합니다.

3. 무엇보다도 선후장정의 내용, 즉 두만강이 청한 양국의 국경으로 간주되고 있었다는 사실은 이 사건 영유권 판단에 중요한 지침이 됩니다.

귀 재판소는 2001년 카타르와 바레인 간에 진행된 도서분쟁사건에서 1913년 영국-오토만 협약이 비준되지 않았음에도 서명 당시 양국의 이해관계가 정확히 반영된 것이라고 하여 그 효력을 인정한 바 있습니다. 선후장정이 비준되지 않았다고 하더라도 증거로서의 효력까지 부정되어서는 안 될 것입니다.

4. 원고는 선후장정에서 국경선 확정이 전부 유보되었다고 주장합니다. 그러나 선후장정에서 유보된 부분은 두만강 상류 지역에 국한된 것이었습니다. 선후장정의 각 조문들은 두만강 상류 합수지점 하류의 국경을 두만강으로 확정하고 있습니다. 이는 1887년 정해감계회담에서 이미 결정된 사항이었습니다. 1887년 정해감계회담 당시 양국 간 공문을 증거로 제출합니다.

증 거

1. 을제12호증의1   1887년 5월 18일자 이중하의 공문
1. 을제12호증의2   1888년 5월 조선의 공문

피고 중화인민공화국

소송대리인 왕다성

증거를 보겠습니다. 먼저 을제12호증의1 1887년 5월 18일자 이중하의 공문입니다. 이것은 정해감계회담이 끝나갈 무렵 조선의 감계사 이중하가 청의 감계사 덕옥에게 보낸 공문입니다.

이번에 도문강 지역을 다시 조사하여 수원을 조사하고 밤을 새워 협의하여 무산부 서쪽의 수류를 따라 장백산중의 장산령 서변인 홍토수, 석을수의 합류처까지는 지형을 모두 확인하고 국경을 정하였습니다.

이제 남은 곳은 합류처 이상의 양원에 불과합니다. 저는 장백산으로부터 홍토수에 이르는 사이에 경계를 정하려 하고, 귀관은 소백산으로부터 석을수에 이르는 사이에 경계를 정하려 하여 누차 상의하였으나 아직 협정에 이르지 못하고 있습니다.

요컨대, 경계는 이미 다 확정하였고 다만 이 양원의 소류의 부분을 남기고 있을 뿐입니다. 이것이 몇 리의 관계에 지나지 않는다고 하나, 대소국 강토 사무는 신중을 요합니다.

청컨대 같이 측량한 결과에 따라 지도를 그려 총서에 보내 칙재를 청하여 경계를 정하는 것이 공평무사할 것입니다.

보시는 바와 같이 청과 조선 사이에 국경을 확정하는 일이 거의 마무리 되었다는 점, 남은 부분은 홍토수와 석을수가 만나는 지점 상류의 국경을 확정하는 일뿐이라는 점이 분명히 명시되어 있습니다.

이중하는 홍토수와 석을수가 만나는 지점 하류로는 국경을 정하였다고 단언하고 있습니다. 이 공문은 두만강 상류 부분의 국경 확정 외에 나머지 지역, 홍토수와 석을수가 합류하는 지점 이하에 있어서는 두만강으로 국경이 확정되었음을 보여줍니다.

원고는 선후장정이 조선과 청 사이의 국경을 전부 미정 상태로 유보한 것이라고 주장하나, 공문에서 보는 바와 같이 1887년경 이미 홍토수와 석을수의 합수처 이남은 두만강으로 확정된 상태였습니다.

　　이뿐만이 아닙니다. 1888년 청의 북양대신 이홍장이 국경 교섭 재개를 제안하자 조선 정부는 교섭전 양국의 의견을 조정할 필요가 있다며 공문을 보내왔습니다. 을제12호증의2입니다.

　　조선 정부는 귀국의 석을수 주장을 받아들일 수 없다. 국경은 홍토수가 되어야 한다.

　　홍토수 이남이 한국 측의 영토가 되어 있음은 1962년 중조변계조약을 통하여 이미 확인된 사실입니다. 조청간의 영토분쟁은 이미 조선이 원하는 대로 처리되어 종결된 상태입니다. 이상입니다.

　　중국은 홍토수가 국경이 되어야 한다는 취지가 기재되어 있는 조선의 공문을 증거로 제출하였다. 조선이 스스로 홍토수를 국경으로 주장하였다면 중국 측의 주장대로 이 소송은 더 이상 진행할 필요조차 없는 것 아닌가?

　　"감계회담이 뭔가요?"

　　이 사무관의 질문에 한 교수가 답변한다.

"1712년 백두산정계비 건립 이후 청과 조선 사이에 특별한 분쟁은 없었습니다. 그런데 1880년대에 이르러 분쟁이 극심해지면서 이를 해결하기 위한 회담이 진행됩니다. 이것을 감계회담이라고 합니다. 경계를 정하는 회담이라는 뜻이지요. 회담은 1885년과 1887년 두 차례에 걸쳐 진행되었는데 모두 결렬되고 말았습니다. 1888년 청이 3차 회담을 요청했지만 성사되지 못했고, 1904년 선후장정이 체결된 것입니다."

"회담까지 했다는 것은 상황이 심각했다는 것 아닌가요?"

"네. 1869년과 1870년 연이은 흉작으로 함경도와 평안도에 대기근이 발생했습니다. 초근목피까지 동이 나고 굶어 죽어가는 상황이니 어땠겠어요? 너도 나도 압록강과 두만강을 넘어 간도로 가게 됩니다. 간도는 오랫동안 출입이 금지되어 있었기 때문에 먹을 것이 풍부했고 땅이 기름져 무엇을 심어도 수확이 많았다고 합니다. 주인도 없는 땅이니 지주들에게 뜯기는 것도 없지요. 그야말로 신천지였습니다. 그때 이주한 백성들이 1,000호가 넘는다고 합니다."

"당시 봉금정책이 시행되고 있었고 봉금선을 넘어 가면 참수형에 처해지지 않았나요?"

"그것도 사정이 좋을 때 이야기지요. 당장 백성들이 죽어가는데 지방관들도 얼마나 애처로웠겠어요? 살자고 강을 넘어가는 백성들을 죽일 수는 없었겠죠. 나라에서 구제해줄 것도 아니고. 오히려 나중에는 지권을 발부하여 관리했습니다. 사실상 조선의 봉금정책은 폐지된 것이나 마찬가지였어요."

"청이 가만히 있었습니까?"

"당시 청은 이 지역에 별로 관심이 없었어요. 산삼을 채집하고 사냥을 하러 오는 정도였지요. 압록강 이북의 서간도 지역은 그나마 가깝기 때문에 넘어 오는 사람들이 있었지만, 두만강 이북의 동간도 지역은 흑산 산맥, 태평령 산맥, 노아령 산맥으로 가로막혀 접근하는 사람이 거의 없었습니다. 청이 간도에 관심을 가지게 된 것도 1872년 블라디보스토크항을 완성하고 남하하는 러시아 때문이었습니다. 러시아가 흑룡강을 넘어 북만주 지역으로 진입하려 하자 이를 저지하기 위한 군사적 목적에서 1878년 만주에 대한 봉금정책을 폐지하게 됩니다. 청은 러시아와 국경을 마주하고 있는 혼춘지역을 중심으로 간도를 개척하기 시작했습니다. 그것이 바로 1880년에 실시된 이민실변(移民實邊) 정책입니다."

"이민실변 정책요?"

"네, 사람들을 이주시켜 변방을 개척하는 정책입니다. 청은 1880년 혼춘, 홍기하, 흑정자, 남강 등에 정변군을 배치하고 중국인들을 이주시키기 시작했습니다. 1881년에는 두만강 이북 지역의 봉금정책까지 폐지했습니다. 7월에는 길림성 동남부 도문강 동북안 일대를 개방하였고, 9월에는 독판 오대징 등의 제안에 따라 이 지역에 초민개간을 허용하고 조선에 공문을 보내왔습니다."

오대징의 주청에 의하여 도문강 동북안 황지를 관의 경리로써 개간하니 조선은 변계관에게 칙령하여 문제가 발생하지 않게 하라.

"1882년부터는 이 지역에 거주하는 조선인을 중국인으로 취급하여 머리를 변발하고 중국식 의복을 강요하는 치발역복 정책을 시행했습니다."

고종 19년 1882년 8월 11일

의정부에서 아뢰기를 "전에 중국 예부(禮部)에서 길림장군(吉林將軍) 명안(銘安)이 아뢴 것에 의거하여, 길림 변경지역을 점유 경작하고 있는 조선 함경도의 빈민들에 대해 그들 모두 허가증을 받고 조세를 납부하도록 하며, 저들의 판도(版圖)에 예속시켜 그 나라의 정교(政敎)를 준수하도록 하고, 기한을 정해 복장을 바꾸도록 하겠다는 뜻으로 자문을 보내왔습니다. 중국이 우리 백성들을 즉각 쫓아내지 않는 것은 그들을 회유하려는 의도입니다. 이제 만약 속히 찾아오지 않는다면 막을 수 없을 것입니다. 이는 법의(法意)가 담긴 문제이니만큼 어찌 안일하게 시간만 보낼 수 있겠습니까. 문임(文任)으로 하여금 사유를 갖추어 자문을 지어내도록 해서 김재신(金載信)을 특별히 재자관(賷咨官)으로 정하여 들여보내는 것이 어떻겠습니까?" 하니, 윤허한다고 전교하였다.

"그럼, 이때부터 분쟁이 시작된 것인가요?"

"그렇습니다. 이주 개간한 조선인의 지위 문제와 이 지역의 영유권 문제가 발생한 것입니다."

조선은 청의 일방적인 처리에 항의는 못하고 유민을 본국으로 쇄환하여 지방관에 교부하여 적을 돌리도록 하겠다고 답변하고 만다.

명안은 1882년 11월 중앙 정부의 지시에 따라 간도로 넘어가는 조선인들을 돌려보내겠다고 알려온다. 다만 유민의 수가 많고, 안착한 자를 당장 내쫓는다면 조선의 지방관이 이를 처리할 길이 없을 것이므로 1년 동안 기한을 두어 실행하겠다며 돈화현으로 하여금 유민의 호구가 얼마나 되는지 조사하여 조선의 지방관에게 알려 적절히 처리하라고 한다.

다음 해 4월 돈화현이 경성, 회령에서 넘어온 조선인을 전부 강제 귀환시키겠다고 고시한다.

"가지고 있는 것을 다 빼앗길 판이니 마음이 다급했겠네요. 지권을 발부하고 이주를 장려했던 조선의 관리들도 황당했겠는데요?"

"우선 당장 간도가 조선의 영토라는 것을 입증하는 것이 시급했습니다. 그래서 백성들이 백두산정계비를 찾아 나선 것입니다. 토문강 이남은 조선 땅이니 문제가 없다는 것이지요."

"그래서요?"

"백두산정계비를 찾아 탁본을 뜨고 주변지형을 상세히 그려 종성부사 이정래에게 민원을 제기했습니다."

돈화현은 설치된 지 얼마 되지 않아 경계를 잘 모르기 때문에 두만 이북을 토문 이북이라 하는 모양인데, 토문은 정계한 곳에 있고, 두만은 그 수원이 본국 경내에서 나오는 것이니 청이 알 바 아니고, 도문은 경원 이하 바다로 들어가는 강을 말합니다.

백두산정계비에는 조선과 청의 국경이 토문강으로 되어 있습니다. 따라서 토문강 이남에 우리가 개척한 땅은 우리 조선의 것이고, 청이 이 지역에 와서 주인 행세를 하는 것은 오히려 우리 조선의 영토를 침범하는 것입니다.

백두산정계비가 건립된 곳에서 발원하는 강은 토문강으로 두만강과 다르고 도문강은 경원 이하 바다로 흘러들어가는 강을 가리키는 것으로 서로 구분되어야 한다는 취지다.

"도문강이 뭔가요?"

"도문강은 원래 해란강을 가리키는 것인데, 청은 토문강, 도문강, 두만강이 모두 두만강을 가리키는 것이라고 주장하고 있었습니다."

"이 소식이 마침 경원부(慶源府)를 순시 중이던 서북경략사 어윤중에게 알려졌습니다. 당시 어윤중은 서북지역을 암행하며 감계의 사명을 받고 두만강 유역을 순시 중이었습니다. 소식을 전해 들은 어윤중은 김우식을 두 번이나 백두산에 파견해 답사시키고 정계비 탁본을 떠 오도록 했습니다. 답사 결과를 토대로 청의 관료에게 토문강은 송화강 상류로 간도는 조선 영토라고 주장하면서 백두산정계비와 토문강 발원지에 대한 공동 조사를 통해 국경을 획정하자고 제안했습니다."

"그래서요?"

"조정에서 어윤중의 보고에 따라 청에 감계회담을 제안했습니다. 하지만 청은 별로 성의가 없었습니다. 그러다가 1885년 4월 청나라 혼춘 당국이 함경도 안무사 조병직에게 월경 조선 경작자들을 무력 축출할 것을 통보하고 일부 주민들을 강제 추방해버렸습니다. 다급해진 조선이 다시 감계회담을 요청했고 청이 응하면서 회담이 개최된 것입니다."

중국 소송팀도 감계회담에 대해 검토 중이었다.

"동북지역의 봉금정책을 폐지할 때 상황이 어땠습니까?"

하오 주임이 묻자 왕 교수가 대답한다.

"청은 2단계에 걸쳐 봉금정책을 폐지했습니다. 먼저 1878년 압록강 이북의 봉금정책을 폐지하고, 다음으로 1881년 두만강 대안의 봉금정책을 폐지했습니다. 1881년 10월 길림장군 명안이 간도지역을 답사했는데, 조선의 백성들이 많은 농토를 개간하고 있는 것을 보고 각 현에 개황서(開荒署)를 설치하게 하였습니다. 정부는 1882년 초 조선에 월경사간(越境私墾)을 엄금하도록 요구했습니다. 그런데 길림장군 명안과 독판영고탑등처사(督辦寧古塔等處事) 오대징이 기왕에 이주한 조선인들의 입주를 인정하여 조세를 징수하고 호적을 편제하여 다스리자고 제안했습니다. 새로 백성들을 이주시키는 것도 쉬운 일이 아니기 때문에 그렇게 하기로 하고 조선에 통보했습니다. 그런데 조선인들의 귀화율이 현저하게 낮았습니다. 이에 귀화하지 않는 조선인들을 쫓아내기로 결정하고 1883년 4월 길림혼춘초간국사무(吉林琿春招墾國事務) 진영(秦瑛)으로 하여금 쇄환을 요구하라고 지시했습니다. 진영은 함경도 관찰사에게 9월 수확 직후 조선 백성들을 모두 쇄환시키라고 통보했습니다."

"조선이 가만히 있지 않았을 것 같은데요?"

"1882년 조선에 임오군란이 일어났지요. 당시 청의 군대가 한성에 주둔하면서 실권을 행사하고 있었고 조선은 청의 눈치를 보고 있을 때였습니다. 일단 무시하고 밀어붙였습니다. 조선이 감계회담을 제안해왔고 이에 응했던 것입니다. 정리할 것은 정리해야 하니까요."

"이중하는 독도의 안용복에 비견되는 인물입니다. 두 사람 모두 외교 활동을 통해 영유권을 주장했다는 점에서 공통점이 있습니다."

한 교수가 토문감계사 이중하에 대해 설명하고 있다.

"이중하는 헌종 12년 1846년 11월 9일 경기도 양평군 창대리에서 태어났습니다. 고종 10년 1873년 식년시에 합격하고, 고종 19년 1882년에 증광시에 합격하면서 관직생활을 시작했습니다."

이중하는 홍문관 교리로 관로에 올라 정2품 규장각 제학까지 올랐지만 1910년 한일합병 직후 아들과 함께 관직을 버리고 낙향한다. 1897년부터 1905년까지 평안도관찰사와 평안도위무사를 겸하면서 주민들에게 선정을 베풀었으며 러시아군과 일본군의 부당한 침략과 횡

포를 막기도 하였다.

"이중하는 한일합병 당시 일본이 수여한 은사금과 훈장을 거부하고 낙향했습니다."

이중하의 성품을 잘 보여주는 일화가 하나 있다. 1909년 통감부 기관지로 창간된 경성일보사가 일본관광단 행사를 실시하였다. 1차 일본관광단은 대한제국 전현직 관료, 실업가, 유생, 신문기자 등 110명으로 구성되었는데 이중하는 고종의 유지에 따라 관광단에 참여했다. 고종이 여비 200원을 주면서 참가를 지시한 것이다.

관광단은 1909년 4월 11일 남대문역을 출발하여 시모노세키, 히로시마, 오사카, 나라, 교토, 도쿄 등을 거쳐 5월 10일 귀국하였다. 일본은 제철소, 군수공장, 방적공장과 교토와 나라의 사적지를 보여주었고, 특히 일본 군복을 입고 군사체조를 하며 일본 군가를 부르는 영친왕을 만나게 하였다. 관광단원들은 일본의 근대문물에 압도당하고 대한제국의 현실을 한탄하였다.

귀국 후 이들은 전국 각지에서 친일 유세활동을 했다. 일본인들이 한국인들에게 호의적이라는 것, 영친왕이 일본에서 우대를 받고 있다는 것, 일본이 상공업이 크게 발달한 문명국으로서 한국은 국력을 키우기 위해 일본의 지도를 받아야 한다는 내용이었다. 하지만 이중하는 동조하지 않았다.

"이상 이중하에 대한 설명을 마치고, 감계회담에 대해 설명하겠습니다. 감계회담은 1885년과 1887년 두 번 개최되었는데 모두 결렬되었습니다. 이중하가 토문감계사로 조선을 대표하여 회담을 주도하였습니다. 1888년 청의 북양대신 이홍장이 3차 회담을 제의해오자 조선은 이중하를 제3차 감계사로 임명하지만 회담은 성사되지 못했습니다."

이중하는 회담 자료들을 모아《감계사등록(勘界使謄錄)》이라는 책을 만들었는데 회담의 진행경과가 잘 나타나 있다. 이 책은 상하권으로 나뉘어져 있는데 상권은 1885년, 하권은 1887년 회담에 대해 기록하고 있다.

"먼저 1885년 을유감계회담에 대해 살펴보겠습니다. 을유감계회담은 1885년 11월 함경도 회령에서 시작되었습니다. 조선은 7월경 안변부사 이중하를 토문감계사로 임명하였고, 청은 변무교섭승판처사무(邊務交涉承辦處事務) 덕옥(德玉), 호리초간변황사무(護理招墾邊荒事務) 가원계(賈元桂), 독리상무위(督理商務委) 진영(秦瑛)을 회담 대표로 지정했습니다."

회담이 시작되자, 이중하는 백두산정계비를 먼저 조사한 뒤 강의 발원을 조사하자고 제안했다. 정계비의 '동위토문'을 먼저 인식시키기 위한 전략이었다. 하지만 청은 강원(江源)을 먼저 조사해야 한다고 주장했다. 어차피 국경은 두만강이니 두만강의 본류만 결정하면 된다는 것이었다.

"백두산정계비는 볼 필요도 없다는 취지였습니다. 정계비의 토문강이 두만강이라는 전제하에 두만강을 국경으로 삼기 위한 술책이었습니다. 결국 1차 회합은 무산되었고, 2차 회합에서 강원을 조사하기로 합의되어 강원과 정계비를 답사하고 무산에 내려와 조정을 꾀하였습니다."

청의 감계위원들은 백두산정계비의 '동위토문'이 송화강 상류인 토문강임을 확인하였음에도 불구하고 토문(土門), 도문(圖們), 두만(豆滿)이 두만강을 가리키는 것이라 주장하였고 결국 을유감계회담은 결렬되고 만다.

"이어 1887년 정해감계회담이 열리게 됩니다. 2차 회담은 1차 회담과는 분위기가 완전히 달랐습니다. 청은 조선에 청군을 파견하고 위안스카이를 주재시켜 조선의 내정과 외교를 장악하고 있는 상태였습니다. 2차 회담도 위안스카이가 주도한 것으로 이번 기회에 자신들의 뜻대로 국경을 확정하려는 것이었습니다. 회담에 앞서 청은 만반의 조치를 취해두고 있었는데, 심지어 홍단수 인근에 국경표지석까지 운반해둔 상태였습니다."

이번 조사는 무산 상류의 도문강의 본류를 결정하여 국경을 확정하면 된다. 국경이 확정되면 비석을 세워 국경을 명확히 하고자 15개의 비석을 만들어 두만강 3개 발원지 가운데 가장 남쪽 지류인 홍단수와 본류가 합류하는 지점에 운반해두었다.

"당시 청의 감계위원들이 보낸 공문에 청의 의도가 잘 나타나 있습니다."

총리각국사무아문에서 '길림과 조선과의 국경은 무산에서 동쪽 녹둔도까지는 도문강의 천연경계가 있어 문제될 것이 없으나, 무산에서 서쪽 분수령 입비처까지는 분명하지 않아 위원을 파견하여 공동으로 조사하고자 하니 이러한 뜻을 잘 받들어 처리하라. 나아가 이 명령서가 도달하는 즉시 조선감계사 이중하에게 조회하여 속히 현장을 둘러보게 하여 상세히 재감 품신케 하라' 하였다. 그러니 귀관은 이를 양지하고 급히 움직이라. 무산에서 회합할 것인지 회령에서 담판할 것인지 회답하라.

"을유감계회담 당시 국경하천이 토문강인지 두만강인지도 결론내리지 못했는데, 두만강으로 결론을 내려놓고 상류 지역의 국경선 확정을 회담의 목표로 설정해버렸습니다. 청의 의도를 간파한 이중하는 임무를 수행할 수 없음을 감지하고 상소를 올립니다."

승정원일기 고종 24년 1887년 3월 4일

덕원 부사 이중하가 상소하기를 "삼가 아룁니다. 신이 재작년 겨울에 외람되이 토문감계사에 임명한다는 명을 받들어 중국 관원 진영 등과 함께 백두산 정상까지 올라가 보고 두만강의 근원을 두루 조사하여 한 달이 지나도록 논변하였지만, 종내 타결 짓지 못하였으므로 실정을 나열하여 보고하고 임소에서 죄를 기다렸습니다.

그런데 천만 뜻밖에도 다시 국경을 획정하라는 명을 받았으니, 신은 배나 더 두렵고 의심스러워 어찌할 바를 모르겠습니다.

… 신은 보잘것없는 사람으로서 학문은 변변치 못하고 식견은 얕으며 직품은 낮고 사람은 미미한데 중임을 담당하여 잘 알지 못한 채 왕래하니, 옛일과 비교하여 볼 때 어찌 소홀한 것이 아니겠습니까. 만일 착오가 있게 되어 목숨으로 죄를 묻는다 하더라도 무슨 보탬이 되겠습니까.

오늘날 국경을 획정하는 것을 생각해볼 때 옛날의 어렵고 위태로움에 비할 수가 없습니다. … 이것은 실로 잘 살피고 신중해야 할 일로서 신처럼 불초한 자가 짧은 시간 동안에 처리할 수 있는 일이 아닙니다. 신은 이미 시험하여 성과가 없었고 아직도 허물을 책망하고 있는데 거듭 일을 망칠 수는 없습니다.

생각건대, 이것은 강토와 백성의 일로서 더할 수 없이 중요하여 재량하여 처리하기 매우 어려우니 조정에서 처리하는 것이 합당할 것입니다.

"하지만 고종은 이중하를 다시 토문감계사로 임명합니다. 마음이 급했던 청의 감계위원들은 3월 26일 벌써 회령에 도착하여 이중하가 오기를 기다리고 있었고 드디어 4월 5일 이중하가 도착합니다. 이중하는 토문강국경설을 더 이상 주장하기 어렵다는 결론을 내리고 어떻게든 회담을 결렬시킬 궁리를 하고 있었습니다. 드디어 2차 감계회담이 시작되었습니다. 조선에서는 이중하가, 청에서는 진영, 덕옥, 방랑이 대표로 나왔습니다. 청나라 감계위원의 주장입니다."

왕년에 귀관과 도문강원을 입회 조사하였다. 조정의 뜻은 강의 흐름에 따라 강의 수원을 탐사하려는 것이지, 수원을 골라 강을 결정하자는 것이 아니었다. 왕년 도면을 제작하고 상호 기명조인하여 각자 이견이 없었는데 먹물이 마르기도 전에 이견을 낳을 줄이야 어찌 알았겠는가?

  … 귀방은 어째서 해란을 가리켜 도문이라 하고, 도문을 두만이라 하고, 심지어 송화강원의 황화송구자를 도문강원이라고 하는가? 그릇되고 또 그릇되었다.

  … 이제 귀관이 와서 경계를 조사하는데 먼저 비퇴를 말하고 때로는 복류로써 강변하고 때로는 홍토수로서 원류라 하여 전날의 꾀가 다시 나타나니 마음을 두는 곳이 어디인가?

  … 귀 정부에 기록되어 있는 승문원 고실에 있는 우리 예부로부터의 자문에 강희 50년 8월 4일 칙명을 받든 목극등을 파견하여 장백산에 이르러 변경을 조사케 할 때에 '피국무섭(皮國無涉)'이라는 말이 있다. 귀방과 관계없다는 자구가 있으니 비는 변경조사의 비이고 분계의 비가 아닌 것이 분명하다.

  비문에도 분계라는 자구가 없으니 당일 입비처는 분계처가 아니라는 것이다. 비와 분계가 관계없음이 명백함을 알 수 있으며, 송화강 원류의 비로써 증거로 한다면 총서의 주문과 합치되지 않을 뿐 아니라 승문원 고실과도 부합되지 않는다.

홍단수로써 경계를 정하는 것이 의외의 주장이라고 한다면 총서가 말하는 것도 의외일 것이다. … 총서가 도문강계의 재조사를 주청한 것은 전회에 변명고증이 완료되지 않았으며 거리 계산이 토민의 말에 의거하여 정확하지 않았기 때문이다.

"청은 홍단수를 국경으로 주장하고 있네요."

"맞아요. 미리 만들어둔 비석을 홍단수 근처에 갖다 놓았잖아요. 이에 이중하는 이렇게 반박합니다."

홍토수가 비계에 접하지 않음은 산에 오르기 이전부터 명백히 설명하였다. … 복류의 설은 목총관이 한 말로 우리 정부의 창조한 바가 아니다. … 백산 일편의 돌이 청한 양국 300년의 한계였던 것은 국사와 야사에 기재되지 않은 것이 없다.

전일 귀관 등은 이를 후인의 위작으로 돌리고 또 간민이 비를 옮긴 것이 아닌가 의심하였다. 이런 말이 다 이치에 어그러지는 것은 변명하지 않아도 스스로 명백하다.

귀서 중에 총서 〈주의〉에 말하기를 이것은 당일 입비의 땅이고 분계의 땅이 아니라고 하였는데, 대저 변경을 조사하여 비를 세움은 정계가 아니고 무엇이란 말인가?

… 성경통지에 장백 이남은 조선계라 하고 흠정통전에 조선은 도문강으로써 경계한다고 하였으니 목총관이 변경을 조사하고 입비할 때에 어찌 장백을 버리고 소백산에 세우고, 도문을 버리고 홍단수에 세웠겠는가. 특히 도문

의 수원은 비와 멀기 때문에 토퇴를 설치하여 서로 접하게 한 것이다. 지금 압록강에 퇴가 없고 동변에 퇴가 있음을 보면 알 것이다.

… 당당한 청조에서 조선을 애휼하고 지금까지 감싸온 일이 많은데 어찌 조선의 영토를 줄여 비를 홍단으로 옮기고자 하는가?

"양국 감계사들이 주고받은 글에 회담의 쟁점이 명확하게 나타나 있습니다. 여기서 우리가 정확하게 살펴봐야 할 부분이 있습니다. 바로 이 부분입니다."

삼가 살피건대 귀국 일통여도중 도문의 지계에 점획 표시가 명백하다. 홍토수가 대도문강임을 가리킴이 명확하다. 그 남쪽에 따로 소백산의 삼지 홍단하 등지를 가리키는 문자가 있다. 이것이 명확한 증거가 아닌가.

"이중하는 토문강이 국경이라고 주장했는데, 느닷없이 두만강의 상류 수원인 홍토수가 국경이 되어야 한다고 주장하면서 일통여도에 점획표식으로 분명하게 드러난다고 했습니다. 왜 이런 앞뒤가 안 맞는 주장을 하였을까요?"

국제사법재판소 제1호 법정.
김명찬 변호사가 감계회담과 관련하여 변론하고 있다.

"피고는 1887년 정해감계회담 당시 이중하의 공문을 증거로 제출하며 홍토수와 석을수의 합수처 하류는 두만강으로 국경이 확정되었고, 합수처 상류의 국경선을 획정하는 것만 문제가 되었는데, 조선이 국경선으로 두만강 최상류 수원인 홍토수 선을 주장하였다고 합니다. 조선과 청 사이의 감계회담은 1885년과 1887년 두 차례에 걸쳐 진행되었는데 모두 결렬되고 말았습니다. 피고는 마치 두 차례의 회담을 통해 두만강이 국경으로 결정되었고 단지 두만강 상류 부분의 수원을 결정하는 문제만 합의에 이르지 못하였다는 식으로 주장하나 이는 사실이 아닙니다."

그때였다. 왕 교수가 손을 들고 발언권을 요청하였다.

"원고의 발언은 을제12호증의1 이중하의 공문에 완전히 상반되는 발언입니다. 조선의 토문감계사 이중하는 분명히 홍토수 선을 국경으로 삼아야 한다고 적고 있습니다. 이에 따라 청은 두만강 이북 지역을 행정적으로 통제하였습니다. 1890년에는 치발역복을 실시하였고, 1891년에는 왕군춘의 초간국을 국자가로 옮겼으며, 1894년까지 4대보 39사를 설치하여 향약사장과 촌장을 두었습니다.

1902년에는 연길청을 설치하고, 광제욕에 분방경력청을 두어 관리하였습니다. 당시 청의 백성들이 토지 소유권을 가지고 있었고, 조선의 백성들은 도조를 내면서 농사를 지었습니다. 이들은 지세와 잡세, 마량, 화목, 닭과 돼지, 쌀 등을 세금으로 납부하고 화물의 운반 등에 사역당하는 등 청의 행정에 예속되어 있었습니다.

요컨대, 사건대상은 1904년 변계선후장정 체결 전에 이미 청의 실효지배하에 있었던 명실상부한 청의 영토였습니다."

"재판장님. 아직 원고 측의 변론이 끝나지도 않았는데 말을 끊고 발언하는 것은 부적절합니다. 경고해주시기 바랍니다."

왕 교수의 이야기가 멈춘 틈을 타 김 변호사가 즉시 재판장에게 이의를 제기하였다. 재판장이 왕 교수에게 주의를 주자 왕 교수가 불만스러운 표정으로 자리에 앉는다. 김 변호사가 변론을 이어간다.

"2차례의 회담과정을 정확하게 이해해야만 이중하의 의도를 알 수 있습니다. 잠깐 설명을 드리도록 하겠습니다.

1차 회담은 1885년 9월 30일부터 11월 30일까지 진행되었습니다. 이것을 을유감계회담이라 합니다. 회담기간 중 양국 대표단은 백두산에 올라 백두산정계비를 살펴보고 백두산에서 발원한 물줄기들을 탐사하여 정계비에 기록된 토문강이 송화강의 지류임을 확인하였습니다. 이에 조선의 토문감계사 이중하는 정계비의 문구대로 토문강을 국경으로 정하자고 하였으나, 청국 대표 덕옥은 토문강이 두만강을 가리키는 것이라고 주장하였습니다. 양국의 입장이 완전히 달랐고 회담은 결렬되고 말았습니다.

이어 1887년 4월 7일부터 5월 19일까지 2차 회담이 열렸습니다. 이를 정해감계회담이라 하는데, 이 회담 또한 결렬되고 말았습니다. 당시 조선 대표 이중하는 홍토수를, 청에서는 홍단수를 주장하였습니다. 청이 홍단수에서 석을수로 양보하였지만 이중하는 수용하지 않았고 회담은 결렬되고 말았습니다.

피고는 정해감계회담 당시 조선과 청의 쟁점이 홍토수설과 홍단수설이었을뿐 두만강을 국경으로 하는 것에 대해서는 이견이 없었다고 주장합니다. 그러나 이는 사실이 아닙니다. 조선의 토문감계사 이중하는 청의 일방적인 강압을 피하기 위해 일부러 협상을 결렬시켰습니다. 즉, 청이 수용할 수 없는 홍토수설을 주장하여 협상을 결렬시킨 것입니다.

당시 청이 강압적으로 협상을 진행한 사정은 이중하가 회담 자료를 엮어 만든《감계사등록》이라는 책에 잘 드러나는 바 이를 갑제8호증의1로 제출합니다. 이것뿐만이 아닙니다. 정해감계회담이 끝난 뒤, 조선은 이중하가 홍토수를 국경으로 주장하였다는 사실을 알고 즉시 홍토수설은 이중하의 개인 의견일 뿐 조선 정부의 입장이 아니라는 점을 청에 통지하여 입장을 분명히 밝혔습니다. 해당 공문을 갑제8호증2로 제출합니다. 고로 1887년 정해감계회담 당시 조청 간의 국경이 두만강으로 합의되었다는 피고의 주장은 부당합니다."

김 변호사가 발언을 마치고 증거를 서기에게 전달한다.

"발언 끝났습니까? 피고 측 반론하세요."

김 변호사가 자리에 앉자 재판장이 왕 교수를 보고 이야기한다.

"토문감계사 이중하는 청과 조선 사이에 진행된 국경회담의 조선 측 대표입니다. 조선 측 대표가 표시한 의사는 조선의 입장으로 간주되어야 합니다. 회담에 관해 전권을 부여받은 회담대표의 의사를 후에 번복할 수 있다고 하는 것은 상식에 맞지 않습니다. 이중하의 공문에 의하면 1887년 정해감계회담 당시 두만강 상류 수원들의 합수처 아래로는 두만강으로 양국의 국경이 확정되었다는 사실을 분명히 알 수 있습니다. 또한 합수처 위쪽으로는 양국 간 의견차이가 있었지만 중조변계조약에 의해 천지의 절반과 홍토수선이 국경으로 확정되었는 바, 한국 측으로서는 전혀 손해 본 것이 없습니다. 현명하신 재판관님들께서 이러한 사실을 결코 간과하지 않으리라 믿습니다."

"원고 측 하실 말씀 있습니까?"

대한민국의 김명찬 변호사를 바라보고 이야기하는 재판장의 눈빛이 싸늘하다.

"자료를 보면서 설명드리겠습니다."

김명찬 변호사가 리모콘을 누르자 스크린에 자료가 하나 띄워진다.

"청은 1881년 길림성의 금산위장(禁山圍場)을 개방하고 혼춘에 초간국을 설치하여 개간할 수 있는 토지를 조사하면서 다수의 조선 백성이 간도에 정착 영농하고 있음을 알고, 조선에 공문을 보내왔습니다."

조선국 인민으로서 토문강을 넘어 농업하는 자는 청국의 백성이니 세금을 납부하게 하고 청국의 행정에 복종하게 하되 기한을 정하여 청국의 의복으로 바꾸게 하라.

"보시다시피 간도지역에 많은 조선인들이 농업을 영위하고 있는 상황이었습니다. 청은 조선인들에게 청의 행정에 복종하도록 강요했습니다. 하지만 조선인들은 이에 따르지 않았습니다. 청을 간도의 주인으로 인정할 수 없었기 때문입니다. 급기야 1882년 돈화현이 조선의 백성들을 강제송환하겠다고 고시하면서 분쟁이 발생하였습니다."

두만강 이북 이서 지역에 월간하는 조선 유민을 송환하겠다.

"지금까지 1885년과 1887년의 감계회담과 1904년의 변계선후장정에 대하여 살펴보았습니다. 그 결과 1885년 감계회담이 벌어지게 된 것은 이 시점 직전에 사건대상을 놓고 극심한 분쟁이 벌어졌기 때문이라는 사실을 알게 되었고, 감계회담 이후에도 분쟁이 해결되지 않았다는 점을 확인할 수 있었습니다. 회담은 분쟁을 전제로 합니다. 원고는 사건대상을 둘러싼 원피고 간의 분쟁이 처음 표출된 1882년을 이 사건의 결정적 시점으로 주장합니다. 결정적 시점을 기준으로 영유권의 귀속주체가 판단되어야 하는 바, 이 시점 이후의 정황들은 이 사건 영유권 판단의 근거가 되어서는 안 될 것입니다. 이상입니다."

대한민국 소송팀은 1882년을 결정적 기일로 주장하였다. 결정적 기일이란 영토분쟁이 본격적으로 표출된 일자, 즉 분쟁이 결정된 일자를 말한다. 결정적 기일이 정해지면 재판부는 그 시점 이전에 발생한 상황만 가지고 판단해야 하고 이후의 상황을 고려해서는 안 된다.

'이게 지금 어떻게 되어 가는 거냐? 그럼 변계선후장정이나 정해감계회담도 증거로서 가치가 없다는 것 아냐.'

하오 주임은 당혹스러웠다. 대한민국이 말도 안 되는 소송을 걸어왔다고 생각하고 있었는데, 상황이 점점 더 이상하게 돌아가고 있었기 때문이다.

'1882년 이전에 간도가 어느 나라 땅이었는지 따져봐야 한다는 것 아닌가? 그럼 백두산정계비로 돌아가야 되잖아. 1882년 이후 지금까지 140년이 넘는 세월은 뭐란 말인가?'

하오 주임이 조사한 바에 의하면 청의 감계위원들은 백두산정계비 상의 '동위토문'이라는 문구 때문에 골치 아파했고 여러 가지 논리를 만들어내야만 했다.

정계비가 위작되었다.

정계비가 원래 홍단수 근처에 있었는데 옮겨졌다.

정계비가 세워진 자리는 입비처일 뿐 정계처가 아니다.

토문강이 바로 두만강이다.

백두산정계비는 조약이 아니기 때문에 국제법상 효력이 없다.

하지만 모두 궁색했다.

'이거, 문제가 심각한데.'

제6부
◇◇◇◇◇

백두산정계비

중국은 1904년 청한변계선후장정을 증거로 제출하며 두만강이 국경이었다고 주장한다. 이에 대한민국은 변계선후장정은 지방관들 사이의 신사협정으로 국제법상 효력이 없다고 반박한다.

그러자 중국은 1887년 정해감계회담 결과를 증거로 제출한다. 대한민국은 을유감계회담과 정해감계회담의 경과 과정을 설명하며 두 차례의 회담이 어떠한 결론도 내지 못한 채 결렬되었다고 주장하며 아울러 1882년을 결정적 기일로 주장하는데….

준 비 서 면

사건   간도반환청구소송
원고   대한민국
피고   중화인민공화국

피고 중화인민공화국은 다음과 같이 변론을 준비합니다.

다 음

1. 원고는 1882년경 간도를 둘러싼 영토분쟁이 처음 표출되었는 바, 이 시점을 결정적 시점으로 삼아야 한다고 주장하면서, 이 시점 이전의 사실에 기초하여 간도 영유권자를 결정해야 한다고 주장합니다.

2. 1712년 5월 15일 조선과 청 사이에 백두산정계비가 건립되었습니다. 오라총관 목극등이 강희제의 명을 받들어 설치한 국경표지석입니다.

大淸 烏喇總管 穆克登 奉旨査至此審視 西爲鴨綠 東爲土門 故於分水嶺上 勒石爲記

(대청 오라총관 목극등 봉지사지차심시 서위압록 동위토문 고어분수령상 늑석위기)

청국 오라총관 목극등은 황제의 명을 받들어 국경을 조사하기 위하여 이

곳에 이르러 살펴본바, 서쪽으로는 압록강, 동쪽으로는 토문강으로 하여 이 분수령에 비를 세운다.

3. 원고가 주장하는 것처럼 백두산정계비상 국경으로 기재된 토문이 두만강을 가리키는지의 여부가 이 사건의 핵심 쟁점입니다. 1885년, 1887년 두 차례의 감계회담에서 조선의 토문감계사가 주장한 것은 토문강이 두만강이 아닌 송화강의 상류 수원이라는 것이었습니다.

4. 그러나 토문강이 두만강을 가리킨다는 것은 조선의 대학자들도 인정한 사실입니다. 조선의 유학자 이익, 정약용, 홍양호의 저술을 증거로 제출합니다.

5. 백두산정계비는 청과 조선의 국경이 압록강과 두만강이라는 사실을 명확하게 선언한 것으로 두만강 이북에 위치한 사건대상은 피고의 영토가 확실합니다.

증 거

1. 을제13호증의1 이익의《성호사설》제2권 천지문 백두산조
1. 을제13호증의2 이익의《성호사설》제2권 천지문 오국성조
1. 을제13호증의3 정약용의《강계고서》
1. 을제13호증의4 홍양호의《이계외집》권12 백두산고
1. 을제14호증의1 1706년 이이명의《요계관방도》

증거를 보겠습니다. 먼저 을제13호증의1 이익의 《성호사설》 제2권
천지문(天地門) 백두산조의 기록입니다.

극등이 물이 두 갈래로 갈라진 사이에 앉아서 말하기를 '여기는 분수령이라
할 만하니 비석을 세워 경계를 정하겠다. 그런데 토문강의 원류가 중간에 끊
어져 땅속으로 흐르므로 경계가 분명치 않다' 하고, … '토문강의 원류가 끊
어진 곳에는 하류까지 연달아 담을 쌓아 표시하라'고 하였다.
　　이 말은 홍세태가 직접 그때 목격한 역관 김경문에게서 얻어들은 것이니
거의 믿을 만하다. 토문강은 곧 두만강이다.

김경문은 백두산정계비에 통관으로 기록된 사람으로 백두산정계비
건립 당시 백두산에 올랐던 조선의 역관입니다. 이익은 토문강이 두만
강임을 확인하고 있습니다. 이익은 조선의 대표적인 실학자로 존경받
는 유학자입니다. 같은 책 오국성(伍國城)조에도 토문강에 대한 언급이
있습니다. 을제13호증의2입니다.

오랄에서 동남으로 토문강까지가 730리인데 토문은 곧 두만강이다. 이것도

음이 비슷하여 잘못된 것이니 우리나라와는 이렇게 가까운 거리에 있다. 옛적에 불함산(不咸山)을 백두산(白頭山)·장백산(長白山) 또는 백산(白山)이라 하였는데 이것은 일 년 내내 춥기 때문에 생긴 이름이다.

다음은 조선의 또 다른 실학자인 정약용의 다산시문집 제15권《강계고서(疆界考序)》에 기록된 내용입니다.

조선조가 일어나서는 함경의 남쪽과 마천령의 북쪽을 차츰 판도로 끌어들였고, 세종 때에는 두만강 남쪽을 모두 개척하여 육진을 설치하였으며, 선조 때에는 다시 삼봉평에 무산부를 설치하여 두만강을 경계로 국경을 삼았다.

두만강 북쪽은 곧 옛 숙신(肅愼)의 땅으로서, 삼한 이래로 우리의 소유가 아니었다. 두만강과 압록강이 모두 장백산에서 발원하고 장백산의 남맥이 뻗쳐 우리나라가 되었는데, 봉우리가 연하고 산마루가 겹겹이 솟아 경계가 분명치 않으므로 강희 만년에 오라총관 목극등이 명을 받들어 정계비를 세우니, 드디어 두 강의 경계가 분명해졌다.

지금 저들의 땅과 우리 땅이 서로 마주보고 있는 곳을 상고해보면, 연하 지방에 군·현·보·위가 있지는 않으나 두만강 북쪽은 바로 저들의 영고탑부 내 혼춘 와이객이고, 압록강 북쪽은 바로 저들의 길림부내 책외 번지로서 홍경과 서로 마주보고 있다.

보시는 바와 같이 정약용은 조선의 경계가 압록강과 두만강이며 두만강 북쪽은 숙신의 땅이라고 기록하고 있습니다. 숙신은 여진족, 곧 청을 건국한 만주족입니다.

다음은 을제13호증의4 홍양호의《이계외집(耳溪外集)》권12 북새기략(北塞記畧) 백두산고(白頭山考) 35면의 내용입니다.

대택의 물이 동류하여 토문강원이 된다. 장백산에서 흘러나와 동북으로 흘
러 다시 북으로 돌아 동남절하여 여러 물이 합쳐 바다로 들어간다. 토문강원
은 백두산 묘방(卯方)에서 나와 곤방(坤方)에 이르러 북중상 앞으로 흘러 두
만강이 되어 동남류하여 바다로 흘러든다.

이상 조선의 유학자들이 쓴 글들을 살펴보았습니다. 보시는 바와 같
이 백두산정계비상의 토문강은 두만강을 가리키는 것이 분명합니다.

혹 원고는 위 학자들이 백두산정계비 설치 이후에 활동한 학자들로
당시 상황을 제대로 파악하지 못하여 그릇된 결론을 내린 것이라고 항
변할지 모르겠습니다.

그럼 이번에는 백두산정계비 건립 전 조선의 토문강에 대한 인식을
살펴보도록 하겠습니다. 먼저 을제14호증의1 1706년 이이명의《요계
관방도(遼薊關防圖)》에 나오는 기록입니다.

《대명일통지(大明一統志)》에 이르기를 '백두산은 1,000리를 뻗어 있으며 높
이는 200리이다. 그 정상에 연못이 있는데 둘레가 80리이다. 남쪽으로 흘러
압록강이 되고, 동쪽으로 흘러 토문강이 되고, 북쪽으로 흘러 혼동강(송화
강)이 된다.'

백두산에서는 3개의 강이 발원하는데 바로 압록강, 두만강, 송화강
입니다. 토문강은 바로 두만강을 가리키는 것입니다. 이이명은 1706년
숙종의 명을 받들어 요계관방도를 작성하였습니다.

《대명일통지》에는 동쪽으로 흐르는 물줄기가 아야고강(阿也苦江)이라고 기록되어 있는데, 이이명은 아야고강을 토문강이라고 기록했습니다. 당시 조선 조정은 요계관방도를 보며 국방을 논의하였습니다. 조선은 토문강이 두만강을 가리킨다는 것을 너무나 잘 알고 있었습니다.

다음은 을제14호증의2《조선왕조실록》숙종 38년 1712년 5월 23일자 기록을 보겠습니다.

> 접반사 박권이 치계하기를, "총관이 백두산 산마루에 올라 살펴보더니, 입록강의 근원이 산허리 남쪽에서 나오기에 경계로 삼았고, 한 갈래 물줄기가 동쪽으로 흐르는 것을 보고 두만강의 근원이라 하며 말하기를, '이 물이 하나는 동쪽으로 하나는 서쪽으로 나뉘어 두 강이 되었으니 분수령으로 일컫는 것이 좋겠다.' 하고, 고개 위에 비를 세우고자 하며 말하기를 '경계를 정하고 비석을 세움이 황상의 뜻이다. 도신(道臣)과 빈신(賓臣)도 또한 마땅히 비석 끝에다 이름을 새겨야 한다.'고 하기에, 신 등은 '함께 가서 자세히 살펴보지 않았는데 비석에 이름을 새김은 성실하지 못하다.'는 말로 대답하였습니다." 하였다.

'총관이 이것을 가리켜 두만강의 근원이라고 하였다'고 되어 있습니다. 어떻습니까? 백두산정계비상의 토문강이 두만강을 가리킨다는 것이 명확하지 않습니까?

그렇다면 당시 청은 어땠을까요? 청도 조선처럼 토문강을 두만강으로 인식하고 있었는지 살펴보겠습니다. 을제15호증 1710년 강희제의 유지입니다.

혼동강(송화강)은 장백산 뒤에서 유출하여 선장 길림에서 동북쪽으로 흘러 흑룡강으로 들어간다. 이것은 모두 중국 땅이다.

압록강은 장백산 동남쪽에서 흘러나와 서남쪽으로 흐르고 봉황성과 조선국의 의주 사이로 흘러 바다로 들어간다. 압록강 서북쪽은 중국 땅이고 강의 동남쪽은 조선 땅이며 강으로 경계한다.

토문강은 장백산 동쪽 기슭에서 흘러나와 동남쪽으로 흘러 바다로 들어간다. 토문강의 서남쪽은 조선 땅이고 강의 동북쪽은 중국 땅이다. 이것도 강으로써 경계한다. 이것은 명백하다.

단지 압록과 토문 두 강 사이의 지방은 분명하게 알 수 없다. 이에 부원 두 사람을 봉황성으로 보내 이만지 사건을 회심케 하고 또 타성 오라총관 목극등을 파견한다.

조선과 청의 경계가 압록강과 토문강인데, 토문강은 장백산 동쪽 기슭에서 흘러나와 동남쪽으로 흘러 바다로 들어간다고 기술되어 있습니다. 장백산 동쪽 기슭에서 흘러나와 동남쪽으로 흘러 바다로 들어가는 강은 바로 두만강입니다.

강희제는 송화강, 즉 혼동강이 장백산 뒤에서 유출하여 흑룡강으로 들어간다고 하여 토문강과 명확하게 구별하고 있습니다. 목극등은 강희제의 유지를 받들어 국경을 심사한 자입니다. 목극등이 비문에 기록한 토문강은 두만강이 분명합니다. 이상입니다.

왕 교수가 증거 설명을 마치고 법정을 나서는데 하오 주임이 호들갑이다.

"아니, 왕 교수님, 어떻게 이런 자료들을 찾으셨죠. 정말 놀랍습니다. 백두산징계비가 우리 아킬레스건이라고 생각하고 있었는데 오히려 강력한 무기가 되었네요."

하오 주임의 호들갑에도 왕 교수는 도통 말이 없다.

왕 교수가 자료들을 접한 것은 불과 일주일 전의 일이었다. 그에게 자료를 건네 준 사람은 자신을 변강사지연구중심(邊疆史地硏究中心) 소속의 장 교수라고만 소개했다.

변강사지연구중심은 중국 사회과학원 직속으로 1983년에 설립되어 서북공정, 서남공정, 동북공정, 타이완공정 등의 활동을 해오고 있다.

"우리는 일찍부터 소송에 대비해왔습니다. 한국이 통일된 후 소송을 제기할 것으로 예상했는데 남한이 이번에 소송을 제기한 것은 정말 의외였습니다. 자료를 잘 검토해보십시오. 분명 도움이 될 겁니다."

그가 건네준 자료는 정말 놀라웠다. 《조선왕조실록》부터 조선의 선비들이 집필한 각종 문집, 그리고 남북 학자들의 논문까지 일목요연하게 정리되어 있었다. 특히 백두산정계비에 관한 남북 학자들의 주장 내용과 근거 및 대응방법을 정리해 놓은 부분은 경이로울 정도였다.

동북공정이 동북지역의 역사를 정립하는 것으로만 알고 있었는데 이런 대비까지 하고 있을 줄이야.

'한국 소송팀도 무척 놀랐을 텐데.'

법정을 빠져 나온 한 교수는 가슴이 두근거리고 손발이 떨리는 것을 진정시키지 못하고 있었다. 중국 소송팀이 어떻게 그런 내용까지 알고 있는지 의아했다. 국내 학자들도 웬만큼 파고들지 않고서는 알 수 없는 내용들이다.

'중국이 이 정도까지 대비하고 있을 줄이야!'

한 교수는 두리번거리며 김 변호사를 찾았다.

'상황이 심각해. 중국이 이 정도까지 알고 있다면 우리가 어떤 주장을 할지 이미 꿰뚫고 있다는 것인데. 서둘러 대책을 세워야 한다.'

소장 접수 전 대한민국 소송팀은 백두산정계비에 관해 충분히 검토하고 전략을 수립해두고 있었다.

"백두산정계비는 조선과 청이 공동으로 세운 건가요? 아니면 청이 단독으로 세운 건가요?"

"공동으로 세운 것과 단독으로 세운 것이 다른가요?"

김 변호사의 질문에 강 교수가 오히려 되묻는다.

"당연하죠. 공동으로 세웠다면 당연히 그 효력이 양국 모두에 미치지만, 일방적으로 세운 것이라면 그 효력이 청에만 미치잖아요?"

"맞아요. 우선 백두산정계비가 국제법상 조약에 해당하는지 살펴보아야 합니다."

이에 대해서는 견해가 갈리고 있었다. 조약으로 보는 견해는 백두산정계비가 양국 간의 국경 획정과 국경선으로서의 표지 역할을 동시에 수행한다고 보고 있었다. 즉 백두산정계비는 청과 조선이 조사 합의한 내용을 절차에 따라 확정시킨 완전한 의미의 국경조약이라는 것이다.

국경조약설에 의하면 백두산정계비는 경계설정 기준을 특정 분수령과 강줄기에 따르도록 했기 때문에 국제법이 제시하고 있는 국경기준의 원칙에 부합한다. 또한 비문에 따로 부가적인 방식을 규정하지 않았기 때문에 비문에 충실하게 해석되어야 한다고 한다. 즉, 입비처의 송화강 지류를 따라 조청 간의 국경이 설정되었다는 것이다.

"백두산정계비가 공식적인 국경협정 방식과 형식을 갖추었다고 볼 수 있습니까?"

"이 견해는 청이 화이관(華夷觀)을 바탕으로 현실적으로 어려움이 있을 때에는 실리를 택하는 방식을 취하였기 때문에 외교방식도 그때마다 차이가 있었다고 봅니다. 즉, 청이 일방적으로 밀어붙였지만 조약에 해당한다는 것이지요. 조약으로 보기 때문에 합의된 비문 내용을 개정 또는 폐기시키기 위해서는 별도의 합의가 필요하다고 합니다."

조약이 아니라고 보는 견해는 정계비 건립은 청의 일방적인 행위로 오로지 청을 구속할 뿐이라는 것이다. 이 견해는 강도회맹에 따라 설정된 무인국경지대의 영유권 귀속 법리에 따라 간도의 소속이 결정되어져야 하는데, 무인공광지역의 귀속이 불분명할 경우 반분하여 분할 귀속되어야 한다고 주장한다. 백두산정계비를 국경조약으로 볼 경우 오히려 조선의 영토가 토문강 이하로 한정되어 손해라는 입장이다.

"둘 중에 어떤 입장을 취해야 할까요?"

"우리가 의도한다고 하여 백두산정계비의 실질이 바뀌지는 않습니다. 본질에 맞게 판단해야겠지요. 가장 큰 문제는 이 소송을 백두산정계비까지 끌고 갈 수 있는가 하는 것입니다. 백두산정계비까지만 끌고 가면 일단 절반은 성공한 겁니다. 최소한 토문강 이하에 대해서는 권리를 주장할 수 있을 테니까요."

한 교수가 백두산정계비 건립 당시 상황에 대해 설명하고 있다.

"청은 1712년 2월 목극등을 백두산에 보내 변경을 조사 확정하려 하니 협조하라는 공문을 보내왔습니다."

숙종 38년 1712년 2월 24일

청의 예부에서 온 공문에 "지난해 8월 태학사 온달(溫達) 등이 아뢰어 성지를 받들어 금년 목극등 등이 봉성에서 장백에 이르러 우리의 변경을 답사하려 하였으나 길이 멀고 물이 큼으로 인하여 가지 못하였다. 명년 봄 얼음이 풀리는 때를 기다려 따로 사관을 보내어 목극등과 함께 의주에서 작은 배를 만들어 흐름을 거슬러 올라가되, 만약 전진하지 못한다면 곧장 육로로 토문강으로 가서 답사키로 한다. 다만 도로가 요원하고 매우 험준하여 중로에 막힘이 있다면, 조선국으로 하여금 차츰 살피게 하여야 하니, 이러한 사정을 해당 부서에서 조선국에 알리도록 하라." 하였다.

"청이 독자적으로 변경을 조사하려다가 실패하고 다시 조사할 예정이니 조선에 그 취지를 잘 전하라는 내용이네요."
"맞아요. 공문을 받은 조선은 마음이 분주해집니다."

숙종 38년 1712년 3월 6일

지경연(知經筵) 최석항이 말하기를 "차관이 경계를 답사하여 밝힌다고 하였으니, 미리 생각하여 강구하지 않을 수 없습니다. 압록강과 토문강의 두 강은 물로 한계를 지을 수 있지만, 두 강의 근원이 되는 첫머리에 여러 물이 뒤섞여 흐르는 곳은 정하기 어려우니, 마땅히 지방관으로 하여금 나이 든 사람들에게 지형을 자세히 물어 즉시 보고하게 하소서." 하였다. 또 교리(校理)

오명항의 말로 인하여 북병사 장한상과 남병사 윤각에게 명하여 강의 경계를 살피게 하였다.

"당시 조선은 온통 이 일에 관심을 쏟고 있습니다. 이틀 뒤의 일입니다."

숙종 38년 1712년 3월 8일
이이명이 말하기를 "사관의 행차는 정계 때문이라고 말합니다. 백두산은 갑산으로부터 거리가 6, 7일 정이며 인적이 통하지 않기 때문에 진·보의 파수가 모두 산의 남쪽 5, 6일 정에 있습니다. 《대명일통지》에 백두산을 여진에 속한다고 하였는데, 그가 혹시 우리나라에서 파수하는 곳을 경계로 삼는다면 매우 난처합니다. 토문강과 압록강 두 강을 경계로 한다면 물의 남쪽은 마땅히 우리 땅이 되어야 하니, 접반사(接伴使)로 하여금 이로써 다투게 하여야 합니다." 하니, 임금이 허락하였다.

"당시 조선의 군사방어선은 더 남쪽이었습니다. 청이 이를 구실 삼아 백두산 이남까지 청의 영토라고 주장할지 모르니 대비해야 한다는 이야기입니다. 드디어 4월 목극등 일행이 두도구에서 압록강을 거슬러 올라와 후주에 도착하였습니다. 조선은 접반사 박권을 보내 함경감사 이선부와 함께 맞이하도록 하였고, 조사 일정이 시작됩니다. 박권은 수시로 보고서를 작성하여 올렸는데 그 내용이 실록에 실려 있습니다. 만기요람 군정편에 정리된 내용을 보겠습니다. 중요한 내용이니 꼼꼼히 보셔야 합니다."

홍세태의 〈백두산기〉에 이르기를, "백두산은 북방 모든 산의 조종(祖宗)이다. 청조의 선조가 여기에서 일어났으니 우리의 북쪽 국경에서 300여 리 쯤 되는 곳이다. 저들은 장백산이라 하고 우리는 백두산이라 하는데, 두 나라가 산 위에서 갈라진 두 강으로 경계를 삼는다. 그러나 지역이 멀고 거칠어서 상세한 것을 알 수 없었다.

숙종 38년 3월에 청의 황제가 오라총관 목극등과 시위 포소륜·주사 악세를 보내어 백두산에 가 보고 국경을 획정하게 하였다. 이때 우리나라 조정에서는 폐사군(廢四郡)이 다시는 우리의 소유가 되지 못할까 의심도 하고, 또는 육진이 어떻게 되지나 않을까 하여 염려하였다.

판중추부사(判中樞府事) 이모가 건의하기를 '반드시 백두산 꼭대기의 절반으로 경계를 정해야 한다.' 하여, 접반사 박권과 본도 순찰사 이선부를 보내어 국경에서 맞이하여 함께 조사하게 하고, 김경문은 통역에 능하므로 따라가게 하였다.

4월 신사일에 극등과 삼수(三水)의 연연(蓮淵)에서 만났는데, 따라가는 호인(胡人)이 수백 명이며, 낙타와 말이 200여 필, 소가 20여 마리였다.

무자일에 극등이 필첩식(筆帖式) 소이창(蘇二昌), 대통관(大通官) 이가(二哥), 가정(家丁) 20명, 낙타·소·말 40~50필과 인부 43명 및 우리나라의 접반사 군관 이의복, 순찰사 군관 조태상, 거산찰방(居山察訪) 허량, 나난만호(羅暖萬戶) 박도상, 역관 김응헌·김경문, 도자(導者) 3명, 도끼잡이 10명, 말 41필, 인부 47명을 데리고 산에 올라가고 포소륜과 악세에게는 그 나머지 사람들을 거느리고 허정령(虛頂嶺)을 경유하여 서쪽으로 돌아가도록 하였다.

경인일에 곤장우(昆長隅)에 이르러 길을 떠나는데, 박권과 이선부 두 사람이 함께 산에 올라가려 하니 극등이 말하기를 '내가 보니 조선의 재상은 다니는 데 반드시 가마를 타며 또한 그대들은 나이가 늙었는데 험한 길을 걸어서 갈 수 있겠소? 중도에서 넘어지면 큰일을 그르치게 될 것이오.' 하며 허락하지 않았다. 그래서 두 사람은 말에서 내려 극등과 작별하였다.

임진일에 동쪽으로 강을 건너 우리나라의 강 언덕으로 수 리를 가다가 또 저쪽 강 언덕을 경유하곤 하여, 30여 리 사이에 9번이나 물을 건너 왕복하였다.

계사일에 산꼭대기에 이르니 벌써 정오가 되었다. 이 산이 처음에는 서북에서 시작하여 황막한 들로 내려오다가 여기에 이르러 우뚝 솟았는데 하늘을 찌를 듯이 높아서 몇천만 길이나 되는지 알 수 없었다.

꼭대기에 못이 있는데 사람의 숨구멍과 같고 둘레가 2, 30리쯤 되며 빛깔이 시커매서 깊이를 헤아릴 수 없었다. 이때는 첫 여름인데도 얼음과 눈이 쌓여 바라보면 아득한 은바다를 이루었다.

산 모양이 멀리서 바라보면 마치 흰 독을 엎어놓은 듯한데 꼭대기에 올라보면 사방이 조금 불룩하고 가운데는 움푹하여 마치 독 주둥이가 위로 쳐다보는 듯하였다. 외부는 희고 내부는 붉으며 사방의 석벽이 깎아지른 듯한데 붉은 흙칠을 한 듯도 하며 또 비단 병풍을 둘러놓은 듯하였다. 그 북쪽으로 두어 자쯤 터졌는데 물이 넘쳐서 폭포가 되니 곧 흑룡강의 수원이다.

산마루를 따라 약 3~4리를 내려오니 비로소 압록강의 수원을 찾게 되었다. 샘물이 산 구멍에서 펑펑 솟아나는데 물줄기가 콸콸 흘러내리며, 수십백 보를 못가서 산협이 터져서 큰 구렁이 된 속으로 물이 쏟아지는데, 움켜 마시니 매우 시원하였다.

또 동쪽으로 돌아서 짧은 언덕 하나를 넘어가니 샘이 하나 있는데 서쪽으로 3, 40보를 흐르다가 두 갈래로 나누어졌다. 그 한 갈래는 흘러서 서쪽 샘물과 합하여 동쪽으로 내려가는데 물살이 아주 약하다. 또 동쪽으로 언덕 하나를 넘으니 샘이 있는데 동쪽으로 흐르다가 100여 보 가량 가서 중앙에 있는 샘물이 갈라져서 동쪽으로 흐르던 물이 합해진다.

극등이 가운데 샘물이 갈라진 사이 지점에 앉아서 경문 등에게 말하기를, '이곳의 명칭이 분수령이니 비를 세워 경계를 정하면 어떻겠소?' 하니, 경문도 말하기를, '매우 좋습니다. 당신의 이번 길의 이 일은 이 산과 함께 영원히 전할 것입니다.' 하였다.

그 물줄기가 '인(人)'자 모양으로 갈라졌고, 가운데에 범이 엎드린 것처럼 생긴 작은 바위가 있는 것을 보고 극등이 말하기를, '이 산에 이 바위가 있는 것이 또한 매우 기이한 일이니 이것으로 비의 밑돌을 만들자.' 하였다. 산에서 내려오니 어두컴컴하여 천막(天幕)에서 잤다.

갑오일에 극등이 말하기를, '토문강의 수원과 물줄기가 사이사이 끊겨 땅속으로 흘러내리기 때문에 경계가 분명치 못하여 비 세우는 일을 경솔히 의논할 수 없다.' 하고, 그들 두 사람을 애순과 함께 보내 물길을 조사하게 하였는데 김응헌·조태상이 뒤를 따라서 60여 리를 가니 날이 저물었다.

두 사람이 돌아와서 물이 과연 동쪽으로 흐르더라고 보고하였다. 극등이 곧 사람을 시켜 돌을 다듬었는데 넓이 2자, 길이 3자 남짓하였으며, 또 분수령에서 밑돌을 취하여 비의 체제를 갖추었다.

"이렇게 해서 백두산정계비가 건립되었습니다. 이제 목극등의 지시에 따라 퇴(堆)를 설치하기만 하면 됩니다. 기록을 보겠습니다."

숙종 38년 1712년 12월 7일
겸문학(兼文學) 홍치중이 일찍이 북평사로서 푯말을 세우던 초기에 가서 살펴보고, 상소하여 그 곡절을 알려오기를

"신이 북관에 있을 때 백두산의 푯말 세우는 곳을 살펴보았습니다. 대저

백두산의 동쪽 진장산(眞長山) 안에서 나와 합쳐져 두만강이 되는 물이 무릇 4갈래(四波)인데, 그 중에 가장 남쪽의 4파는 곧 북병사 장한상이 가장 먼저 가서 살펴보려 하였다가 빙설에 막혀 전진하지 못한 곳입니다. 그 북쪽의 3파는 곧 북우후(北虞候) 김사정 등이 추후로 살펴 본 곳입니다. 그 북쪽의 2파는 곧 나난만호 박도상이 청차(淸差)가 나왔을 때 도로에 관한 차원으로 따라갔다가 찾아낸 것입니다. 그 가장 북쪽의 1파는 수원이 조금 짧고 2파와 거리가 가징 가깝기 때문에 하류에서 2파로 흘러들어 두만강의 최초의 원류가 된 것입니다.

청차가 가리키며 '강의 원류가 땅속으로 들어가 속으로 흐르다가 도로 솟아나는 물'이라고 한 것은 1파의 북쪽 10여 리 밖 사봉(沙峰) 밑에 있는 것이었습니다.

당초 청차가 백두산에서 내려와 수원을 두루 찾을 때 여기에 당도하자 말을 멈추고 말하기를, '이것이 곧 토문강의 근원이라.'고 하고, 다시 그 하류를 찾아보지 않고 육지로 해서 길을 갔습니다.

2파에 당도하자, 1파가 흘러와 합쳐지는 것을 보고 '그 물이 과연 여기서 합쳐지니, 그것이 토문강의 근원임이 명백하고 확실하여 의심할 것이 없다. 이것으로 경계를 정한다.'고 하였습니다. 이상이 여러 수원의 갈래로 경계를 정하게 된 곡절의 대략입니다.

신이 여러 차사원들을 데리고 청차가 이른바 강의 원류가 땅속으로 들어가는 곳이란 곳에 도착하자, 감역(監役)과 차원 모두가 하는 말이 '이 물이 총관이 정한 강의 수원인데, 그 때는 일이 급하여 미처 그 하류를 두루 찾아보지 못했습니다. 이번에 푯말을 세우게 되었으니 한번 가보지 않을 수 없습니다.'라고 하였습니다.

그래서 신이 거산찰방 허양과 나난만호 박도상을 시켜 살펴보게 했더니 돌아와서 고하기를, '흐름을 따라 거의 30리를 가니 이 물의 하류는 또 북쪽에서 내려오는 다른 물과 합쳐 점점 동북을 향해 갔고, 두만강에는 속하지 않았습니다. 기필코 끝까지 찾아보려고 한다면 사세로 보아 장차 오랑캐 지역으로 깊이 들어가야 하며, 만약 혹시라도 오랑캐를 만난다면 일이 불편하게 되겠기에 돌아오지 않을 수 없었습니다.'라고 하였습니다.

청차는 단지 물이 나오는 곳 및 1파와 2파가 합쳐 흐르는 곳만 보았을 뿐이고, 일찍이 물을 따라 내려가 끝까지 흘러가는 곳을 찾아보지 않았기 때문에, 그가 본 물은 다른 곳을 향해 흘러가고 중간에 따로 1파가 있어 2파로 흘러와 합쳐지는 것을 알지 못하였던 것이니 이는 진실로 경솔한 소치에서 나온 것입니다.

강의 수원이 잘못된 것을 알면서도 청차가 정한 것임을 핑계로 이 물에다 막바로 푯말을 세운다면, 하류는 이미 저들의 땅으로 들어가 향해간 곳을 알지 못하는 데다가 국경의 한계는 다시 의거할 데가 없을 것이니, 뒷날 난처한 염려가 없지 않을 것입니다.

그러므로 신이 여러 차원(差員)들과 함께 상의하기를, '이미 잘못 잡은 강의 수원을 우리가 마음대로 변경할 수는 없으니, 하류가 어떠한지는 논할 것 없이 물의 흐름이 끊어진 곳까지만 푯말을 세우기로 하고, 먼저 비를 세운 곳에서부터 역사를 시작하여 위에서 아래로 내려가되 나무가 없고 돌만 있으면 돌로 쌓아 돈대를 만들고 나무만 있고 돌이 없으면 나무를 베어 목책을 세우기로 한다. 조정의 명령이 당초부터 한 차례 거행으로 역사를 마치려는 뜻이 아니었으니 빨리 마치려 하지 말고 오직 견고하게 하기를 힘쓰되 이른바 물이 나오는 곳까지 이르지 아니하고 우선 역사를 정지하고 돌아간다. 강의 수원을 변통하는 것에 있어서는 서서히 조정의 의논이 결정되기를 기다렸다가 내년 역사를 계속할 때 진퇴하는 바탕으로 삼아도 늦지 않을 것이다.'라고 했더니, 차원들이 모두 옳다고 하였습니다.

그런데 신이 뒤에 들으니, 허량 등이 미봉(彌縫)하는 데만 급급하여 조정의 명령을 기다리지 않고 바로 목책을 2파의 수원에 대놓았다고 하였습니다." 하였다.

"이상 백두산정계비와 석퇴 등의 설치 경위입니다. 설명을 마치겠습니다. 궁금한 점이 있으면 질문하세요."

"실록에 토문강이라고 기재되어 있는 것이 정확하게 무엇을 가리키는 것입니까? 두만강과 혼용되고 있는 것 같은데요?"

"실록에 기록된 토문강은 두만강을 가리키는 것으로 보아야 합니다. 조선이나 청 모두 두만강을 토문강과 혼용하고 있습니다. 특히 천지의 달문에서 흐르는 물은 흑룡강으로 향한다는 표현이 나타나는 것으로 볼 때 토문강은 두만강을 가리키는 것으로 볼 수밖에 없는 것 같습니다. 목극등은 두만강을 국경으로 삼겠다는 의도로 정계비를 세운 것이 맞습니다."

"그럼 뭐가 문제죠? 토문강이 두만강이라면 더 이상 다툴 것도 없는 것 아닌가요?"

"문제는 백두산정계비가 세워진 분수령에서 흐르는 물이 두만강으로 흘러 들어가는 것이 아니라 송화강으로 흘러 들어가고 토문강이라 불린다는 것입니다. 허량이 정계비에서 두만강 2파라고 하는 곳까지 설퇴하였는데, 2파도 두만강으로 흘러가는 것이 아니라 송화강으로 흘러 들어가는 것이었습니다. 두만강과 별도로 토문강이 실재하는데, 그곳에 비를 세웠고 퇴도 토문강으로 이어진다는 것이 문제였습니다."

"목극등은 두만강의 수원을 찾아 비를 세우려고 했는데 실수로 토문강의 수원에 비를 세웠다는 것이네요?"

"네. 목극등이 분수령이라고 하여 지목한 수원은 결국 송화강으로 흘러들어가는 것이었고, 2파 또한 송화강으로 흘러들어가는 것이었습니다. 목극등이 실수한 것입니다."

"왕 교수님. 정계비상의 토문강이 두만강을 가리킨다는 점은 확실해진 것 같은데 정계비가 설치된 분수령 문제는 어떻게 되는 겁니까?"

하오 주임이 도저히 모르겠다는 듯 고개를 갸웃거리며 물었다.

"목극등이 토문강, 즉 두만강을 국경으로 삼는다면서 분수령을 잘못 찾아 아무 관련도 없는 곳에 정계비를 세우고 말았습니다. 물줄기를 착각한 것이죠. 이런 것을 법이론상 '사실의 착오'라고 합니다."

"사실의 착오요?"

"네. 목극등이 착각한 것은 두만강의 수원이었습니다. 수원을 잘못 잡고 그 자리에 정계비를 세운 것이 법적으로 어떻게 평가되느냐의 문제입니다. 감계위원 덕옥이 정계비는 변경조사의 비일뿐 분계의 비가 아니라고 한 것도 이 때문이었습니다."

덕옥이 볼 때 목극등은 분명 두만강을 경계로 삼고자 한 것인데, 정계비가 두만강과 상관없는 곳에 세워졌으니 난감했을 것이다. 결국 덕옥은 백두산정계비가 경계를 선언한 것일 뿐 세워진 위치가 경계는 아니라고 주장했다.

"그럼, 백두산정계비가 위작되거나 옮겨졌을 가능성은 없습니까?"

"기록상으로 볼 때 비문 내용이나 입비처는 명확합니다. 그런 주장은 오히려 재판관들에게 좋지 않은 인상을 줄 수 있습니다. 떼를 쓰는 것으로 보이지요."

"그럼 수원을 착오한 것이라고 주장하는 수밖에 없겠네요?"

"그렇습니다. 그래서 이 문제가 영토분쟁이냐 국경분쟁이냐는 논란이 있는 겁니다."

"네?"

"토문강을 두만강으로 보면, 경계선을 잘못 설정했다는 것이 되기 때문에 국경분쟁이 되는데, 토문강이 두만강이 아니라고 하면 간도 영유권을 다투는 문제가 되어 영토분쟁이 되고 마는 것입니다."

"그럼, 이러한 착오는 어떻게 처리되는 건가요?"

이 사무관이 김 변호사에게 물었다.

"착오에 관해 국내법인 민법에는 이런 규정이 있습니다."

〈민법〉

제109조 (착오로 인한 의사표시) ① 의사표시는 법률행위의 내용의 중요부분에 착오가 있는 때에는 취소할 수 있다. 그러나 그 착오가 표의자의 중대한 과실로 인한 때에는 취소하지 못한다.

대법원 2003. 4. 11. 선고 2002다70884 판결 - '중대한 과실'이란 표의자의 직업, 행위의 종류, 목적 등에 비추어 보통 요구되는 주의를 현저히 결여한 것을 말한다.

"그런데 교수님, 국제법에도 이와 같은 규정이 있나요?"

김 변호사가 강 교수에게 물었다.

"네, 있습니다."

〈조약법에 관한 비엔나협약〉

제48조 (착오) ① 조약상의 착오는 그 조약이 체결된 당시에 존재하는 것으로 국가가 추정한 사실 또는 사태로서, 그 조약에 대한 국가의 기속적 동의의 본질적 기초를 구성한 것에 관한 경우에 국가는 조약에 대한 기속적 동의를 부적법화하는 것으로 그 착오를 원용할 수 있다.

② 문제의 국가가 자신의 행동에 의하여 착오를 유발하였거나 그 국가가 착오를 감지할 수 있는 등의 사정이 있는 경우에는 제1항이 적용되지 아니한다.

"착오에 의해 조약을 체결한 경우 취소할 수 있지만 스스로 실수하는 등 귀책사유가 있는 경우에는 취소할 수 없다는 취지네요. 민법하고 비슷하군요. 이에 관한 판례는 없습니까?"

"1962년 6월 15일 캄보디아와 태국 간의 프레아 비히어 사원 판결에서, 태국이 프랑스가 제작한 지도에 따라 국경선을 획정했는데 지도가 잘못되어 있는 바람에 국경선이 잘못되었다며 착오를 주장했습니다. ICJ는 태국의 주장을 받아들이지 않았습니다."

착오를 이유로 하는 항변은 그것을 원용하는 당사국이 스스로의 행위에 의해 착오를 일으켰거나 그것을 회피할 수 있었던 경우 또는 그 당사국이 착오의 가능성에 대해 인식할 수 있었던 경우에는 동의를 무효화시키는 하나의 원인으로 허용될 수 없다는 것이 확립된 법의 원칙이다.

"목극등은 조선의 책임자인 박권과 이선부를 뿌리치고 하급관리들만 데리고 백두산에 올랐고 물줄기를 정확하게 따져보지 않고 정계비를 세웠습니다. 결국 중국은 백두산정계비가 착오에 의한 것이라고 주장할 수 없다는 결론이 됩니다."

옆에서 듣고 있던 한 교수가 끼어들었다.

"그렇다면 이 기록이 도움이 될 것 같은데요."

숙종 39년 1713년 1월 22일
임금이 홍치중에게 북관의 일을 상세히 말하도록 명하니, "… 무산 70리로부터 임강대(臨江臺)에 이르기까지 10리가 되는데, 어활강(魚濶江)을 건너 산 밑에 이르니 땅은 광막하나 인가는 없었고, 험한 길을 구불구불 올라 정상에 오르니 산이 아니고 평야였습니다. 백두산과 어활강의 중간에 삼나무가 하늘을 가려 하늘의 해를 분간할 수 없는 것이 거의 300리에 달했고, 거기서 5리를 더 가니 비로소 비석을 세운 곳에 당도했습니다.

비석은 매우 길이가 짧고 폭이 좁았으며, 두께는 몇 치에 지나지 않았습니다. 쪼아서 갈아 놓은 것이 정밀하지 못했고 세운 것도 견고하지 않았습니다.

목차가 황제의 명령을 만들어 정계하였는데, 허술함이 이 지경에 이르렀으니 그가 공력을 들이지 않았다는 것을 알 수 있었습니다. …"

"이후에는 어떻게 되었죠? 목극등이 나중에 확인하지 않았나요?"
"목극등은 더 이상 관심을 두지 않았습니다."

숙종 39년 1713년 3월 15일
이유가 함경도 감사 이선부의 보고서를 보고 아뢰기를, "… 사신의 장계 중에 목차가 전언하기를 '이제 다시 살펴볼 것이 없으니 모름지기 염려할 필요가 없으며 푯말을 세우는 일도 농한기를 기다려서 하고 혹시라도 백성이 상하는 일이 없어야 한다.'고 하였다 하니, 서둘러 끝낼 필요가 없습니다. 마땅히 전일에 푯말을 설치했던 곳에 따라 천천히 일을 마치게 하는 것이 좋을 듯합니다." 하였다.

"1713년 윤 5월 청국 사신이 들어오는데 그 대표가 바로 목극등이 었습니다. 하지만 목극등은 백두산정계비에 대해 전혀 언급하지 않았습니다. 이후 이와 관련하여 특별한 일이 없었기 때문에 그대로 시간이 흘러갔습니다."

며칠 뒤 김 변호사가 한 교수에게 영고탑회귀설(寧古塔回歸說)에 대해 물었다.
"영고탑회귀설이 뭐죠?"
"영고탑회귀설은 당시 조선의 국제정세관을 가리키는 말이에요."
"국제정세관요?"
"네, 청은 1644년 베이징을 점령하고 중국의 주인 행세를 하기 시작했습니다. 하지만 조선은 청이 오래가지 못할 것이라 생각했습니다. 오랑캐에게는 100년을 지탱할 운세가 없기 때문에 숙명적으로 쇠퇴하고 그들의 근거지인 영고탑으로 회귀하게 될 것이라 생각했는데, 이를 영고탑회귀설이라 합니다. 영고탑은 흑룡강성 영안현을 말합니다."
"그것이 어떤 의미가 있죠?"
"조선은 청이 영고탑으로 돌아올 때 몽골을 피해 남쪽으로 회귀하게 될 것이고, 이때 필연적으로 일전을 치르게 될 것이라 예측했습니다."

숙종 6년 1680년 3월 5일

… 효종께서 '이는 그 형세가 그렇게 된 것이다. 그들이 돌아가는 길에 반드시 몽고에게 저지를 당할 것이므로, 저들은 장차 의주로부터 양덕(陽德), 맹산(孟山)을 경유하여 함경도로 들어가 그 본토로 향방을 바꾸어 갈 것이다'고 말씀하셨다. …

"당시 상황은 영고탑회귀설을 뒷받침하고 있었습니다. 정성공의 난, 삼번의 난 등이 잇달아 일어나고 몽고족, 러시아와의 관계도 우호적이지 못했기 때문입니다."

숙종 8년 1682년 11월 24일

영창군 이침 등이 청국에서 돌아왔다. 임금이 불러 사정을 물으니, 부사 윤이제가 말하기를, "저들은 남방이 이미 안정되었다고 말하지만 태극달자(太極㺚子, 몽고 추장 황태길)의 병력이 매우 강성하여 매번 황제와 함께 수렵할 것을 청하는데도 해마다 금 350만 냥을 주어 피하고, 청나라 장수 장용방이 섬서를 수비하며 꾀를 내어 묶어 두고 있는 까닭에 아직 군사를 일으킬 일은 없으나 근심거리라고 합니다.

… 심양의 성곽은 온전하고 인민들도 매우 많았습니다. 그러나 산해관의 북쪽인 무령·영평·통주 등지는 성곽과 읍사가 무너진 것을 그대로 방치하고 있었습니다. 베이징의 성문과 태화전(太和殿, 청의 궁전)도 무너져 있으나 수리하지 않고 있었습니다. 아마도 퇴각하여 수비하려는 계획을 세우고 있는 까닭에 관내의 여러 지역들은 내버려 두고, 심양과 영고탑에만 오로지 마음을 두어 근거지로 삼는 듯이 보였습니다.

…또 대비달자(大鼻㺚子, 러시아)와도 대치하고 있어 태학사 명주의 아들을 보내어 수천의 병마를 거느리고 싸우게 하였는데, '강화가 이루어지지 않

으면 기필코 무찔러 없애라.'고 하였다 합니다.

"조선은 청과의 일전을 필연으로 여기게 되는데, 이러한 생각은 국
방정책에 큰 영향을 미치게 됩니다. 무엇보다도 전쟁터가 될 북방지역
을 개척할 필요가 없다는 백두산 방임정책으로 이어지게 되지요. 또한
군역을 증가시키고 청의 예상 공격로에 위치한 내륙의 방어시설을 수
축하고 군사훈련을 강화하는 등 방어체제 정비에 치중하게 됩니다. 이
런 상황에서 청이 백두산 인근 지역을 측량하고 지도를 제작한다는 소
식이 전해졌습니다. 어땠을까요? 조선은 청이 회귀로를 조사하려는 것
으로 생각하고 가능한 한 막으려 합니다."

제사 드린다고 핑계대어 우리의 형편을 살펴보면서 길을 넓게 닦고, 백두산
남쪽도 그들의 땅이라고 하여, 만약 패하면 우리 땅을 경유해서 돌아갈 것입
니다.

청이 백두산 인근 지역을 측량하려 한다는 사실이 처음 알려진 것은
1679년의 일이었다.

1692년 청이 〈일통지〉를 제작하기 위해 압록강 상류와 백두산 일대
를 살펴볼 예정이라고 통보해왔다. 조선은 북방지역은 산세가 험준하
고 인적이 드물어 도로공사가 곤란하고 길을 정확히 아는 사람이 없어
사신을 안내하기 어렵다고 회답하여 사신의 입국을 저지했다.

그리고 외국인에게 도로사정을 알려주는 자는 사형에 처하는 법을
공포한다. 1698년 회령개시 시찰을 이유로 입국한 청의 영고탑부도통
이 회령에서 경원에 이르는 각 읍의 진보와 산천, 성지를 두루 살펴보

고 그려갔는데, 조정에서는 노정기를 써준 통인과 사령의 목을 베어 효시하고 고발한 관노를 면천시켜 주었다.

"한편 조선은 봉금지역의 지리를 파악하는 데에도 심혈을 기울입니다."

영의정 남구만의 주장에 따라 1697년 성경지를 입수하고, 1706년 요계관방도를 작성하여 만일의 사태에 대비한 것이다.

"백두산정계비 건립에 대해서도 동일한 인식하에 대처하게 됩니다. 청의 주목적은 영고탑으로 회귀할 것에 대비하여 국경지대를 탐사하려는 것이고, 자칫 회귀로를 청의 영토로 만들려고 할 수 있으니 어떻게든 이를 막아야 한다고 생각하게 됩니다. 어차피 청은 조만간 망할 나라이니 정계 자체는 심각한 문제로 생각하지 않았습니다."

고개를 끄덕이며 한 교수의 설명을 듣던 김 변호사가 확인 질문을 한다.

"청이 정계하더라도 다시 회복할 것이기 때문에 군이 심각하게 반응할 필요가 없다고 생각했다는 건가요?"

"네. 바로 그겁니다."

"하지만 영고탑회귀설은 가설에 그치고 말았잖아요?"

"맞아요. 예상과 달리 청은 지배체제를 공고하게 구축해 나갔고 전쟁 발생 가능성은 점점 희박해졌습니다. 그러자 비로소 조선은 북방영토를 개척하게 됩니다. 18세기 중엽 이후의 일이었습니다."

영조, 정조, 순종 시대에 걸쳐 북변지역 개방에 대한 논의가 활발하게 이루어진다. 정조 연간부터 폐사군 지역에 주민의 입주가 허용되어 1792년 12월 59호 223명이 이주했고, 다음 해에는 1,161호 3,742명으로 늘어난다.

백두산 일대의 개간과 입거가 허용되어 새로운 읍과 진보가 설치되었다. 두만강 상류 지역의 무산부가 특히 번성하였는데, 1759년에는 3,428호 22,095명에 달하였다. 이때의 북방정책은 길림, 영고탑, 봉천 내지까지 넓게 분포되어 있었다.

국제사법재판소 제1호 법정에서는 열띤 공방이 오가고 있다. 김 변호사가 백두산정계비의 토문의 의미에 대해 변론하고 있다.

"피고는 백두산정계비에 기록된 동위토문의 토문이 두만강을 가리킨다고 주장하면서, 백두산정계비 건립 당시 조선과 청은 토문강을 두만강으로 인식하고 있었고 건립 이후의 조선 학자들 또한 동일한 인식을 가지고 있었다고 주장합니다. 토문강의 의미에 대해 많은 논쟁이 있었다는 사실은 이미 감계회담을 통하여 살펴본 바 있습니다. 조선은 토문강이 두만강과 별개의 강으로서 송화강의 상류 수원이라고 주장한 반면, 청은 토문강이 두만강과 동일한 강이라고 주장하였습니다."

김 변호사가 잠시 말을 멈추었다. 분위기를 환기시키기 위한 행동이었다.

"조청 간의 주장은 대립하지만 변하지 않는 한 가지 사실이 있습니다. 바로 백두산정계비가 건립된 지점과 그 내용입니다.

백두산 천지 남쪽 4킬로미터 지점에 백두산정계비가 건립되었다는 것은 《조선왕조실록》과 여타 기록 등을 통해 명확하게 고증된 사실입니다. 또한 백두산정계비에서 동쪽으로 발원한 물이 송화강으로 흘러 들어 간다는 사실도 명백합니다. 또한 청의 요청에 따라 조선이 축조 한 석퇴와 토퇴, 목책의 존재 또한 현장검증을 통하여 얼마든지 검증 이 가능합니다. 만일 피고가 이 사실을 다툰다면 현장검증을 통해 사 실여부를 확인할 수 있을 것입니다."

토문의 의미는 무엇보다도 정계비에서 발원한 강줄기를 기준으로 해석되어야 한다는 취지의 발언이었디. 현장검증을 언급한 것 또한 이 를 강조하기 위한 것이었다.

그때 왕 교수가 손을 들어 발언 의사를 표시했다. 재판장이 고개를 끄덕인다. 발언해도 좋다는 뜻이다.

"원고는 백두산정계비가 건립된 지점과 이 지점에서 동쪽으로 발원 하는 강이 토문강이라는 점을 근거로 정계비상의 토문이 송화강의 상 류인 토문강을 가리키는 것이라고 주장합니다. 나아가 토문강과 그 하 류인 송화강, 흑룡강을 이은 선이 마치 청과 조선의 국경이었던 것처 럼 주장합니다. 그러나 이는 정말 말이 안 되는 주장입니다.

이미 증거로 살펴 본 강희제의 1710년 유지를 보면 '압록강과 두만 강 사이의 경계가 모호하여 조선인들이 국경을 넘어 사단을 일으키게 되는 바, 이 부분의 국경을 분명히 하기 위하여 목극등을 파견한다.'라 는 말이 있습니다. 기억을 되살리는 의미에서 다시 한 번 그 내용을 보 겠습니다."

단지 압록과 토문 두강 사이의 지방은 분명하게 알 수 없다. 이에 부원 두 사 람을 봉황성으로 보내 이만지 사건을 회심케 하고 또 타성 오라총관 목극등 을 파견한다.

"백두산정계비는 압록강과 두만강으로 국경이 분명히 드러나는 지점을 제외한 나머지 지역, 즉 압록강과 두만강 사이의 지역을 구분하는 역할을 하는 것입니다.

목극등은 백두산 천지 남쪽 10리 지점에 정계비를 세웠습니다. 백두산정계비를 세운 분수령, 즉 백두산 남쪽 기슭부터 400에서 500리에 걸친 학항령(鶴項嶺)을 압록강과 두만강 사이의 국경으로 정한 것입니다. 백두산정계비에 의해 양국의 국경이 '압록강 - 학항령 - 두만강'으로 획정되었던 것입니다.

다시 한 번 기억을 되살려보겠습니다. 1962년 조중변계조약에 의해 중국과 북한의 국경이 '압록강 - 천지 - 홍토수 - 두만강'으로 획정되었습니다.

이것은 백두산정계비에 의한 국경보다 한국 측에 유리한 내용이 분명합니다. 만일 원고가 백두산정계비에 의한 국경선을 고집한다면 그에 따를 용의가 있음을 밝히는 바입니다."

왕 교수가 김 변호사를 힐끔 바라보며 말을 마치더니 재판정 중앙의 서기를 향하여 걸어간다.

"백두산정계비상의 토문이 두만강을 가리킨다는 사실은 조선의 토문감계사 이중하도 인정한 사실입니다. 을제16호증 이중하의 〈별단초(別單草)〉를 증거로 제출합니다."

왕 교수가 발언을 하면서 증거를 서기에게 건네준다.

"내용을 화면으로 보겠습니다. 이것은 1887년 정해감계회담 이후 이중하가 작성한 감계사등록에 첨부된 자료로 이중하의 의견이 수록된 기록입니다. 여기에 백두산정계비의 토문에 대한 이중하의 의견이 기재되어 있습니다."

정계비 동구에서 흐르는 물이 송화강으로 들어간다는 일절은 신이 을유계본 중에서 이미 보고 드린 바 있고, 토문과 도문이 동일한 강이라 함은 중국 도지에 여러 번 기재되어 지금까지 통칭하는 것이며, 두만이라고 하는 이름은 또 우리나라 방언입니다.

삼가 북영에 보관된 강희 임진년에 정계를 정한 고적을 참고하면, 비변사 관문에 중국에서 말하는 장백산은 백두산이며 토문강은 두만강임을 알 수 있다고 운운하였습니다.

이 한 구절에 더욱 의심할 것이 없으나 우리가 지난 날 다툰 것은 곧 고적을 살피지 못한 소치이니 이번 감계를 다시 정함은 오직 구계를 자세히 밝혀서 본토를 잃지 않는 데에 있는데 …

"보시는 바와 같이 이중하는 백두산정계비상의 토문강이 두만강을 가리킨다는 점, 이것이 비변사 공식문서에 기록되어 있다는 점, 을유 감계회담시에 이러한 고적을 자세히 살피지 못하여 토문과 두만이 다른 강이라고 주장하게 되었다는 점, 이렇게 된 이상 구계를 정확히 밝혀 본토를 잃지 않도록 노력하는 것이 최선이라는 점 등을 기재하고 있습니다.

실제 이중하는 국경선으로서의 두만강의 상류 수원을 결정함에 있어 본류가 아님에도 불구하고 최상류 수원인 홍토수가 두만강의 본류라고 주장하였습니다. 청의 감계위원들이 이중하의 의견을 수용하지 못한 것은 지류에 불과한 홍토수를 두만강의 본류로 인정할 수 없었기 때문입니다."

왕 교수가 몸을 돌려 한국 소송팀을 바라본다. 딱딱하게 굳은 김 변호사의 얼굴이 벌겋게 상기되어 있다. 왕 교수의 입꼬리가 보일 듯 말

듯 올라가더니 이내 목청을 돋우고 낭랑한 목소리로 마무리한다.

"그동안 참 지루한 소송이었습니다. 대한민국이 이 사건 소송의 당사자가 될 수 있는지부터 시작하여 간도협약에 의해 분쟁이 모두 해결되었는가 하는 점까지 많은 쟁점들이 있었지만 결국, 백두산정계비에 의하여 청과 조선의 국경이 획정되었고 그것이 현재의 국경보다 한국측에 불리하지 않다는 점이 확인되었습니다.

이제 모든 것은 명확해졌습니다. 원고와 피고는 이웃한 국가로서 서로 협력하여 발전적인 미래를 개척해야 하는 관계입니다. 모든 오해가 해소된 이상, 이 소송을 끝으로 원피고 간의 국경분쟁을 마무리짓고 발전적인 미래관계를 구축해나가는 것이 바람직할 것입니다. 재판관님들의 현명하신 판단을 기대합니다.

이상입니다."

"한 교수님, 이게 사실입니까?"

왕 교수의 증거 설명을 듣고 법정을 빠져 나온 김 변호사가 한 교수에게 따지듯이 물었다.

한 교수가 고개를 숙인 채 말이 없다. 김 변호사가 다시 묻는다.

"한 교수님, 정말 이중하가 이런 자료를 남긴 것이 사실이냐구요?"

"네, 사실이에요."

"아니, 이런 자료가 있다는 사실을 왜 숨겼지요? 이익 선생이나 정약용 선생의 글도 마찬가지구요."

"우리에게 불리한 자료이고 또 중국이 이런 자료까지 알고 있을 것이라고는 생각지 못해서 차마…."

그랬다. 한 교수는 중국이 이런 내용까지 알고 있을 것이라고는 생각하지 못했고, 굳이 소송팀을 혼란스럽게 만들 수 있는 자료들에 대해서는 설명하지 않았다.

김 변호사는 난감했다. 간혹 소송을 하다보면 의뢰인들이 불리한 사실들을 감추고 이야기해주지 않는 바람에 당황하는 경우가 있는데 딱 그런 상황이었다.

숙소로 돌아온 김 변호사는 중국 측 준비서면을 다시 살펴보았다. 쟁점이 백두산정계비로 넘어간 이후 중국 측은 작정한 듯이 반격을 가해오고 있었다.

당초 백두산정계비는 대한민국 측의 꽃놀이패 같은 것이었다. 그런데 예상과 달리 최대 약점이 되었다.

중국 측의 주장은 크게 두 가지로 요약할 수 있다.

첫째, 정계비상의 토문은 두만강을 가리키는 것이라는 점이고, 둘째, 백두산정계비는 압록강과 두만강 사이 경계가 불분명한 지점의 국경을 획정하기 위한 것이라는 점이었다.

한 교수는 간도의 개념을 설명하면서 백두산정계비에 의할 경우 토문강 – 송화강 – 흑룡강 – 오호츠크해 – 두만강으로 이어지는 섬과 같은 지역이 간도라면서 백두산정계비에 의할 경우 이 지역이 한국의 영토가 되어야 한다고 했다. 하지만 중국의 주장에 의하면 백두산정계비는 단지 압록강과 두만강 사이의 국경을 획정하는 것에 불과했다.

'그럼 어찌되는 건가? 백두산정계비가 조청간의 국경조약이라고 인정된다면 압록강 – 백두산정계비 – 두만강 선이 국경이 되어야 한다는 것이잖아. 설사 이것이 국경조약이 아닌 청의 일방적인 것이라고 하더라도 우리에게 유리할 것이 하나도 없다.'

증거 설명을 마치고 숙소로 돌아온 왕 교수는 회심의 미소를 짓고 있었다. 변강사지연구중심의 장 교수가 건네 준 자료는 정말 대단했다.

백두산정계비는 단지 압록강과 두만강 사이의 국경을 획정하는 것에 불과하다는 점, 이중하가《감계사등록》하권에서 토문이 두만강임을 인정하였다는 점 등은 정말 명쾌했다.

법정의 재판관들도 고개를 끄덕이며 동의하고 있었다. 증거 설명을 하면서 살펴 본 재판관들의 태도는 그동안의 냉랭했던 모습과는 완전히 달랐다.

남한 측의 김 변호사도 당황하는 기색이 역력했다. 법정에서 나오면서 보니 김 변호사가 팀원들과 당황한 표정으로 이야기를 나누고 있었다. 그동안 당하기만 했던 왕 교수는 십년 묵은 체증이 내려가는 듯 후련했다.

'이제 다 끝났다. 더 이상은 어떻게 해볼 수 없을 것이다.'

제7부
◇◇◇◇◇

봉금정책

중국은 예상과 달리 백두산정계비를 증거로 제시하며 두만강이 조청 간의 국경이 분명하다고 주장하고 나온다. 특히 정약용, 이익, 이중하의 저술들을 증거로 제시하며 정계비상의 토문강은 두만강을 가리키는 것이 분명하며 백두산정계비는 압록강과 두만강 사이의 경계가 모호한 일부 지역의 경계를 정하는 것에 불과하다고 주장한다.

백두산정계비가 절대적으로 유리한 증거라고 생각하고 있던 대한민국 소송팀은 중국의 공세에 패색이 짙어지는데….

준 비 서 면

사건　간도반환청구소송
원고　대한민국
피고　중화인민공화국

원고 대한민국은 다음과 같이 변론을 준비합니다.

다 음

1. 백두산정계비상의 '토문'의 의미에 대해 조청 간 극심한 이견이 존재하고 있었다는 점은 감계회담에서 이미 확인된 사실로서 전혀 새삼스러울 것이 없습니다.

　회담 당시 청은 백두산정계비가 목극등의 착오에 의해 건립된 것이기 때문에 그 효력이 없다거나 조선과의 합의에 의하여 건립된 것이 아니기 때문에 국경조약으로서 효력이 없다고 주장하기도 하고, 심지어 정계비가 위조되었다거나 다른 곳에서 옮겨졌다고 주장했습니다. 이러한 사실은 청의 〈고증변석팔조(考證辨析八條)〉에 나타나는 논리들입니다. 이를 증거로 제출합니다.

2. 백두산정계비는 많은 논란을 안고 있습니다. 원고는 이 시점에서 백두산정계비에 대한 논쟁을 잠깐 미뤄두고 조선과 청 사이의 국경제도에 대해 살펴보고자 합니다. 조선과 청의 국경제도를 이해해야만 백두산정계비의 의미를 정확하게 이해할 수 있기 때문

입니다.

3. 1616년 여진족은 누르하치의 영도하에 흥경에 도읍을 정하고 후금을 세워 주변 부족들을 통합한 뒤, 1636년 국호를 청으로 고쳤습니다. 1644년 베이징을 함락시켜 명을 멸망시킨 뒤에는 베이징으로 천도하여 중국을 다스리기 시작하였고, 1683년 명나라의 마지막 유신으로 타이완에 웅거했던 정성공(鄭成功)의 후손이 귀순함으로써 중국 전토를 정복하게 됩니다.

4. 후금은 명을 정벌하기 전 후방을 공고히 하기 위해 1627년 조선을 침입합니다. 바로 정묘호란입니다. 1592년부터 1599년까지 일본과의 7년 전쟁으로 쇠약해진 조선은 후금을 당해낼 수 없었고, 1627년 3월 13일 굴욕적인 강도회맹(江都會盟)을 체결하게 됩니다.

〈강도화약조건(江都和約條件)〉
제3조 朝鮮國與金國立誓 我兩國已講和好 今後兩國 各遵誓約 各全封疆
(조선국여금국입서 아양국기강화호 금후양국 각존서약 각전봉강)
조선국과 금국은 서약하노니 양국은 이미 강화하였기에 이후 양국은 서약을 지키고 각자의 국경을 봉하여 온전히 보전하기로 한다.

5. '각전봉강, 각자의 국경을 봉하여 온전히 보전하기로 한다'는 표현에 주목할 필요가 있습니다. 조선과 청 사이에 이미 국경이 존재하고 있음을 의미하기 때문입니다. 당시 국경을 추정할 수

있는 자료들을 증거로 제출합니다.

증 거

1. 갑제9호증   1886년 〈고증변석팔조〉

1. 갑제10호증   강도화약조건

1. 갑제11호증   1638년 호부 기록

1. 갑제12호증의1   1718년 황여전람도

1. 갑제12호증의2   1737년 당빌의 신청국지도

1. 갑제12호증의3   1736년 뒤 알드의《중국통사》

원고 대한민국

소송대리인 김명찬

증거를 보겠습니다.

먼저 갑제7호증 〈고증변석팔조〉입니다. 이것은 1885년 을유감계회
담 직후 청의 군기대신이 황제에게 상주한 것으로, 감계회담과 관련
하여 분석해야 할 것 3가지와 고증해야 할 것 5가지를 정리한 내용입
니다.

〈분석해야 할 3가지〉

1. 토문강이 두만강인지 여부.

2. 조선의 백성들이 경계를 넘어 경작하고 있는 바 조선의 지방관들이 이를
   방조한 것인지의 여부.

3. 황조일통여도에 열거되어 있는 소도문강과 대도문강이 어느 강인지.

〈고증해야 할 5가지〉

1. 압록강과 두만강 사이, 즉 무산 이서로부터 백두산정계비까지 280여 리의 상황.

2. 백두산정계비가 옮겨지지 않았는지.

3. 대청회전에 기재되어 있는 대도문강은 장백산 동쪽 기슭에서 나와 두 강물이 합해서 흐른다고 되어 있는 바, 두 강물의 정확한 명칭.

4. 백두산정계비에는 경계를 구분 짓는 문구는 없고 두 강물의 근원을 밝힌 것에 불과한 바, 정계비에 의하여 국경이 나뉜 것인지의 여부.

5. 토문이 두만강의 발원을 가리키는지, 두만강의 수원으로 어떠한 물들이 있는지.

1885년 을유감계회담 당시 조선의 이중하는 청의 감계위원들에게 목극등이 백두산정계비를 건립할 때의 공문들을 살펴보면 그 건립 위치와 내용 등에 관해 상세히 알 수 있을 것이라고 하였으나, 청은 자료들이 유실되어 확인할 수 없다고 답하였습니다.

자료가 없으니 많은 의문이 발생하였을 것입니다. 결국 이러한 의문들은 양국의 국경제도를 살펴 그 답을 찾을 수밖에 없을 것인바, 조선과 청의 국경제도에 대해 살펴보겠습니다.

먼저 갑제10호증 강도화약조건입니다. 제3조에 각전봉강이라고 기재되어 있습니다. 서로의 경계를 봉한다는 말로 당시 후금과 조선의 경계가 존재하고 있었다는 사실을 유추해 볼 수 있습니다.

그럼, 당시 청의 국경선은 어디였을까요? 먼저 갑제11호증 1638년 호부 기록을 보겠습니다.

압록강 하류 '암반'에서 '봉황성'을 거쳐 '감양변문'을 지나 '성창문'과 '왕청변문'에 이르는 선에 방압공사를 실시하였다. 신계는 구계에 비해 동쪽으로 50리를 더 전개하였다.

중국의 1리는 500미터입니다. 새로운 국경선이 옛날 국경선보다 동쪽으로 50리, 즉 25킬로미터 옮겨졌다는 말입니다.

새로운 경계 표지를 설치하는 공사가 1638년에 이루어졌고 강도회맹은 1627년에 체결되었습니다. 따라서 11년 전의 구계는 새로 방압공사가 이루어진 '암반 – 봉황성 – 감양변문 – 성창문 – 왕청변문' 선보다 25킬로미터 서쪽에 있었다는 사실을 알 수 있습니다.

위성사진으로 확인해보겠습니다. 먼저 1638년에 설치된 신계선입니다. 빨간색 선으로 표시되어 있습니다.

다음은 구계선입니다. 신계선을 일률적으로 서쪽으로 25킬로미터 옮기면 됩니다. 바로 이 파란색 선입니다. 바로 이 선이 강도회맹 당시 후금의 국경선이었습니다.

청은 1644년 베이징을 점령한 뒤 부족을 이끌고 베이징으로 이주하게 됩니다. 이후 중국 전토를 제압한 강희제는 영토를 정확하게 파악하기 위하여 지도편찬사업을 진행합니다.

이 사업에 의하여 편찬된 지도를 살펴보겠습니다. 먼저 갑제12호증의1 황여전람도입니다. 황여전람도는 1708년 강희제의 명으로 프랑스의 선교사들이 중국 전토를 10년간 실측하여 완성한 중국전도입니다. 프랑스의 선교사 조아생 부베가 총 편찬을 맡았고, 1709년부터 1716

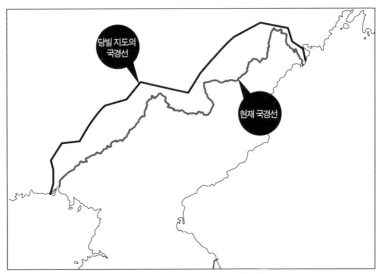

당빌의 '신청국지도'에 나타난 국경선

년까지 프랑스인 선교사 레지 등이 삼각측량법 등을 이용하여 중국 전역을 측량하였습니다.

측량결과를 집대성하여 1717년 강희제에게 헌상한 지도입니다. 이지도에 나타난 국경선을 소위 레지 선(Regis Line)이라고 합니다.

동쪽 국경선 부근을 확대해서 보겠습니다. 이것을 위성사진에 옮기면 이렇습니다. 레지는 이렇게 기록하고 있습니다.

청태조는 서남원정을 계획함에 앞서 조선과 화약하고 간광지대를 설정하였다.

간광지대는 바로 무인국경지역이라는 뜻입니다. 다음은 갑제12호 증의2 1737년 당빌(D'Anville)의 신청국지도(Nouvel Atias de la Chine)입니다.

압록강 이북 봉황성 부근에서부터 북쪽으로 상당한 길이의 울타리가 이어져 있고 그 위로 성이 있으며, '엽혁참(葉赫站)' 서쪽 한 지점에서 동쪽으로, 송화강이 '역둔하(易屯河)'와 '낙니강(諾泥江)'과 만나는 부근까지 울타리가 설치되어 있고, 동쪽으로 바다에 이르는 지역까지는 아무런 표시가 없습니다.

이 부분이 중요합니다. 국경선 아래쪽 압록강 이북지역은 평안(PING AN), 두만강 이북 지역은 힌킹(HIEN KING)이라고 되어 있습니다. 평안과 함경의 중국식 발음입니다. 위성사진과 대비하여 보겠습니다. 당빌의 신청국지도와 위성사진을 겹친 화면입니다.

다음은 갑제12호증의3 1736년 뒤 알드의 《중국통사(Description de la Chine)》에 기록된 내용입니다.

봉황성의 동방에는 조선국의 서방국경이 있다. 만주가 중원을 침공함에 앞서 조선과 싸워 이를 정복하였는데 그 때에 장책과 조선과의 국경사이에 무인지대를 둘 것을 설정하였다. 이 국경은 도상 점선으로 표시한 그것이다.

이상 살펴본 지도와 서적들은 1712년 백두산정계비가 건립되고 난 이후에 작성된 것임에도 불구하고 '서위압록 동위토문'과는 전혀 무관합니다. 이는 조청 간에 따로 공인된 국경지역이 존재한다는 것을 의미합니다. 이상입니다.

'뭐야 이거? 토문에 대한 이야기는 없잖아, 백두산정계비에 대한 이야기도 거의 없고. 남한의 간도영유권의 주된 논거는 백두산정계비에 근거한 것인데, 도대체 무슨 꿍꿍이속이지?'

김 변호사의 증거 설명을 듣고 있는 왕 교수의 머릿속이 복잡해졌다. 백두산정계비가 건립되기 이전의 조청 간 국경상황에 대해 이해할 필요가 있다는 이야기는 틀린 말은 아니다. 하지만 김 변호사의 논조는 뭔가 야릇한 면이 있었다.

"청이 봉금정책을 실시한 이유가 뭐죠?"

하오 주임이 왕 교수에게 물었다.

"청의 발상지, 만주의 경제적 기반을 유지하기 위한 것이었습니다. 만주족 이외의 다른 민족의 출입을 금지하여 만주족의 터전을 보존하고 진주와 산삼, 담비가죽 등 만주의 특산물을 보존하려는 것이지요."

봉금정책에 대한 치열한 논쟁이 국제사법재판소 제1호 법정을 뜨겁게 달구고 있다.

"원고는 청의 호부 기록 등을 근거로 제시하며 방압공사(防壓工事)로 설치된 목책선이 조청간의 국경선이라고 주장합니다. 그러나 이는 사

실이 아닙니다. 목책선은 단지 봉금선일뿐입니다. 봉금선은 봉금정책
에 따라 만주족 외 다른 민족이 출입하지 못하도록 만든 출입금지선입
니다. 봉금지역은 만주족의 터전으로 만주족 고유 영토인 것입니다.

이 소송은 만주족의 고유 터전과 한민족의 고유 터전의 경계를 확정
하는 소송이라고도 할 수 있습니다. 즉, 두 민족의 활동 영역이 압록강
과 두만강을 경계로 구분된 것이 맞는지의 문제입니다.

압록강, 두만강 이북지역이 만주족(여진족)의 판도였다는 것은 원고
측 역사자료에 허다하게 기록된 내용이었습니다. 을제13호증의3 정약
용의 《강계고서》에 이러한 내용이 기재되어 있었습니다."

> 두만강 북쪽은 곧 숙신(肅愼)의 땅으로서, 삼한(三韓) 이래로 우리의 소유
> 가 아니었다. … 지금 저들의 땅과 우리 땅이 서로 마주보고 있는 곳을 상
> 고해 보면, 연하(沿河) 지방에 군·현·보·위가 있지는 않으나, 두만강 북
> 쪽은 바로 저들의 영고탑부내 혼춘 와이객이고, 압록강 북쪽은 바로 저들
> 의 길림부내 책외번지로서 흥경과 서로 마주보고 있다.

"요컨대, 봉금선이 청의 국경선이라는 원고의 주장은 부당합니다."
왕 교수의 발언이 끝나자 김 변호사가 자리에서 일어나 반론을 제기
한다.

"피고는 봉금지역이 만주족의 고유영토로서 이 지역을 보존하기 위
하여 봉금정책이 실시되었다고 주장합니다. 그러나 이는 사실이 아닙
니다. 봉금지역은 비무장 출입금지구역으로 청과 조선의 완충국경지
대를 말합니다. 당시 국경은 선이 아닌 공간으로 설정되었습니다. 국
경을 선으로 설정할 경우 접경으로 인하여 끊임없이 분쟁이 일어나기

때문에 공간으로 설정하여 분쟁을 방지했던 것입니다.

무인국경지대로서의 봉금지역은 강도회맹에 의하여 설정되었습니다. 당시 조선은 패전국이었습니다. 비무장 출입금지구역을 설정하면서 승전국인 청이 자국 영토를 할애하지는 않았을 것입니다. 전쟁으로 인한 모든 부담은 패전국이 부담하는 것은 역사적 관행이기 때문입니다. 갑제12호증의3 《중국통사》에도 분명 '만주가 중원을 침공함에 앞서 조선과 싸워 이를 정복하였다.'라고 기술되어 있습니다. 무인국경지대로 설정된 봉금지역은 조선의 영토였습니다."

김 변호사가 리모콘을 누르자 스크린에 중국 통사 내용이 비춰진다. 법정 안의 시선들이 스크린을 향한다.

"청은 강도회맹을 통하여 무인국경지대를 설정하고 이를 온전히 지키기로 약조하였음에도 불구하고 조금씩 잠식하여 청의 영토로 만들기 시작하였습니다. 1638년 새로 방압공사를 하면서 구변보다 동쪽으로 25킬로미터를 더 전개하여 신변을 구축하였습니다.

1644년 개간황지조례, 1653년 요동초민개간수관례, 1656년 요동초민개간조례를 만들어 한족을 변방으로 이주시켰습니다. 이는 청의 판도를 확장하기 위한 변방이주정책이었습니다.

이때 또 봉금선을 동쪽으로 이동시켰는데 1661년 완성된 이 봉금선을 성경변장(盛京邊牆)이라 합니다. 성경변장은 산해관에서 동북으로 개원의 위원보에 이르고 다시 동남쪽의 흥경을 거쳐 서남으로 봉황성의 남해안까지 총 길이 975킬로미터에 16개의 변문이 설치되었습니다.

이후 1670년부터 1681년까지 길림유조변장(吉林柳條邊牆)이 새로 구축되는데 이것은 법특동량자산의 법특합 변문을 지나 송화강에 이르기까지 총 길이 345킬로미터에 4개의 변문이 설치되었습니다."

김 변호사가 스크린에 영상을 띄워가며 설명한다. 재판관들의 이해를 돕기 위해 심혈을 기울여 만든 영상이다.

"이처럼 청은 강도회맹에 위반하여 무인국경지대를 야금야금 잠식해가는 한편 조선에 대해서는 봉금정책을 철저히 지킬 것을 강요했습니다.

백두산정계비는 1710년에 발생한 이만지 사건을 계기로 세워졌습니다. 이만지 사건은 조선의 백성들이 봉금선을 넘어 봉금지대에 들어갔다가 청의 백성들을 살해한 사건을 말합니다.

피고가 증거로 제출한 을제15호증 1710년 강희제의 유지를 보면 두 강 사이가 불분명해 이만지 사건이 벌어진 것으로 보고 이 지역의 경계를 분명히 하고자 관리들을 파견한다고 기재되어 있습니다. 백두산정계비는 국경선을 확정한 것이 아니라 당시 조선 측 봉금선을 확정한 것입니다. 이상입니다."

"아니 이런 말도 안 되는 소리를… 봉금지역이 원래 조선의 영토라니요? 원래 이 지역은 만주족의 근거지 아닙니까? 조선도 만주족의 발원 지역이라는 사실에 동의하고 압록강 두만강 이북지역으로의 출입을 금지시킨 것 아닙니까?"

하오 주임이 흥분한 상태로 왕 교수에게 하소연한다. 그가 학교에서 배운 것은 분명 그런 내용이었다. 동북3성은 중국의 영토가 분명했다.

"이건 역사왜곡입니다. 아무리 소송에 이기는 것도 중요하지만, 역사를 왜곡해서는 안 되는 것 아닙니까? 교수님 안 그렇습니까?"

"그렇지요. 소송에 이기려고 역사를 왜곡해서는 안 되지요."

"변장이 뭔가요?"

이 사무관이 한 교수에게 물었다.

"변장이 처음 만들어진 것은 명나라 때의 일입니다. 명은 요동 지방 동북쪽 변경에 흙, 돌, 나무로 울타리를 쳐서 주변 이민족의 출입을 통제했는데 이것을 변장이라고 합니다."

"변장을 국경이라고 할 수 있나요?"

"명대에 변장의 동북쪽 지역에 여러 민족이 살고 있었는데 이들은 명과 형식상의 조공관계를 유지하면서 사실상 자치를 했어요. 변장은 명의 국경선 역할을 한 것이 분명합니다."

"그럼 청도 명처럼 울타리를 친 건가요?"

"청은 1660년경 허물어진 변장 근처에 버드나무를 잇대어 심고 그 바깥에 참호를 판 유조변(柳條邊)을 구축한 뒤에 사람과 마차가 드나들 수 있는 문을 만들었어요. 그 문을 책문(柵門)이라고 합니다."

★

준 비 서 면

사건	간도반환청구소송
원고	대한민국
피고	중화인민공화국

피고 중화인민공화국은 다음과 같이 변론을 준비합니다.

다 음

1. 원고는 봉금지대가 일종의 비무장출입금지 지역이라고 주장합니다. 허나 원고의 주장은 부당합니다. 봉금지역은 이미 언급한 바와 같이 만주족의 고유 영토로 청이 만주족의 고유영토를 보존하기 위하여 출입을 금지시킨 지역이 분명합니다.

2. 이 지역이 봉금지역으로서 청의 실효지배하에 있었다는 점은 1710년의 이만지 사건과 백두산정계비를 통하여 명확히 확인할 수 있는 바 이에 관한 증거를 제출합니다.

증 거

1. 을제17호증의1 《조선왕조실록》숙종 36년 1710년 11월 9일자
1. 을제17호증의2 《조선왕조실록》숙종 36년 1710년 11월 21일자
1. 을제17호증의3 《조선왕조실록》숙종 36년 1710년 11월 26일자
1. 을제17호증의4 《조선왕조실록》숙종 37년 1711년 10월 30일자

피고 중화인민공화국

소송대리인 왕다성

증거를 보겠습니다. 을제17호증의1《조선왕조실록》숙종 36년 1710
년 11월 9일자 기록입니다. 1710년에 있었던 이만지 사건입니다. 먼저
사건의 요지 부분을 보겠습니다.

위원의 백성 이만지 외 8명이 밤을 틈타 경계를 넘어 삼을 캐기 위해 설치한
장막 가운데 들어가, 청인 5명을 살해하고 삼화를 약탈하였는데 청인 한 명
이 달아났다가, 그 동료 20여 명과 더불어 위원 북문 밖에 이르러 큰소리로
말하기를, '대국 사람 5명이 위원 사람 이만지 등에게 살해당하였다'며 범인
들을 인도하라고 무려 9일 동안이나 소리치며 난동을 부리다가 순라장 고여
강을 납치하여 인질로 삼았다.

　군수 이후열은 늙고 겁이 많아 어찌할 바를 모르고 처음에는 성문을 닫아
걸고 거절하다가, 뒤에는 날마다 술을 준비해놓고 맞이하여 먹이고 은과 소
와 쌀 등을 뇌물로 주었다.

　때마침 고여강은 저들이 깊이 잠든 틈을 타서 몰래 벗어나 돌아왔는데, 청
인들은 이미 뇌물을 얻었고 고여강을 놓쳤으므로 비로소 물러갔다.

　이후열은 이 일을 숨긴 채 감사에게 보고하지 않는데, 이후 일이 드러나
니 관찰사 이제가 급히 이만지 등 5명을 가두게 하고 사유를 갖추어 문초하
여 이후열을 죄 주도록 청하므로 이후열을 체포하여 심문하였다.

1710년 조선의 백성들이 국경을 넘어 인삼을 약탈하고 그 과정에
청의 백성들을 살해한 일이 발생했습니다. 봉금지역은 만주족의 경제
기반을 보전하기 위하여 설정된 지역으로 허가받은 백성들이 만주지
역의 특산물을 채취하던 지역이었습니다. 산삼 채취 또한 그 하나였는
데, 조선의 백성들이 월경하여 이를 약탈한 것입니다.

《조선왕조실록》에는 '경계를 넘어'라고 기록되어 있습니다. 위원의 지방관은 일을 감추고 조정에 알리지 않았지만 일은 점차 커져 양국 간 국경 문제로 확대됩니다.

당시 조선의 백성들이 국경선을 넘어 봉금지대에서 산삼 등을 약탈하는 일로 마찰이 많던 시기였습니다.

조선이 어떻게 대책을 논의했는지 보겠습니다. 같은 날 같은 기록입니다.

좌의정 서종태, 우의정 김창집, 병조판서 민진후가 뵙기를 청하여 위원 사람들이 범월한 일을 아뢰니 임금이 말하기를 "저들이 혹 조사하는 사신을 보내오는 일이 있을까 지극히 염려스럽다." 하였다.

서종태가 말하기를 "장계에 기록된 사람들의 진술을 보건대, 살해하였다는 것은 거짓이 아닌 듯합니다. 만약 저들이 먼저 조사한다면 일이 장차 순조롭지 못할 것입니다. 갑신년에도 공문을 보내 무사하였으니 이번에도 먼저 공문을 보내는 것이 좋겠습니다. 여러 대신들의 뜻도 같습니다." 하니, 임금이 그 말을 옳게 여겼다.

'위원 사람들이 범월'한 일에 대해 대책을 논의하고 있습니다. 여기서 우리가 주목해야 할 부분은 바로 '범월'이라는 부분입니다. 국경을 넘었다는 표현입니다. 조선 정부는 범죄자 5명을 구금하고 지방관을 문책하였습니다. 그런데 그 뒤에 탈옥사건이 일어나면서 일이 커집니다.

얼마 있다가 이선의가 탈옥하여 먼저 도망하였고 나머지 넷은 위원에서 강계로 이송하여 조사하려 하였는데, 그 족속들이 길에서 기다리고 있다가 포를 쏘아 인솔하던 장리를 쫓아 도주시켰다. 이 일을 보고하자 임금이 크게 놀라 반드시 잡아내라고 하였으나 잡지 못하였으므로, 대신이 먼저 저들에게 고할 것을 청한 것이었다.

조선 정부는 범인들은 놓치고 맙니다. 범인들을 처벌하여 청과의 분쟁을 해소해야 하는데 탈옥이 일어나는 바람에 난처한 입장에 처하게 됩니다.

《조선왕조실록》은 이후의 경과에 대해서도 기록하고 있습니다. 을 제17호증의2《조선왕조실록》숙종 36년 1710년 11월 21일자 기록입니다.

범월했다가 도망했던 위원군의 죄인 2명을 잇달아 체포하였음을 관찰사 권성이 보고하였다.

다음은 을제17호증의3《조선왕조실록》숙종 36년 1710년 11월 26일자 기록입니다.

역관 김홍지를 보내어 범월인으로 지칭되는 자들을 체포하였는데, 그 가운데 둘은 체포하였으나 범행을 인정하지 않았고, 나머지 셋은 여전히 도망 중이라 상금을 걸어 잡으려고 한다는 취지의 공문을 청나라에 보내게 하였다.

이만지 사건은 1년 뒤에야 비로소 마무리됩니다. 을제17호증의4《조선왕조실록》숙종 37년 1711년 10월 30일자 기록입니다.

국경을 넘은 죄인을 조사하여 처리한 일을 청나라에 알리고 처리방법에 대하여 의견을 묻는 공문을 보냈는데, 그 내용은 "이만지 외 4명은 목을 베었고, 1명은 병에 걸려 사망했습니다. 각 범인 등의 처자는 종으로 삼고 가산은 몰수하였는데, 이만건은 대국의 뜻에 따라 남겨 부모를 봉양하게 하였습니다. 위원의 전현직 군수와 관찰사, 절도사 등은 모두 파직하였습니다. 파수장은 장 100대에 변방으로 정배하였고, 파수군은 장 100대에 직을 박탈하였고, 나머지는 죄에 따라 가두어두었으니 처리 방법에 대한 지침을 받고자 합니다." 하였다.

이만지 사건을 자세히 살펴본 것은 당시 봉금지역에 대한 청의 실효지배를 명확히 하기 위한 것이었습니다.

보시는 바와 같이 조선은 봉금선을 넘는 백성들을 엄벌하였고, 이를 방지하지 못한 지방관들은 중형으로 다스렸습니다. 이 지역이 무주지라면 이렇게 처벌할 이유가 없을 것입니다.

이상입니다.

대한민국 소송팀의 긴급회의가 진행 중이다.

"우리는 봉금지역이 무인국경지대라고 주장하면서 패전국인 조선의 영토에서 할애되었다고 주장했습니다. 이에 대해 중국은 봉금정책이 만주족의 발상지를 보존하기 위해 실시된 것이라고 주장하고 있습니다. 오늘 회의의 목적은 이 상황에서 우리가 어떻게 대응할 것인지 논의하는 것입니다. 좋은 생각이 있으면 말씀해주시기 바랍니다."

김 변호사가 회의 목적을 설명하자 강 교수가 먼저 이야기한다.

"중국은 봉금지역이 청의 영토로 실효지배되고 있었다는 것을 증명하기 위해 이만지 사건을 증거로 제시하고 있습니다. 대체로 그 내용은 봉금지역이 마치 청의 영토로 관리되고 있었다는 느낌을 강하게 줍니다. 이 부분을 어떻게 치고 나갈 것인지가 핵심인 것 같습니다."

강 교수의 이야기가 끝나자 한 교수가 이야기를 시작한다.

"우리는 조선과 청이 강도회맹에 의하여 각자의 국경을 온전히 지키기로 하고 무인국경지대를 설정하여 분쟁을 방지해왔다고 주장했습니다. 실제 양국은 봉금정책을 엄하게 지켰습니다. 청은 이만지 사건이 압록강과 두만강 사이의 경계가 모호하기 때문에 발생한 것으로 보고 경계를 확실히 설정해야 된다고 생각했습니다. 이에 목극등을 파견하여 경계선을 확정하고 퇴를 쌓아 백성들로 하여금 경계를 명확히 인식할 수 있도록 만들었습니다. 백두산정계비 건립 이후에도 양국은 봉금정책을 철저하게 지켰습니다. 이것은 단순히 조선에 국한된 것이 아니었습니다. 조선은 청인들이 봉금지역에 들어와 거주하려는 기색이 있으면 철퇴를 요청하였고 청 또한 조선의 요청에 따라 이들을 철퇴시키는 등 봉금정책을 철저히 지켰습니다."

 준 비 서 면

사건   간도반환청구소송

원고   대한민국
피고   중화인민공화국

원고 대한민국은 다음과 같이 변론을 준비합니다.

다 음

1. 피고는 만주족의 발상지를 보존하기 위하여 봉금정책이 실시 되었고, 이 지역이 청의 영토로서 청의 실효지배하에 있었으며, 국경선은 '압록강-백두산정계비-두만강'이었기 때문에 사건대 상은 원고의 영토가 아니라고 주장합니다. 그러나 이는 사실이 아닙니다.

2. 백두산정계비는 국경선을 정한 것이 아니라 봉금선을 정한 것 이었습니다. 이미 살펴본 바와 같이 청과 조선은 무인국경지대를 설정하였고 이를 봉금지역이라 불렀습니다. 강희제가 백두산정 계비를 세운 것은 이만지 사건을 계기로 한 것이었는데, 봉금지역 출입금지선이 명백하지 않기 때문에 조선의 백성들이 봉금지역에 출입하며 사단이 벌어지게 된 것이라고 생각하여 봉금선을 명확 하게 설정하기 위한 것이었습니다. 강희제의 상유에 '압록강과 토 문강 사이의 경계가 분명하지 않다'는 것은 그러한 의미입니다.

3. 《길림통지(吉林通志)》는 '조선의 변경이 심양에서 길림에 접하 였다'고 기록하고 있고, 《통문관지(通文館志)》는 봉황성 부근을 조

선과의 경계로 기록하고 있습니다.

4. 백두산정계비 건립 이후 양국은 봉금정책을 엄격하게 지키면서 무인국경지대를 유지해왔습니다. 이에 관한 기록을 증거로 제출합니다.

증 거

1. 갑제13호증　　　　《길림통지》 관련 부분
1. 갑제14호증　　　　《통문관지》 관련 부분
1. 갑제15호증의1 내지 8　각 봉금정책 관련 기록

원고 대한민국
소송대리인 김명찬

증거를 보겠습니다. 갑제15호증의1 내지 8 봉금정책 관련한 《조선왕조실록》상의 기록들입니다.

먼저 정계비 설치 2년 뒤인 숙종 40년의 일입니다.

1714년 경원과 훈술(訓戌) 건너편 대안에 청인이 초가집을 짓고 밭을 개간하려는 모습이 목격되자, 사역원정(司譯院正) 김경국을 파견하여 그 철퇴를 요청하였다. 청은 즉시 봉천장군과 영고탑장군에게 조사를 명하였고 초가집을 헐고 강제 이주시켰다.

다음은 영조 7년 1731년의 일입니다.

청국 봉천장군이 망우초 지방 수로에 검문소를 설치하여 도적떼의 단속에 활용하려 하였으나 조정의 반대로 중지되었다.

다음은 영조 22년 1746년의 일입니다. 심양 장군이 봉황성의 경계를 무너뜨려, 병사들에게 땅을 개간하도록 허락하고 중강의 월변 망우초에 관병을 증원할 것을 주청했습니다. 또 태악부도통이 중강월변에 와서 기지를 살펴보고 가자, 조선은 진주사를 차출하여 문제를 제기하였습니다.

황조어우 이래 내외 구계의 범위를 엄격히 정하고 간도로 넘어오는 사람이 있을까 우려하여 봉황성에 책을 설치하여 출입을 경계하고 책 외 연강에 이르는 100여 리를 비워 입거를 금지했다. 또 서로 바라보지 못하고 성문이 서로 접하지 못하게 하였다. 이러한 굉모원계(宏謨遠計)는 사방에 미치고 만세에 미치는 것이다. 지금 만약 간토설둔을 허락한다면 왕래상통하기 쉬워 법령을 시행치 못할 것이오. 금령이 행해지지 않을 것이며 잠월이 더욱 많아지고 간폐가 백출하여 소방 민인이 많은 죄를 짓게 될 것이다.

청은 병부상서로 하여금 태악부도통을 대동하고 현지 조사를 마친 후 입장을 피력하였습니다.

망우초 등지는 청국 내지에 속하며 조선 계지와 상당한 거리가 있으며 변장을 개전하고 지구를 개간하려는 땅이 봉천 소속의 내지이니 조선국과는 아무 관계가 없다. 조선과는 일수를 격하여 상대한다 하나 피차에 월계를 못하게 하고 각기 소속의 인민을 단속하면 시끄러운 일이 일어나지 않고 변강은 영구히 안온할 것이다.

하지만 청 황제는 조선의 문제 제기가 옳다고 보아 봉황성 변책을 압록강까지 확장하는 것을 정지시켰습니다. 다음은 이로부터 2년 뒤인 영조 24년 1748년의 일입니다.

훈술진(訓戌鎭) 대안 동변 2, 30리 거리에 청인이 집을 짓고 밭을 개간하는 자가 있어 외교 공문을 보내니 이를 철퇴시켰다.

다음은 헌종 8년 1842년의 일입니다.

상토진, 만포진 대안에 청인이 집을 짓고 토지를 개간하는 자가 있어 청에 통보하였더니 청이 성경장군으로 하여금 이를 철퇴시키게 하였는데, 이때 철퇴된 것만 토막 28칸, 초방 98칸, 간전 2,300여 동에 달하였고 이후 연간 2회에 걸쳐 연강 각처를 순찰하게 하였다.

이로부터 4년 뒤 1846년의 일입니다.

강계 상토진 월변에 청인이 들어와서 40여 곳에 집을 짓고 벌목 개간하니 돌아갈 것을 요구하였고 청은 연강 각처를 토렵하여 초가집 65처, 유민 28명, 벌목인 220명을 체포하였다.

도광 28년인 1848년에도 봉금정책은 여전히 유지되고 있었습니다.

도광 28년에도 유민이나 도적떼의 조사간전을 엄금할 것을 명하였다.

이러한 일련의 일들은 청과 조선이 봉금지역을 설정하고 이를 무인 국경지대로 유지하기 위하여 노력하였다는 점을 보여주는 것입니다. 이상입니다.

하오 주임과 왕 교수가 대책을 논의하고 있다.
"그러니까 대한민국의 주장은 봉금선은 단지 비무장지대인 국경지 대의 출입을 금지하는 선으로, 만주족은 베이징 점령 이후 그들의 터 전을 버리고 베이징으로 이주하였고 만주가 무인지경이 되었다는 것 이잖아요?"
"네. 그렇게 요약할 수 있습니다."
하오 주임의 얼굴이 많이 수척해져 있다. 마음고생이 여간 아니었던 것이다. 대한민국의 주장이 터무니없어 보이지는 않았다. 아니 오히려 그럴듯해 보였다. 하오 주임이 왕 교수의 얼굴을 빤히 바라본다. 왕 교 수의 얼굴도 별로 좋아 보이지 않는다.
"앞으로 어떻게 대응해야 하는 건가요?"
"글쎄요…."

제8부
◇◇◇◇◇

동북공정

대한민국은 백두산정계비에 대한 논쟁을 잠시 미루고 조선과 청의 국경제도로 쟁점을 변경하면서 봉금지역이 무인국경지대라고 주장한다. 이에 대해 중국은 봉금지역은 만주족의 고유영토로 청이 이를 보존하기 위하여 봉금정책을 실시한 것이라고 주장한다.

그러자 대한민국은 봉금지역은 일종의 비무장지대로서 국경지대이며 이 지역에 출입을 금지한 정책이 바로 봉금정책이라며 관련 증거들을 제출하는데….

국제사법재판소 제1호 법정.

"원고는 강도회맹에 의하여 조선과 청 사이에 무인국경지대가 설정되었고 이 지역이 패전국인 조선의 영토에서 할애되었다고 주장합니다. 그러나 이는 사실이 아닙니다. 이 지역은 청을 건국한 만주족의 영토입니다. 1616년 여진족 중에서도 가장 남쪽에 있던 건주위의 누르하치가 후금을 건국했습니다. 후금을 건국한 누르하치는 주변 부족들을 복속시켜 만주 전역을 통일하고 국호를 청으로 변경한 뒤 중국 전역을 통치하게 됩니다."

왕 교수의 낭랑한 목소리가 법정에 울려 퍼진다.

"만주는 여진족의 활동무대였습니다. 1644년 베이징을 점령한 만주족은 중원 통치를 위해 모든 부족을 이끌고 중원으로 들어가고 어쩔 수 없이 만주가 비게 됩니다. 청은 만주족의 요람인 이 지역을 보전하기 위해 다른 민족들이 들어오지 못하도록 봉금정책을 실시하였습니다. 만주지역을 노리는 다른 나라는 다름 아닌 조선과 러시아였습니다. 청은 1627년 강도회맹을 통해 조선과의 국경을 압록강·두만강으로 확정하였고, 1680년에는 러시아와 네르친스크 조약을 체결하여 흑룡강을 국경으로 삼았습니다. 원고가 구변이나 신변이라고 주장하는 봉금선은 봉금정책에 따라 만주족 이외의 다른 민족들의 출입을 금지시킨 출입금지선을 의미합니다. 고로 무인공광봉금지역이 조선의 영토였다는 원고의 주장은 부당합니다."

발언을 마친 왕 교수가 김명찬 변호사를 바라본다.

"원고 측 반론하세요."

재판장의 지휘에 따라 김명찬 변호사가 자리에서 일어난다.

"피고는 만주가 만주족의 고유 영토라고 주장합니다. 그러나 이는 부당합니다. 한민족은 고조선, 부족국가시대, 삼국시대, 남북국시대를 거쳐 고려, 조선으로 이어졌습니다. 고조선은 요동과 만주, 연해주 지역을 판도로 했던 고대국가였습니다. 화면을 보시지요."

스크린에 동북아시아 지도가 펼쳐지고 빨간색으로 칠해진 고조선의 판도가 도드라져 보여진다.

"고조선의 뒤를 이어 부여, 옥저, 동예 등 부족국가들이 등장하게 됩니다. 그러다가 고구려가 이 지역 일대를 통일하게 됩니다. 고구려는 북방 유목 민족 및 중국과 끊임없이 경쟁했고, 647년 천리장성을

고구려의 천리장성

축조했습니다. 천리장성은 서남쪽 발해만의 비사성(卑沙城)에서 동북쪽 부여성(扶餘城)에 이르기까지 1,000리(400킬로미터)에 걸친 장성이었습니다.”

화면의 지도에 천리장성이 겹쳐진다.

“보시는 바와 같이 고구려의 천리장성은 현재의 다롄(大連)에서 능안(農安)까지 요하 동쪽에 건립된 것으로 요하 이동 지역, 즉 요동은 모두 한민족의 판도였습니다. 이러한 사실은《삼국사기》등 역사서에 기록되어 있습니다. 피고는 사건대상이 여진족의 고유 영토였다고 주장하지만 사건대상을 포함한 만주와 요동지역 전체가 한민족의 영토였던 것입니다.”

김 변호사의 발언이 끝나자 왕 교수가 기다렸다는 듯이 일어나 재판장을 바라본다. 재판장이 고개를 끄덕이자 왕 교수의 반박이 시작된다.

“원고는 고구려와 발해 역사가 한국의 역사라고 주장합니다. 그러나 이는 중국 역사로서 결코 한국의 역사가 아닙니다.

한국의 역사는 한반도를 판도로 하는 삼한 – 통일신라 – 고려 – 조선으로 이어지는 역사입니다. 한국의 역사가 한반도의 역사라는 것은 통일신라를 한국의 통일국가라고 하는 원고 측의 역사서술에서 명백히 드러납니다. 누차 언급하였듯이 정약용은《강계고서》에서 두만강 이북은 여진족의 땅으로서 삼한 이래 한국의 영토가 아니었다고 분명히 기술하고 있습니다.

원고는 최근 고구려, 부여, 옥저 등 한반도 이북 지역의 역사를 한국의 역사로 둔갑시키고, 통일신라를 발해와 병행시켜 남북국시대라고 명명하는 등 역사를 왜곡하고 있습니다. 발해를 한국 역사에 편입시킴으로서 고구려, 부여, 옥저, 발해가 한국의 역사이며, 이들의 근거지였던 요동, 만주, 연해주가 한국의 고유 판도라고 주장하는 것입니다."

왕 교수의 발언이 계속되자 법정 안의 한국인들의 표정이 굳어진다.

"이에 관한 명확한 증거를 살펴보도록 하겠습니다."

왕 교수가 리모콘을 누르자 스크린에 한반도 지도가 비춰진다.

"고려의 천리장성입니다. 이것은 고려 덕종 2년 1033년부터 여진의 침입을 막기 위해 쌓은 장성입니다. 고려는 개국 초기부터 거란족과 여진족의 침입에 대비하여 장성을 쌓고자 하였습니다. 천리장성은 1033년경 단기간에 축성된 것은 아니고, 덕종 이전에 대대로 쌓은 여러 성책을 연결하고 보축한 것으로, 정종 10년 1044년에 완공되었습니다."

왕 교수가 리모콘을 다시 누르자 한반도 지도 위에 천리장성이 겹쳐진다.

"핵심은 천리장성의 위치입니다. 천리장성은 한반도 서쪽 압록강 어귀로부터 동쪽으로 의주 근처인 위원(威遠) - 흥화(興化) - 정주(靜州) - 영해(寧海) - 정융(定戎)을 잇고 오늘날의 평안남북도에 속하는 운주(雲州) - 안수(安水) - 청색(淸塞) - 영원(寧遠) - 맹주(孟州) - 삭주(朔州)를 거쳐 영흥 지방의 요덕(耀德) - 정변(靜邊) - 화주(和州) 성에 이르러 정평 해안인 도련포까지 길이가 1,000리, 높이와 폭이 각 25자의 석축이었습니다. 위성사진을 보겠습니다. 천리장성이 축조된 지역을 선으로 연결해보았습니다. 어떻습니까? 이 지역은 압록강, 두만강보다 훨씬 남쪽입니다. 고려의 북방한계선이 바로 이것입니다. 발해가 한민족의 역사라면 고려의 북방한계선이 왜 이렇게 설정되었겠습니까? 발해는 결코 한민족의 역사가 될 수 없습니다. 이상입니다."

"결국 이 사건도 역사전쟁이 되고 말았네요."

한 교수가 넋두리하듯 이야기하자 김 변호사가 묻는다.

"역사전쟁이라뇨?"

"고조선과 발해의 역사가 한국의 역사냐 중국의 역사냐 하는 논쟁 말입니다."

"아, 동북공정요?"

"네. 중국에서는 동북공정이라고 이야기하지요."

"동북공정은 이미 끝난 것 아닌가요?"

"무슨 말씀이세요. 동북공정은 아직도 진행 중이에요. 이걸 보세요."

옆에서 듣고 있던 이 사무관이 끼어들었다.

"이게 뭐죠. 무슨 기념패 같은데…."

"맞아요. 중국에서 발행한 기념패예요. 2004년 7월 1일 제28차 유네스코 세계유산위원회가 고구려 유적을 세계문화유산으로 선정한 것을 기념한 것입니다. 한 교수님, 여기 뭐라고 쓰여 있는지 해석 좀 해 주세요."

한 교수가 따로 볼 것도 없다는 듯이 힐끗 보더니 이야기한다.

朱蒙 公元前三十七年在伍女山建立中國少數民族高句麗第一都城

(주몽 공원전삼십칠년재오녀산건립중국소수민족고구려제일도성)

주몽 기원전 37년 오녀산에서 중국 소수 민족 고구려족이 제1도읍을 건립하다.

"뭐라고요, 고구려족이 중국의 소수민족이라고요?"

김 변호사가 의심스럽다는 듯이 기념패를 자세히 살펴본다. 분명 그렇게 쓰여 있다.

"김 변호사님은 모르고 계셨나 봐요? 그럼 이것도 한번 보시죠. 이건 더 황당해요."

이 사무관이 이번에는 사진을 보여준다.

"길림시에 있는 용담산성 표지판이에요. 이 부분을 한번 보세요."

高句麗人幷非朝鮮人(고구려인병비조선인)
고구려인은 결코 조선인이 아니다.

"밑에 쓰여 있는 글이 더 가관이에요. 한 교수님."

고대 동북에는 상(商), 동호(東胡), 숙신(肅愼), 맥예(貊穢) 같은 4개의 큰 종족이 있었다. 고구려는 과연 어떤 종족에서 비롯되었을까? 많은 연구자들의 관점이 일치하지는 않지만, 최근 연구에서 고구려는 은(殷) 또는 상 계통으로 확정되었다. … 길림성 집안 경내 고구려 무덤벽화 가운데 용과 뱀의 그림, 기악비천, 복희여왜, 신농황제 및 4신 같은 그림과 형상은 염황문화의 내용을 표현한 것이다. 최근 통화시 부근 왕팔발자(王八脖子) 유적과 통화현 여명(黎明) 유적 같은 대표적인 옛 유적에서, 옛 문헌에 나오는 삼환제단이 발견되었다. … 많은 역사 문화의 구성 요소들이 고구려인은 상인에서 나왔다는 것을 보여 주고 있다. 고구려는 상인이 건국하거나 상인이 중원으로 들어가기 전후 동북방으로 옮겨온 한 종족일 수 있다. 고구려의 근원은 상인으로 5제계통이고 염황문화의 후예이다.

"동북공정을 제대로 이해하기 위해서는 중국의 '통일적 다민족국가론'을 이해해야만 합니다."

한 교수의 말에 이 사무관이 눈을 동그랗게 뜨고 물어본다.

"통일적 다민족국가론이요?"

"2008년 7월 캐나다 밴쿠버에서 열린 학술회의에서 중국사회과학원 변강사지연구중심의 리성 주임이 '한국인들은 중국이 역사상 하나의 통일적 다민족국가이고 중화민족(中華民族)이 다원일체라는 역사적 사실을 인정해야 한다'고 말했어요."

"중화민족요? 그런 민족도 있나요?"

"중국은 한족(漢族)만의 나라가 아니라 한족과 55개 소수민족으로 구성된 다민족국가인데, 56개 민족이 하나의 중화민족을 형성하고 있다는 주장입니다."

"에이, 서로 인종도 다르고 언어도 다른데 어떻게 같은 민족이라고 할 수 있어요? 말도 안 돼요."

민족은 일정한 지역에서 오랜 세월 동안 공동생활을 영위하면서 언어와 문화상의 공통성에 기초하여 역사적으로 형성된 사회 집단이라고 정의되고 있다.

"중국은 '한족이 세운 국가를 중국과 동일시하는 것은 봉건정통주의사상으로 일종의 대한족주의적 표현으로 척결되어야 한다. 중국 역사는 중화인민공화국 경내 모든 민족의 역사이다. 여기서 말하는 경내(境內)는 현재 중국의 강역을 가리킨다'면서 56개 민족의 역사는 모두 중국 역사라고 주장하고 있는데, 이것이 동북공정의 근본 전제가 되었습니다."

"그게 말이 되나요? 그럼 세계 모든 민족의 집합체라고 할 수 있는 미국의 역사는 전 세계의 역사로 봐야겠네요?"

"어쨌든 중국은 자신들의 역사서에 그렇게 기술하고 있습니다."

중국은 하나의 통일적 다민족국가이다. 중국의 역사는 중화인민공화국 경내의 각 민족이 공동으로 창조한 역사이기 때문에 일찍이 광대한 영토 위에 생존하고 번영하였으나 현재는 소멸된 민족의 역사도 포함되어야 한다.

"그런데, 교수님. 중국의 역사관이 잘못된 것인가요? 제가 보기에는 틀린 말은 아닌 것 같은데요. 현재 중국 영토 내에 살고 있는 민족들이 어떻게 하나의 중국을 형성하게 되었는지 그 역사를 살펴보는 것은 당연한 것 아닌가요?"

이미주 사무관이 고개를 갸웃거리며 물었다.

"당연히 그래야죠. 그런데 문제는 이겁니다. 예를 들어서 조선이 일본의 식민지였을 때, 일본이 일본과 조선은 원래 하나의 민족이었는데, 조선은 한반도에서, 일본은 일본에서 서로 성장하다가 결국 하나의 국가로 합쳐졌다고 서술한다면 올바른 것일까요? 영국이 인도를 식민지로 삼았는데, 인도인들은 원래 영국과 한 민족이었다고 기술한다고 생각해보세요."

유심히 듣고 있던 강 교수가 끼어들었다.

"이것은 역사서술을 어떻게 할 것인가 하는 문제에서 비롯된 것입니다. 1949년 10월 1일 중화인민공화국이라는 공산주의 국가가 수립되었습니다. 사회주의를 사상적 기반으로 하는 중화인민공화국은 나라와 민족이라는 개념이 계급 착취를 위한 도구로서 종국적으로 철폐되어야 한다는 생각을 갖고 있었습니다. 중화인민공화국이라는 국가 영토 안에 존재하는 모든 인민들을 평등하게 다루는 역사서술이 필요했지요. 한족 중심의 역사서술방식으로는 새로운 국가이념을 반영할 수 없기 때문에, 한족과 여타 민족들을 구분하지 않고 동등하게 대우할 수 있는 개념이 필요했던 것입니다.

여기서 중화민족이라는 개념이 만들어집니다. 한족을 비롯한 55개 소수민족이 하나로 총화되어 중화민족을 형성했다는 것입니다. 중화민족이라는 개념 안에서는 56개 민족이 차별 없이 모두 대등한 중화인민공화국의 인민이 됩니다. 따라서 중화인민공화국의 역사도 한족을 중심으로 서술되어서는 안 됩니다. 여기서 새로운 역사서술 방식이 필요해진 것입니다."

"새로운 역사서술 방식이요?"

"크게 두 가지 방식으로 진행되었습니다."

하나는 중국은 자고이래로 통일적 다민족국가였다는 자고이래설(自古以來說)이고, 다른 하나는 중국의 영토가 기나긴 역사를 통해 점진적으로 형성된 것이라는 점진형성설(漸進形成說)이다. 자고이래설이나 점진형성설 모두 통일적 다민족국가론에 기초하고 영토를 중심으로 역사를 인식하고 있다는 점에 공통점이 있다.

한서현 교수가 고개를 끄덕이며 말한다.

"중국은 2002년부터 연변에서 중국 동포들을 대상으로 3관 교육을 실시하고 있어요."

조선족의 조국은 중국이다.

조선족은 중국 민족이다.

조선족의 역사는 중국의 역사이다.

준 비 서 면

사건   간도반환청구소송
원고   대한민국
피고   중화인민공화국

원고 대한민국은 다음과 같이 변론을 준비합니다.

다 음

1. 피고는 원고가 역사를 왜곡하여 고구려와 발해의 역사를 한국 역사로 둔갑시켰다고 주장합니다. 하지만 정작 역사를 왜곡시키고 있는 것은 피고입니다.

2. 중국의 역사는 원래 은, 주, 춘추전국시대, 진, 한, 위진남북조, 수, 당, 5호16국, 송, 원, 명, 청으로 이어지며, 진시황에 의해 처음 통일되었습니다.

3. 중국의 영토관은 만리장성으로 집약됩니다. 진시황은 중국의 고유판도 북쪽에 만리장성을 축조하여 북방이민족의 침입에 대비하였습니다. 즉, 중국은 한족의 나라이며 만리장성에 의하여 영토가 한계 지워졌던 것입니다. 만리장성은 서쪽 자위관(嘉峪關)에서 시작하여 동쪽 산하이관(山海關)에서 끝이 납니다. 즉, 중국의 동북방 한계는 산하이관이었습니다.

4. 피고야말로 진시황을 중국을 통일한 최초의 황제로 서술하고 있습니다. 진시황이 통일한 중국 영토는 요동, 만주, 연해주와는 아무 관련이 없습니다. 이 지역은 원래부터 중국과 무관한 지역이었던 것입니다. 중국의 고유판도는 진시황에 의하여 통일된 지역으로 진시황이 축조한 만리장성 이남 지역입니다.

5. 피고는 원고 측 교과서에 통일신라라는 기술을 근거로 한국의 고유 판도가 한반도에 국한되어 있었다고 주장합니다. 통일신라는 고구려, 백제, 신라 삼국을 통일한 것으로, 고구려는 당연히 한국 역사에 해당합니다. 피고는 의도적으로 고구려의 역사를 한민족의 역사에서 소거시키려 하지만 한국 역사는 고구려를 포함한 역사라는 점에 유의하여 주시기 바랍니다.

증 거

1. 갑제16호증   진시황 당시 중국 영토지도

원고 대한민국
소송대리인 김명찬

중국 소송팀이 변강사지연구중심 소속 장 교수로부터 중국 동북지역의 역사에 대한 특별 강의를 듣고 있다.

"고조선, 부여, 고구려, 발해는 우리 경내에 그 영토가 있다가 소멸된 소수 민족의 역사로서 중국사에 해당합니다. 고구려족은 당조 때 소멸되어 없어졌지만 일찍이 우리 강역 내에 정권을 수립한 중화 민족이었습니다. 고구려는 현도군 고구려현 관할에 속한 통일적 다민족국가의 하나로서 장수왕 때 평양성으로 천도하여 한반도 한강 이남지역까지 위세를 떨쳤습니다. 한반도 북부, 지금 북한이 점유하고 있는 지역은 우리 중국 영토였던 것입니다."

진한시기의 전국강역은 중앙정부가 개창한 통일관할구역을 중심으로 하고, 통일관할구 둘레에 다시 기타 민족관할구와 민족지구가 있어, 중국 역사상 통일적 다민족국가 초기 판도의 구조와 격식을 세우고 다졌다.

통일된 진조 관할구역 주변 동북지구에 조선·고구려·옥저·숙신·부여·동호, 서북지구에 흉노·정령·격곤·호갈·월씨·오손·서역성곽제국, 서북청장고원지구에 강(羌), 서남지구에 진월 등의 민족정권 관할구와 민족분포구가 진대 전국 기본판도를 구성하였다.

서한시기의 전국강역은 서한왕조 관할구역, 북부에서 서북에 이르는 선비, 흉노, 정령, 호갈, 견곤 등 민족정권의 통제구역 및 동북의 읍루(숙신), 옥저, 부여 등 민족활동지구, 서부 청장고원 당모, 발강 및 기타 제강의 활동지구를 포함한다.

한이 기원전 108년에 조선을 멸망시키고 진번·임둔·현도·낙랑 4군을 두었는데, 4군은 한반도 대부분을 포함하였다. 낙랑군은 경내의 옥저와 예족을 관할하고, 현도군 관할의 고구려는 북쪽 경계가 부여, 숙신 등과 서로 접하였는데, 숙신은 부여에 신속(臣屬)하였고, 부여는 현도군의 관할에 속하였다.

발해는 당대에 변강민족정권의 관할구역 중에 동북지구의 속말말갈 등이 세운 정권으로 남쪽으로 조선반도 용흥강과 대동강에 이르러 신라와 경계를 삼았다.

한편, 대한민국 소송팀도 중국의 역사기술 내용을 검토하고 있었다. 한 교수가 중국의 역사서들을 산더미처럼 쌓아놓고 설명하고 있다.

"《중국 동북사》1권 6장에 수록되어 있는 내용입니다."

고구려는 고조선이 아니다. 한서지리지에는 '현도, 낙랑은 한나라 무제 때 설치되었는데 모두 조선, 예맥, 구려 같은 오랑캐다'라고 되어 있다.

조선과 구려를 함께 쓴 것은 고조선과 고구려가 당시 두 개의 서로 다른 부족이라는 것을 분명하게 보여주는 것이다. 《후한서》고구려전에는 고구려 남쪽과 조선이 맞닿아 있다고 나와 있어 고구려는 당시 조선을 영유하지 않았고 조선도 고구려를 포함하지 않았다는 것을 알 수 있다.

고구려 앞 세대 사람들이 일찍이 한번 위만조선에 예속된 적이 있지만 그것은 기원전 128년까지로 60~70년 정도밖에 안 된다. 중원 정권에 신복한 600~700년이란 시간에 비하면 차이가 매우 크다. 때문에 수많은 학자들이 고구려족과 그 조상들은 고조선과 지리상으로나 정치상으로 모두 연대와 종속관계가 확실하지 않다고 본다.

"고조선은 한국의 역사로 인정하면서 고구려는 다른 역사로 취급하고 있네요?"

"고조선과 고구려를 분리하려고 시도하는 것입니다. 이뿐만이 아닙니다. 동북사범대학의 리더산(李德山) 교수는 고구려가 중국 염제족의 후예라면서 산둥반도에서 건너온 주나라의 한 부락이었다고 주장하고 있습니다."

　구(句)와 갈(葛), 개(介)와 고(高) 등이 다 같은 쌍성자로 구(句)는 곧 고(高)
이며, 개(介)는 중국 상고시대 강(姜)씨 성인 염제의 후손이다. 고구려는 산
둥반도에서 건너왔으며, 상(은)나라를 멸망시킨 주나라의 한 부락이다.

　"집안시에 있는 환도산성 전시관에서 버젓이 판매되고 있는 경톄화
(耿鐵華)의《중국 고구려사》에는 이런 내용이 실려 있습니다."

　요서지방에서 발생한 홍산문화가 서쪽으로 가 은나라를 세우고, 동쪽으로
옮겨와 고구려, 부여 같은 나라의 기원이 되었다. 신라와 백제는 2세기와 1
세기 중엽에 기원하였다.

★∵

준 비 서 면

사건　　간도반환청구소송
원고　　대한민국
피고　　중화인민공화국

피고 중화인민공화국은 다음과 같이 변론을 준비합니다.

다 음

1. 원고는 고구려와 발해로 이어지는 역사가 한민족의 역사라는

왜곡된 주장을 하고 있으나 이는 모두 중국 소수민족의 역사입니다.

2. 원고는 고조선이 고구려로, 고구려가 발해로 이어졌다고 주장합니다. 고구려가 중국 소수민족의 역사라는 것이 밝혀지면 이들 역사가 중국의 역사라는 것이 명확해질 것입니다. 고구려가 중국 소수민족의 역사라는 것은 아래에서 보는 바와 같이 분명한 역사적 사실입니다.

(1) 고구려가 기원한 지역은 기원전 3세기 연(燕)의 영역으로 기원전 221년 진(秦)이 전국시대를 통일한 뒤 진의 영역에 속하던 곳이었습니다. 기원전 108년 한(漢)이 위만조선을 멸망시키고 현도군을 설치했는데 고구려는 현도군에 소속된 하나의 현이었습니다. 주몽이 고구려 5부를 통일하고 나라를 세운 곳이 바로 현도군 내였습니다. 이처럼 고구려는 중국 영토 안에서 이루어진 중국의 역사가 분명합니다.

(2) 동한 180년 동안 고구려는 동한 왕조의 제후국이었습니다. 고구려는 중앙 정부로부터 고구려후, 고구려왕, 정동대장군 등의 관직을 제수받았습니다. 고구려가 중앙 정권과 군신관계를 유지하였다는 것은 고구려가 중국의 지방 정권이었다는 것을 의미합니다.

(3) 고구려는 668년 멸망하였는데, 고구려의 유민들은 대부분 당

의 포로가 되어 중화민족에 편입되었고 일부 발해의 건국에 참여하기도 하고, 신라로 귀속되기도 하였습니다. 당시 고구려 인구가 70여만 명이었는데, 그 중 30만 명은 중원으로, 10만 명은 발해로, 10만 명은 신라로, 만여 명은 북방 돌궐로, 나머지는 전쟁 중 사망한 것으로 확인되고 있습니다. 발해로 간 고구려인은 이후 여진 즉, 금에 흡수되었다가 중화민족으로 통합되었습니다.

3. 원고는 고구려 유민 중 일부가 신라에 귀속된 것을 근거로 고구려가 한민족의 역사라고 주장합니다. 하지만 고구려가 중화민족의 역사라는 것은 당과 신라가 연합하여 고구려를 정복할 당시의 정황을 통해 명확하게 드러납니다.

고구려는 한반도 한강 이북지역까지 지배하였습니다. 당시 당은 신라와 군사동맹을 맺어 고구려를 병합했는데, 이때 당과 신라는 한반도 대동강 이남은 신라에, 이북은 당에 귀속시키기로 합의하였습니다. 만일 신라가 고구려를 같은 민족으로 관념했다면 어찌 이런 일이 가능했겠습니까?

고구려는 중국의 지방정권이 분명합니다. 신라가 고구려를 패퇴시켜 대동강까지 그 영토를 확장하고 고려와 조선을 거쳐 압록강, 두만강 이남까지 영토를 확장하여 현재의 한반도 전역을 지배하게 되었다는 것이 역사적 진실입니다.

4. 이상 살펴본 바와 같이 고구려는 명백한 중국의 역사이며, 고구려족이 활동하던 지역 또한 엄연한 중국 영토입니다. 고로 사건대상 간도가 원래 한민족의 영토로서 강도회맹에 의하여 국경

지대로 할애되었다는 주장은 아무런 근거도 없는 허위 주장에 불과합니다.

피고 중화인민공화국

소송대리인 왕다성

준 비 서 면

사건   간도반환청구소송
원고   대한민국
피고   중화인민공화국

원고 대한민국은 다음과 같이 변론을 준비합니다.

다 음

1. 피고는 고구려가 중국 소수민족의 역사로서 고구려의 활동무대는 한민족의 고토가 아니라고 주장합니다.

2. 중국의 오늘날의 영토가 자발적 합의가 아닌 피비린내 나는 정복전쟁을 통해 형성되었다는 것은 우리 모두 잘 알고 있는 역사적 사실입니다. 피고는 민족갈등으로 인해 영토가 분열되는 것을 막기 위해 각종 공정을 전개하며 각 지역의 역사를 왜곡해왔

습니다.

　신장 위구르족의 이탈을 방지하기 위하여 전개되고 있는 서북공정, 티베트족의 이탈을 방지하기 위하여 전개되는 서남공정, 그리고 간도 조선족의 이탈을 방지하기 위하여 전개된 동북공정, 타이완의 분리를 막기 위하여 전개되고 있는 타이완공정 등이 바로 그것입니다.

　피고가 이러한 각 공정을 통해 해당 지역의 역사를 왜곡하고, 그 지역 주민들을 세뇌시키고 있다는 것은 주지의 사실입니다.

3. 중국은 피로 얼룩진 정복전쟁의 결과 필연적으로 발생할 수밖에 없는 민족 갈등과 분리욕구를 억제하기 위해 한족을 비롯한 55개 소수민족을 모두 뭉뚱그려 '중화민족'이라는 개념을 만들고 역사를 왜곡하고 있습니다.

　피고는 기존 사서들의 입장이 잘못되었다며 지난 수십 년간 이를 완전히 고쳐 쓰는 작업을 수행해왔습니다. 소위 '통일적 다민족국가론'에 입각한 역사서술입니다.

　하지만 손바닥으로 하늘을 가릴 수는 없는 법, 이러한 노력은 도처에서 좌초되고 있습니다. 티베트와 신장에서 벌어지고 있는 독립운동이 점점 더 과열되고 있다는 사실이 바로 그 증거입니다.

4. 고구려가 한민족의 역사라는 것은 한국과 중국 사서들에 명확하게 기록된 역사적 사실입니다.

(1) 세계적으로 유명한 피고의 역사서 중에 진수(陳壽)의 《삼국

지》가 있습니다. 위촉오(魏蜀吳) 삼국시대의 역사를 기록한 책입니다. 《삼국지》 위서 오환선비동이전(魏書烏丸鮮卑東夷傳)에는 부여, 고구려, 옥저, 동예, 마한, 진변, 왜에 대해 기록하고 있습니다. 진수(陳壽)가 이들 국가들을 모두 같은 동이족으로 인식하였다는 점, 나아가 위촉오 삼국의 역사와 별개의 역사로 인식하였다는 점에 주목해주시기 바랍니다.

(2) 고구려의 최대 판도를 구가했던 광개토대왕릉비에는 고구려의 시조 동명성왕을 '천제지자(天帝之子)'라고 표현하고 있습니다. '하늘의 아들'이라는 의미입니다. 만일 고구려가 스스로를 중국 중앙 정권에 복속한 제후국으로 관념하였다면 이러한 표현을 쓸 수 없었을 것입니다. 오로지 황제만이 천자(天子)를 표방할 수 있기 때문입니다. 또한 당시 북부여 수사였던 모두루의 묘에는 동명성왕을 '일월지자(日月之子)'라고 표현하고 있습니다. 해와 달의 아들이라는 뜻으로 이 역시 황제만 사용할 수 있는 표현으로 고구려는 스스로를 중국 왕조와는 별개 대등한 국가로 관념하였음을 알 수 있습니다.

(3) 고구려는 독자적인 연호(年號)를 사용하였습니다. 광개토대왕은 영락(永樂), 장수왕은 연가(延嘉)라는 연호를 사용하였습니다. 연호는 황제의 시간에 대한 지배권을 의미합니다. 고구려가 독자적인 연호를 사용하였다는 것 또한 고구려가 스스로를 중원 정권과 별개 대등한 지위로 관념했다는 것을 의미합니다. 오히려 백제와 신라는 독자적인 연호를 사용하지 않고 중국 왕조의 연호를

그대로 가져다 썼습니다.

(4) 원고 측 역사서로 1145년 김부식 등에 의해 편찬된《삼국사기》에는 신라본기 12권, 고구려본기 10권, 백제본기 6권이 포함되어 있습니다. 이는 고구려, 백제, 신라가 모두 한민족의 국가로 인식되었다는 것을 의미합니다. 열전에는 을지문덕, 을파소, 명림답부, 창조리, 연개소문 등 고구려의 주요 인물들을 소개하고 있습니다. 또한 제후국에서 사용하는 세가(世家)라는 표현 대신 본기(本紀)라는 표현이 사용되고 있습니다. 이는 삼국이 중국 정권과 대등한 관계였다는 것을 의미하는 것입니다.

(5) 1280년경 일연이 저술한《삼국유사》기이(紀異)편에는 한민족의 역대 왕조들이 기록되어 있습니다. 고조선, 위만조선, 마한, 2부, 72개국, 낙랑국, 북대방, 남대방, 말갈, 발해, 이서국, 오가야, 북부여, 동부여, 고구려, 변한, 백제, 진한 등이 바로 그것입니다. 특히 동부여, 북부여와 더불어 고구려를 졸본부여로, 백제를 남부여로 서술하여 이들을 같은 줄기로 기술하고 있습니다. 백제의 경우 시조묘를 동명묘로 한다고 기록하여 백제가 고구려에서 래원(來源)하였음을 기록하고 있습니다. 피고의 주장대로 고구려가 중국 소수민족의 정권이라면 백제 또한 중국의 역사가 되어야 할 것입니다. 피고는 오로지 고구려의 영토 일부가 오늘날 피고의 영토로 편입되어 있다는 사실을 근거로 고구려가 중국 역사라고 주장하고 있는 것입니다.

⑹ 고구려가 한민족의 역사라는 것은 1193년 이규보의《동명왕편》, 1287년 이승휴의《제왕운기(帝王韻紀)》에도 기술되어 있습니다. 《제왕운기》는 전조선기, 후조선기, 위만조선기, 한사군 및 열국기 다음에 고구려기를 서술하고 그 뒤에 고려기를 서술하고 있습니다. 《제왕운기》는 천제가 태자인 해모수를 보내 하백의 삼녀와 결합하여 동명왕이 출생하였다고 기록하여 동명왕이 천신의 손자이며 하백의 사위라고 기록하고 있는데, 동명왕이 천신의 손자라는 것은 이미 살펴본 바와 같이 중국과 별개 대등한 입장에서 건국자의 계보를 밝힌 것이라고 할 수 있습니다.

5. 고구려가 중국의 소수 민족 정권이었다는 피고의 3가지 논거는 아래에서 보는 바와 같이 부당합니다.

⑴ 피고는 고구려가 건국된 지역이 기원전 3세기 연의 영토였고, 기원전 2세기 진의 영토, 나아가 한사군 중 현도군이 위치한 지역에 속하므로 고구려가 중국소수민족정권이라고 주장합니다.

피고는 한족이 잠시라도 점령했던 지역은 영원히 중국 영토라는 궤변에 빠져 있습니다. 중국과 고구려는 접경국으로서 끊임없이 패권경쟁을 벌였고 때로는 중국이, 때로는 고구려가 패권을 장악하였습니다. 전시점령은 영유권에 변경을 초래하지 않는다는 것은 국제법상 일반원칙입니다. 고로 이를 이유로 고구려가 중국의 소수민족정권이라고 할 수는 없습니다.

더군다나 고구려가 건국된 지역이 기원전 3세기 연의 영토였고 한사군 중 현도군이 위치한 지역이었다는 것도 검증되지 않은 가설에 불과합니다. 오히려 과거 고조선과 한이 패권을 다투는 과정에서 고조선이 패하여 일시 한사군이 설치되었으나 이내 고구려가 고조선의 뒤를 이어 국가로서의 위용을 갖추었다는 것이 역사적 사실에 부합합니다.

한사군은 기원전 108년에 설치되었는데, 임둔군과 진번군은 20여 년 만인 기원전 82년에 소멸되었고, 현도군은 기원전 75년 요동지방으로 옮겨갔습니다. 이는 한사군이 이 지역 토착세력의 저항으로 후퇴하였다는 것을 의미합니다. 이러한 상황에서 고구려가 건국된 것입니다. 이러한 고구려를 중국의 소수민족국가라고 볼 수는 없습니다.

고구려의 영토 일부가 현재 중국 영토에 포함된다고 하여 이를 중국 역사라고 주장하는 것은 영토패권주의적 발상으로서 결코 용납될 수 없습니다.

(2) 피고는 고구려가 중국에 조공을 하고 책봉을 받았으므로 중국의 지방정권이었다고 주장합니다. 오늘날로 말하면 조공은 인접한 국가 사이에 정기적으로 주고받는 선물, 책봉은 서로의 왕조에 변동이 생겼음을 알리고 그 정통성을 인정받는 외교상의 의례에 해당합니다.

피고는 과거부터 중국이 세상의 중심이라는 중화사상에 젖어 주변국들을 무시하고 하대하였는데, 그러한 태도가 역사서술에도 그대로 반영되어 이러한 선물과 의례를 조공이니 책봉이니 하는 식으로 기술했습니다. 즉, 주변국가가 선물을 보내오면 하국이 상국에 조공을 보냈다고 하고, 외교사절을 보내어 왕위계승이 이루어졌음을 알리면 왕을 책봉하였다고 기술하였습니다.

피고가 주장하는 것처럼 조공과 책봉으로 인하여 고구려가 중국의 지방정권이라고 한다면 일본, 신라, 베트남도 모두 중국의 지방정권으로 보아야 할 것입니다.

(3) 피고는 고구려의 유민들이 상당수 당나라로 끌려가 중화민족에 흡수되었으므로 고구려를 중국의 역사로 보아야 한다고 주장합니다. 고대국가 시절 패전국의 백성들을 노예로 삼았던 것은 동서를 막론하고 통용되던 관례였습니다. 이를 민족통합이라고 하는 것은 지나친 비약입니다.

고구려 멸망 후 고구려 유민이 일부 당나라로 끌려가기도 했지만 대부분은 고구려 지역에 남아 발해를 건국하는 주체세력이 되고 발해의 국민이 되었습니다. 고로 이를 근거로 고구려가 중국의 소수민족정권이었다고 주장하는 것은 부당합니다.

(4) 무엇보다도 중국은 한족을 '중화(中華)'라 하고 주변 민족들은 동이, 서융, 남만, 북적이라고 하여 오랑캐로 취급하였습니다. 즉 한족만이 문명인이며 주변 민족들은 야만인으로 본 것입니다. 그런데, 오늘날 이러한 민족들이 중국 영토 안에 존재한다는 이유 하나만으로 그 안에 거주하는 모든 민족들을 중국민족이었다고 주장하는 것은 결코 허용될 수 없는 논리입니다.

고조선, 부여, 예맥을 중국 민족이라고 하는 주장은 중국에서조차 불과 수십 년 전까지만 해도 전혀 찾아볼 수 없던 것으로 최근에 만들어진 궤변에 불과합니다.

6. 이상 살펴본 바와 같이 고구려는 한민족이 수립한 국가이며, 고구려의 맥을 이어받은 발해 역시 한민족의 국가가 분명합니다. 고로 고구려와 발해의 판도에 속하였던 사건대상은 한민족의 고유영토가 분명합니다.

원고 대한민국
소송대리인 김명찬

"왕 교수님. 이거 내정간섭 아닙니까? 우리가 국민통합을 위하여 어떤 정책을 실시하건 다른 나라가 무슨 상관입니까?"

"소송상 주장된 것만 아니라면 명백한 내정간섭에 해당합니다. 우리가 내부갈등을 막고 국가분열을 막기 위하여 고심 끝에 시행하고 있는 민족통합 정책에 대해 다른 나라가 뭐라고 할 수는 없습니다."

국제사법재판소 제1호 법정에서 왕 교수가 열을 내며 다민족국가론에 대해 설명하고 있다.

"원고는 중국이 한족만으로 구성되었다고 하는 오류에 빠져 있습니다. 중국은 56개 민족으로 구성된 다민족국가입니다. 결코 한족만의 국가가 아닙니다.

또한 원고는 만리장성의 동쪽 끝이 산하이관이라고 주장하는데, 이는 중국 역사에 대한 몰이해에서 비롯된 잘못된 주장입니다. 중국은 역사의 발전과정 속에서 끊임없이 성장을 거듭했습니다.

주변의 수많은 소수민족들이 중국에 흡수통합되어 중화민족을 형성하고 오늘날의 영토가 형성된 것입니다. 중국의 장성 또한 이 과정에서 끊임없이 연장되었고 청조 말에 이르러서는 총길이 2만여 킬로미터에 달하게 되었습니다. 원고는 진시황 시기를 기준으로 만리장성의 동서를 말하고 있을 뿐입니다.

민족과 영토는 역사 속에서 끊임없이 변동될 수밖에 없습니다. 당초 한족을 중심으로 진행되었던 중국의 역사 또한 주변 소수민족의 참여로 민족 구성이 다양해졌고 영토 또한 확장되었습니다.

이처럼 끊임없이 변화된 중국의 역사를 서술하기 위해서는 보다 발전된 개념이 필요합니다. 중화민족이나 통일적 다민족국가론 등은 이러한 변화된 상황이 반영된 개념입니다. 하나의 국가가 자국민들의 공동체 의식을 고양시켜 나가는 것은 당연한 일이며 이에 대해서는 어느 나라도 비난할 수 없습니다.

원고는 감히 소송을 빙자하여 피고의 내정에 간섭하고 있는 바, 이러한 행위는 아무리 소송 중이라도 자제되어야 할 것인 바 주의를 환기시켜 주시기 바랍니다."

왕 교수가 발언을 끝내고 자리에 앉자 김 변호사가 자리에서 일어나 반론을 시작한다.

"참 대단한 궤변입니다. 피고 측 논리에 의하면 몽골족과 만주족도 중화민족이라고 보아야 할 것입니다. 하지만 이는 중국 역사상 도저히 수긍할 수 없는 일입니다.

몽골족은 원, 만주족은 청을 건국하였습니다. 중국의 고유 민족인 한족은 원나라의 지배로부터 벗어나기 위해 저항하였고 결국 몽골족을 몰아내고 명나라를 건국하였습니다. 또 청나라의 지배로부터 벗어나 중화민국을 건국하였습니다.

청나라를 멸망시킨 1911년의 신해혁명은 '멸청흥한(滅淸興漢)'을 혁명이념으로 삼고 있었습니다. 한족의 정신적 지도자였던 쑨원은 러일전쟁이 일어나자 일본 도쿄에서 반청무장투쟁을 벌이기 위해 중국혁명동맹회를 조직하였는데, '만주족 축출, 중화회복, 공화국 건립, 토지소유의 균등'이라는 4대 강령을 표방하였습니다. 몽골족과 만주족은 한족의 타도대상이었을 뿐입니다.

피고가 한족 이외의 다른 민족들을 포섭하기 위해 만들어낸 중화민족론은 피고 중화인민공화국 정권이 출범한 이후에 비로소 제창된 것으로 순전히 민족분리주의에 의한 영토 축소를 방지하기 위한 것이었습니다. 피고가 중화민족론에 기초하여 중국 및 주변 국가의 역사를 왜곡하고 있다는 점이 간과되어서는 안 될 것입니다.

원고는 결코 피고의 통일적 다민족국가론을 비난하는 것이 아닙니다. 피고가 56개 민족을 통합하여 하나의 국가공동체로 나아가려고 노력하는 것은 국가라면 응당 그렇게 해야만 하는 것입니다. 원고가 문제 삼는 것은 오로지 과거 역사를 가감 없이 사실 그대로 기술하여야 한다는 것입니다.

'$1 \times 5 = 5$'라는 수식에서 결과 '5'를 설명하기 위해 '$25 \div 5 = 5$'라는 다른 수식을 갖다 붙이는 것은 결코 용납될 수 없는 일입니다.”

"어느 나라든 자국 영토를 보전하고 국가공동체를 공고히 하는 것은 국가의 존립목적상 정당하지만 그 방법이 문제입니다."

"방법이 문제라고요?"

"예전에 인도의 고아 침공에 관해 말씀드렸던 것 기억하죠?"

"독도반환청구소송 당시 무력에 의한 영토수복행위의 정당성과 관련된 사례였잖아요."

"당시 고아는 인도 내에서 유일한 식민 도시였습니다. 인도는 영국의 식민지배로부터 독립한 상태였고 고아 주민들 또한 포르투갈로부터 독립하기를 원하고 있었습니다. 하지만 포르투갈은 이를 인정하지 않고 있었습니다. 결국 인도인들은 고아의 해방을 위해 진격했습니다. 중국이 자국 영토를 보전하려고 하는 것은 너무나 당연한 일입니다. 하지만 이는 그 지역 대다수 주민들의 의사와 합치될 때 비로소 정당성이 인정될 수 있습니다. 그런데 중국은 민주주의적인 방법에 의하여 영토를 보전하는 것이 아니라 무력과 탄압에 의존하고 있습니다. 이것이 문제라는 것입니다."

"중국은 그러한 움직임을 반란 내지 반역으로 간주하는 것 아닌가요?"

"맞습니다. 그것이 문제입니다. 한번 생각해봅시다. 어느 지역이 있는데 그 지역 주민들은 자신들을 다른 민족으로 생각하고 독립해야 한다고 생각하고 있습니다."

"티베트나 신장 지역에 거주하고 있는 주민들이 그렇잖아요."

"맞습니다. 그런데 중앙 정부는 국익에 반한다는 이유로 이를 무력으로 진압하고, 그러한 생각 자체를 하지 못하도록 그들의 민족의식을 소멸시키고 왜곡된 역사를 주입하고 있습니다. 이것이 정당화될 수 있을까요?"

"우리가 일본의 식민 지배를 받을 때의 상황하고 같네요. 당시 일본은 황국신민사상을 이식하기 위해 한국어 사용을 금지하고 기술교육만 시켰잖아요."

"네. 그런 일들이 지금 중국에서 벌어지고 있는 것입니다. 당시 우리 독립운동지사들이 일제의 탄압을 받았던 것처럼, 분리주의 운동을 벌이고 있는 사람들이 탄압받고 있는 것입니다. 현대 문명사회에서 있을 수 없는 일이지요. 이것이 잘못이라는 겁니다."

"국익을 내세우고 있지만 결국 다수 민족의 이익을 위한 것에 불과하지요. 티베트인들이나 위구르인들을 진정 대등한 국민으로 생각한다면 그들을 그렇게 희생시킬 수는 없는 겁니다. 90퍼센트가 넘는 한족의 이익을 위해 소수민족을 말살시키고 있는 것이지요."

"정말 티베트와 신장에서 그런 일들이 일어나고 있는 건가요?"

"그럼요. 아주 심각합니다. 신장 위구르 자치구에서 벌어진 일입니다."

중국, 신장위구르 테러에 강경 대응

중국의 경화시보에 따르면, 중국 법원이 소수 민족인 신장위구르인 113명에 중형을 선고했다고 한다.

2014년 6월 25일, 신장자치구 카스 지구 법원은 카스시 등 11개 시와 현에서 일어난 69건의 테러사건에 대한 공개재판을 열었다. 법원은 테러 조직을 결성하고 선동하여 민족 감정을 악화시켰다는 것과 중혼과 마약매매 등의 혐의로, 위구르인 113명에게 유죄 판결을 내렸다. 이 가운데 4명은 무기징역, 나머지도 대부분 10년 이상의 유기징역과 3년간 정치권리 박탈 등 중형이 선고되었다.

26일에는 또 다른 신장자치구인 차부차얼현 법원도 선고공판대회를 개최하여 테러 조직과 연관된 위구르인 9명에 대해 최대 14년에서 최소 3년 징역형을 선고했다. 선고공판대회는 다수 군중이 재판을 방청하면서 피고인을 공개적으로 비난할 수 있도록 하는 것이다. 이는 최근 신장자치구에서 잇따라 열리고 있다. 이런 강경 대응은 2009년 7월 5일 있었던 우루무치 유혈사태 추모일을 앞두고 대규모 테러와 시위를 차단하기 위한 조치로 보인다.

"심각하네요. 어떻게 현대 사회에서 이런 일들이 벌어질 수 있죠?"
"인간의 존엄과 기본권이 전혀 존중받지 못하고 있는 것입니다. 중국 사회의 이중적인 단면중의 하나입니다. 티베트 역시 마찬가지입니다."

독립을 원하는 중국 내 소수 민족과 중국의 갈등이 심화되고 있는 가운데, 지난 2009년부터 티베트인들의 분신이 계속되고 있어 당국이 골머리를 앓고 있다. 티베트 자치구역에서는 티베트의 독립과 중국의 압제에 저항하며 지금까지 130명이 넘는 사람들이 분신자살을 한 것으로 알려졌다. 분신을 시도하는 사람은 대부분 20대 청년층이지만, 최근에는 중장년층과 네 아이의 엄마까지 가세하는 등 시도자의 폭이 넓어지는 양상을 보이고 있다.

중국 당국은 이러한 사태에 강경하게 대응하며 '티베트 지역 분신사건 사법처리지침'을 마련하여 관련 기관에 전달했다. 이에 따르면 분신을 돕거나 부추기는 사람에게는 살인죄를 적용하여 처벌하도록 되어 있다. 그밖에도 분신자 가족에게는 최저생계비 지원을 끊거나 티베트 자치구 지역에 공안을 파견하여 경비를 강화하고 있지만 실효를 거두지 못하는 실정이다.

현재 중국에는 50여 개의 소수민족이 중국 전체 절반이 넘는 지역을 삶의 터전으로 삼아 살아가고 있다. 이들 중에는 중국으로부터 독립하려고 하는 소수 민족도 있어, 그들과 한족의 갈등은 테러까지 이어지고 있는 실정이다. 중국은 소수 민족의 독립 움직임이 보이면 대규모 병력을 투입하여 진압하는 등 강경하게 대응하고 있으나, 오히려 더 큰 반감을 불러일으키고 있다.

"이러한 탄압은 중국동포인 조선족들에 대해서도 마찬가지입니다."

"네?"

"중국동포들도 중국 공안의 철저한 감시를 받고 있습니다. 중국 동포들이 민족의식을 고양하는 활동을 하려고 하면 즉시 당국의 제재가 가해지고 있습니다. 특히 1966년부터 1976년까지의 문화혁명기에 처벌된 중국동포의 수가 어마어마합니다."

"동북공정을 시작하게 된 계기가 무엇입니까?"

하오 주임이 장 교수에게 물었다.

"동북공정은 2002년 2월에 5년 계획으로 추진되어 2007년에 완료되었습니다. 당시 동북공정의 취지문인 동북공정간개(東北工程簡介)에 그 취지가 잘 나타나 있습니다."

일부 국가의 연구 기구와 학자들이 역사관계 등의 연구에서 의도적으로 사실을 왜곡하고 있고, 소수 정치인들이 정치적 목적으로 여러 가지 잘못된 주장을 공공연히 펼치면서 혼란을 야기하고 있다.

"바로 남한의 학자들과 정치인들을 가리키는 것이잖아요?"

"그렇습니다. 1980년대 남한의 국수주의자들이 한국 고대사 부풀리기를 시도했습니다. 단군조선의 영토가 베이징까지 아우르고 신라가 만주까지 통일했다고 주장하면서 군대에서 정신 교육 강의를 했습니다. 당시 육군 사관학교 교장실에는 '만주수복'이라는 편액까지 걸려 있었습니다. 이게 말이 됩니까? 이것은 선전포고나 다름없습니다. 우리는 이러한 한국의 태도를 보고 우리 역사를 제대로 정립하지 않으면 안 되겠다고 생각한 겁니다. 이뿐만이 아닙니다. 1992년 한중수교 이후 심각한 상황들이 벌어졌습니다."

1993년 8월 길림성 집안에서 한중일 역사학자들이 '고구려문화학술대회'를 개최한 일이 있다. 당시 고구려 역사가 어느 나라 역사인지에 대해서는 서로 언급하지 않기로 약속했다. 아직 어느 나라 역사인지 판명되지 않은 상태에서 서로 자기 나라 역사라고 주장할 경우 학술대회가 제대로 진행될 수 없기 때문이었다. 그런데 북한의 역사학자가 고조선과 고구려 역사를 중국사에 갖다 붙인다고 따지면서 학술대회는 중단되고 말았다.

1993년에는 조선일보가 고구려 고분 벽화를 무단 촬영하여 '아! 고구려 - 1500년 전 집안고분벽화'라는 사진전시회를 열어 물의를 일으켰고, 2001년에는 집안에 있는 고구려 고분 삼실총과 장천 1, 2호 고분 벽화가 도굴되는 사건이 일어났다. 수사 결과 조선족 세 명이 도굴해 한국인에게 넘긴 것으로 판명됐다.

"이러니 우리가 가만히 있을 수 있겠습니까? 거기다가 수교 이후 조선족들이 남한에 돈 벌러 가고, 남한 기업들이 동북3성에 진출하면서 조선족과 끈끈한 유대관계가 형성되기 시작했습니다. 여기에 탈북자들까지 유입되고 있습니다. 이런 문제들이 어우러져 동북공정을 촉발시킨 것입니다."

대한민국 소송팀에서는 한 교수가 동북공정에 대한 토론을 마무리 짓고 있다.

"중국의 동북공정은 이미 예정되어 있었던 것입니다. 중국은 신장과 티베트를 겨냥한 서북공정과 서남공정을 마무리짓자마자 동북공정을 시작했습니다. 그리고 동북공정이 어느 정도 일단락되자 타이완공정을 시작했습니다. 중국은 마치 한국이 먼저 도발하여 어쩔 수 없이 동북공정을 시작한 것이라고 하지만 실제 동북공정은 한중수교 이전부터 준비되고 있었던 것입니다. 2002년 동북공정을 공식화하면서 표면적인 명분으로 그런 주장을 내세웠을 뿐입니다."

고대사의 귀속과 관련된 논쟁이 끝나갈 무렵 변강사지연구중심의 장 교수가 왕 교수를 찾아왔다.

"자, 이제 쐐기를 박아야 할 때가 되었군요."

의아해하는 왕 교수에게 장 교수의 장황한 설명이 이어졌고 왕 교수는 연신 고개를 끄덕이며 경청했다.

준 비 서 면

사건　간도반환청구소송
원고　대한민국
피고　중화인민공화국

피고 중화인민공화국은 다음과 같이 변론을 준비합니다.

다 음

1. 원고는 고구려와 발해로 이어지는 역사가 한민족의 역사라고 주장합니다. 설사 이것이 한민족의 역사라고 하더라도 한반도 북쪽에서의 한민족의 역사는 발해의 멸망과 함께 단절되고 말았습니다.

2. 918년에 건국된 고려와 1492년에 건국된 조선은 압록강 두만강 이남을 판도로 하였을 뿐, 그 이북 지역에는 일체 관여하지 않았습니다. 고려 건국 이후 압록강 두만강 이북 지역에서 고려와 조선이 활동하였다는 기록이 전혀 없습니다. 원고가 결정적 시점으로 주장한 1882년까지 무려 900년이 넘는 세월 동안 한민족은 이 지역에서 활동하지 않았습니다. 원고의 주장대로 이 지역이 한민족의 판도라면 어떻게 이렇게 오랜 기간 방치될 수 있었겠습니까?

3. 한민족이 발해 멸망 이후 이 지역에 어떠한 연고도 가지지 못하였다는 사실은 이 지역이 한민족과 무관하다는 것을 의미하며 나아가 고구려와 발해가 한민족의 역사가 아니라는 것을 반증하는 것입니다. 결론적으로 무인공광봉금지역이 조선의 영토에서 할애되었다는 원고의 주장은 전혀 말이 되지 않습니다.

피고 중화인민공화국

소송대리인 왕다성

제9부
◇◇◇◇◇

백두산은 알고 있다

중국은 봉금지역이 조선의 영토라는 대한민국의 주장에 대해 한민족의 역사는 한반도 내에서 이루어진 역사로 고구려와 발해는 한민족의 역사가 아니고 중국 소수민족의 역사라고 반박한다.

이에 대한민국은 중국의 역사인식이 잘못된 역사관에 기초하여 진행된 동북공정의 산물임을 지적하고 역사기록 등을 증거로 제시하며 고조선, 고구려, 발해의 역사가 한민족의 역사임을 밝혀나간다.

그러자 중국은 발해 멸망 이후 근 1천 년 동안 한민족이 이 지역에 진출하지 않았다는 점을 근거로 이 지역이 한민족과 무관하고 나아가 고구려, 발해의 역사는 한민족의 역사가 될 수 없다고 반박하는데….

중국 측의 주장은 대한민국 소송팀을 궁지로 몰아넣었다.

발해 멸망 이후 한민족은 백두산 이남에서 더 이상 북쪽으로 올라가지 않았다. 기록상 부인할 수 없는 사실이었다. 고조선과 부족국가시대를 거쳐 고구려와 발해까지 요동, 만주, 연해주 모두 한민족의 판도였다. 그런데 발해 멸망 이후 압록강 두만강 이북 지역은 한국 역사에서 소거되고 만다. 발해가 멸망한 926년부터 간도개척이 이루어진 19세기 중반까지 무려 900년이 넘는 세월이다.

도대체 왜?

대한민국 소송팀은 그 답을 찾아 헤매고 있었다. 김 변호사는 매일 한 교수와 논쟁을 벌이고 있었다. 하지만 아무리 찾아도 답은 없었다. 중국의 주장처럼 고려와 조선은 압록강 두만강 이북 지역에 별 관심이 없었다. 압록강 두만강에서도 수백 리 남쪽에 군사방어선을 구축한 채 더 이상 북진하지 않았다.

윤관의 9진 개척, 고려 우왕의 요동정벌 추진, 조선 세종의 4군 6진 개척이 전부였다. 4군은 개척하자마지 폐지되고 말았다.

1000년 가까이 버려둔 땅을 누가 한민족의 땅이라고 인정해주겠는가?

역사의 수수께끼였다.

중국 측 준비서면이 송달되고 답변을 제출하기까지 2주의 시간이 주어져 있었다.

반드시 날짜를 지켜야 하는 것은 아니지만 하루하루 시간이 흘러갈

수록 대한민국 소송팀은 초조해졌다.

"김 변호사, 괜찮아요? 안색이 아주 안 좋아요."

강 교수가 벤치에 앉아 있는 김 변호사에게 안부를 묻는다.

"아! 교수님."

김 변호사가 일어나려고 하자 강 교수가 김 변호사의 어깨를 눌러 앉히고 옆에 앉는다.

"그래 진전이 좀 있나요?"

"전혀 없습니다. 아무리 생각해봐도 모르겠습니다."

김 변호사가 힘없는 목소리로 대답하더니 이내 고개를 떨구고 만다.

"그런데 무슨 생각을 그렇게 골똘히 하고 있습니까?"

"그게, 성호 이익 선생이 왜 '조선의 영토가 금구와 같이 확고한데 쓸모없는 땅을 가지고 다툴 이유가 없다.'라는 글을 쓰셨는지 그 이유를 생각하고 있었습니다. 독도반환청구소송을 진행하면서 성호 선생의 글을 처음 접했는데 학식과 문장이 정말 대단했습니다. 그런데 이번에 중국이 성호 선생의 글을 증거로 제시하고 보니 막막합니다. 선생의 말을 어떻게 반박해야 할지 모르겠고 정말 답답합니다. 성호 선생이 왜 그런 글을 쓰셨을까요?"

강 교수가 저녁 햇살에 비친 나뭇잎을 물끄러미 바라보며 생각에 잠긴다.

'그러게. 성호 선생이 왜 그런 내용의 글을 쓴 것일까? 글이라는 것이 결국 자신이 아는 것, 판단한 것을 쓰는 것이잖아. 당시 성호 선생이 그렇게 알고 또 그렇게 판단했다는 것인데, 도대체 왜 그랬을까?'

두 사람 모두 생각에 잠긴 채 말이 없다. 강 교수가 문득 생각났다는 듯이 말을 꺼낸다.

"나도 도무지 이해가 안 되는 것이 하나 있는데 말입니다."

"뭔데요?"

김 변호사가 강 교수를 바라본다. 그런 김 변호사를 보며 강 교수가 묻는다.

"발해가 언제 멸망했지요?"

"926년. 거란의 침입으로 멸망했잖아요."

고구려와 발해의 역사를 파고 있는 소송팀에게 이런 것은 질문도 아니었다. 강 교수가 왜 이런 질문을 하는지 의아해하면서 김 변호사가 대답한다.

"당시 발해의 영토가 어떠했죠?"

"해동성국이라고 불릴 정도로 번성해서 요동과 만주, 연해주, 한반도 북부까지 판도로 하고 있었습니다."

"뭔가 이상하지 않아요? 그렇게 번성했던 발해가 926년 단 한차례의 거란 침입으로 멸망했습니다. 그것도 아주 순식간이었습니다. 요사(遼史)를 보면 거란의 군대가 926년 1월 3일 3일 만에 부여성을 함락시키고, 6일 뒤 400킬로미터나 떨어져 있는 발해 수도 상경 용천부 홀한성을 포위하고, 5일 만에 발해 왕이 항복했다고 쓰여 있습니다. 부여성을 함락시킨 거란군이 상경으로 가는 도중 발해의 장군 노상이 이끄는 3만 군대와 전투까지 치렀다고 기록되어 있습니다. 아무리 발해의 군대가 오합지졸이라고 해도 순식간에 3만 군대를 무찌르고 6일 만에 홀한성에 도착할 수는 없을 겁니다. 도저히 이해할 수 없는 이야기입니다.

게다가 발해 멸망 이후 변변한 부흥운동도 없었습니다. 고구려와 백제는 멸망하자마자 부흥운동이 일어났고 수백 년 뒤인 통일신라 말기에도 후백제와 후고구려를 부흥시켜 후삼국을 형성했습니다. 그런데 발해는 전혀 이런 것이 없어요. 왜 그럴까요?”

김 변호사가 고개를 끄덕이며 동의를 표한다.

‘정말? 뭔가 이상한데.’

머리를 굴려 보지만 딱히 떠오르는 생각이 없다.

“거란은 발해를 멸망시키고 홀한성을 수도로 동단국을 세웠습니다. 그런데 2년 뒤에 홀한성을 버리고 수도를 서쪽의 요양으로 옮겼습니다. 이때 강제 이주된 발해인들이 모두 94,000호나 된다고 합니다. 왜 2년 만에 성을 버리고 수도를 옮겼을까요?”

강 교수의 이야기는 요사에 쓰여 있는 내용들이다. 김 변호사도 읽어봤지만 이런 문제의식을 가지지는 못했었다. 사실 발해의 역사에 대해서는 사료가 별로 없다. 해동성국이라고 불렸던 나라의 역사가 왜 이렇게 빈약한 것일까? 학교에서 배운 것이라고는 발해의 지배계층이 고구려인, 피지배계층이 말갈족이었다는 정도에 불과했다.

김 변호사와 헤어지고 집으로 돌아온 강 교수의 머릿속은 여전히 혼란스럽기만 했다. 평소 같으면 아내가 옆에서 미주알고주알 떠들어댈 텐데 친구들과 여행을 가고 없다. 옆에서 시끄럽게 해서 생각을 못하겠다고 타박하곤 했는데, 오히려 그 소리가 그리웠다. 강 교수는 허전한 마음에 TV를 틀어본다. 오락 프로가 중간에 끊기더니 심각한 얼굴의 아나운서가 화면에 비춰진다.

“뉴스 속보입니다. 오늘 오전 11시 28분경부터 백두산에서 화산 활동이 진행되고 있습니다. 백두산 천지에서 굉음과 함께 불꽃이 솟아오르고 백두산 전체가 크게 요동치는 현상이 발생하여 많은 관광객들이 놀라 대피하고 있는데 다행히 인명피해는 없다고 합니다. 백두산 화산 전문가 최길수 박사님 모시고 말씀을 들어보도록 하겠습니다. 박사님 안녕하세요?"

"안녕하세요."

"백두산이 화산 활동을 시작했는데요. 지금 상황이 어떻습니까?"

"아직 변동사항은 없고 예의 주시하고 있는 상황입니다. 백두산이 분화할지도 모른다는 예측은 일찍부터 제기되어 있던 일입니다. 백두산은 평균 100년에 한 번 꼴로 화산활동을 하고 있습니다."

"네? 100년에 한 번 꼴로 화산활동을 하고 있다고요?"

"네."

"그럼, 100년 전에도 이런 일이 있었다는 건가요?"

"그렇습니다. 기록에 의하면 1903년 백두산 천지에서 화산활동이 있었음을 확인할 수 있습니다. 당시에도 크게 폭발을 한 것은 아니고 불똥이 날아오르고 백두산이 요동치는 정도였던 것으로 보입니다."

"그럼 이번에도 그 정도로 그칠 가능성이 큰 것인가요?"

"글쎄요. 백두산이 화산활동을 할 것이라는 전조 현상은 10여 년 전부터 끊임없이 나타나고 있었습니다. 1997년에는 북한이 백두산이 심상치 않다며 공동연구를 제안한 적도 있었습니다. 이후 나무들이 고사하거나 뱀떼가 출몰하는 등의 일들이 있었습니다."

"그런 일들이 있었는데 어떻게 일반에 알려지지 않은 건가요?"

"중국 정부 당국이 백두산 화산 폭발 가능성에 관한 철저한 보도 통제를 하고 있습니다. 백두산공정을 통해….."

강 교수는 자리에서 벌떡 일어섰다.

'이거다!'

강 교수가 핸드폰을 꺼내더니 9번을 길게 누른다.

다음 날 김 변호사가 한 교수의 방을 찾았다.

"토문이라는 것이 흙으로 된 문이라고 했잖아요? 이런 지형이 어떻게 생겨났을까요?"

"네, 무슨 말씀이신지?"

"토문이라는 것이 높이가 수십 미터에 계곡처럼 생겼잖아요. 그 길이도 상당히 길고….."

"글쎄요. 자연이라는 것이 워낙 신비해서, 지질학자도 아닌 제가 어떻게 알겠어요?"

"발해가 백두산 화산 폭발로 멸망했다는 이야기 들어보셨지요? 이에 대해 어떻게 생각하시죠?"

"글쎄요? 그런 말이 있기는 한데, 기록이 전혀 없어요. 역사라는 것이 뭔가 근거가 있어야 하는데, 백두산이 폭발했다는 기록 자체가 없어요. 근거가 없으니 하나의 가정에 불과하다고 봐야지요."

"어제 백두산이 소규모 화산 폭발을 일으켰는데 모르고 있나요?"

"네?"

한 교수가 금시초문이라는 듯 김 변호사를 바라본다.

"못 봤군요?"

김 변호사가 핸드폰을 꺼내 뉴스 동영상을 보여준다. 동영상이 끝나자 김 변호사가 강 교수와 함께 찾은 내용을 이야기하기 시작한다.

"지질학자들은 백두산 화산 폭발시기를 10세기 초중반으로 추정하고 있던데요. 9세기에도 화산 폭발이 있었다고 하고요. 무엇보다도 폭발의 크기인데 당시 백두산 폭발은 최근 몇 천 년 동안 지구상에 있었던 화산 폭발 중에 가장 큰 것이었다고 합니다. 이러한 연구결과에 대해서는 어떻게 생각하죠?"

"백두산 화산 폭발이 발해 멸망의 원인이었느냐는 것과 백두산 화산 폭발이 있었느냐는 것은 전혀 다른 차원의 질문이에요. 일각에서 제기된 문제는 백두산 화산 폭발이 발해 멸망의 원인이 되었다는 것이었고, 역사학자들의 입장은 백두산 화산 폭발이 발해 멸망의 원인이라고 볼 수 있는 역사적 근거가 없다는 것이었습니다. 근거만 있다면 결론은 얼마든지 달라질 수 있습니다."

이틀 뒤 대한민국 소송팀에 최길수 박사가 초청되었다.

"오늘은 지질학자이자 화산 전문가이신 최길수 박사님의 특별 강연을 듣기로 했습니다. 큰 박수로 환영해주시기 바랍니다."

이미주 사무관의 소개가 끝나자 최 박사가 앞으로 나와 인사한다.

"간도소송을 진행하시느라 수고가 많다고 들었습니다. 오늘 백두산 화산 폭발에 대해 설명해달라는 요청을 받았습니다. 제가 설명드리는 내용이 도움이 되었으면 합니다. 그럼 시작하겠습니다. 백두산은 활화산입니다. 2015년경 폭발하지 않을까 염려했었는데 며칠 전 소규모 폭발이 있었습니다. 추가 폭발은 아직 없지만 학자들은 더 큰 폭발이 이어질 가능성이 높다고 보고 예의 주시하고 있습니다."

최 박사가 스크린 앞으로 자리를 옮기며 리모콘을 눌러 영상을 띄운다.

"백두산이 얼마나 큰 화산인지 실감이 잘 안 되실 겁니다. 백두산은 크게 세 차례의 화산활동을 거쳐 형성되었습니다. 먼저, 제1단계로 약 2,840만 년 전부터 100만 년 전까지 현무암 용암대지가 만들어집니다. 이 과정에서 백두산 순상화산체가 형성됩니다."

스크린에 순상화산체가 형성되는 동영상이 나타난다. 2단계는 약

60만 년 전부터 1만 년 전까지 중심분화에 의하여 백두산 성층화산체가 형성되는 단계이고, 마지막 3단계는 약 4,000년 전과 1,000년 전 두 번에 걸친 대분화로 성층화산체의 산정부가 파괴되고 함몰되어 천지 칼데라가 형성되는 과정이었다.

"1,000년 전 대폭발 이후 1403년, 1668년, 1702년, 1903년 소규모 분화가 있었습니다."

설명은 계속되었다. 천지 칼데라 호수의 장경은 4.4킬로미터×3.37킬로미터로 면적은 9.82평방킬로미터, 칼데라에는 약 20억 톤의 물이 담겨 있고 그 안에 최소 3개 이상의 분화구가 존재하고 있다. 천지 수면의 해발고도는 2,189미터, 최대수심은 384미터, 주변에는 높이 2,500미터 이상의 외륜산이 둘러싸고 있다. 백두산 주변의 개마용암대지의 면적은 18,350평방킬로미터에 달한다.

"가장 최근 폭발은 1903년에 있었습니다. 규모가 그다지 크지 않았기 때문에 널리 알려지지는 않았습니다. 하지만 10세기에 있었던 백두산 화산 폭발은 최근 수천 년간 지구상에 있었던 것 중 최대로 추정되고 있습니다. 이 정도로 기초 설명을 마치겠습니다. 궁금하신 사항이 많을 겁니다. 질문에 답변하는 방식으로 설명을 계속하겠습니다."

먼저 강지성 교수가 질문했다.

"백두산 화산 폭발에 대해서는 별로 들어본 적이 없습니다. 비교적 최근에 밝혀진 것 같은데, 언제 어떤 경위로 밝혀진 것입니까?"

"네. 정말 좋은 질문입니다. 백두산 화산 폭발은 백두산 화산재가 발단이 되어 밝혀졌습니다. 1981년 일본 도쿄도립대학의 마치다 히로시(町田 洋) 교수에 의하여 백두산 화산재가 처음 발견되어 학계에 보고되었습니다. 홋카이도 남쪽 항구 도시인 도마코마이시에서 화산재를 연구하던 중 우연히 백두산 화산재가 발견된 것이었습니다."

"아니, 어떻게 백두산화산재가 일본에서 발견될 수 있죠? 거리가 엄청 멀 텐데요?"

"그렇습니다. 백두산에서 홋카이도까지는 1,000킬로미터가 넘습니다. 백두산 화산재가 겨울철 편서풍을 타고 동쪽으로 멀리멀리 일본까지 날아간 것입니다. 1,000킬로미터 떨어진 일본에 화산재가 2센티미터 이상 피복되었다는 것은 백두산 화산 폭발규모가 매우 컸다는 것을 의미합니다."

다음 이미주 사무관의 질문이 이어졌다.

"10세기에 백두산이 폭발했다는 것을 어떻게 알 수 있나요?"

"화산 폭발 시기를 측정하는 여러 가지 방법이 있습니다. 그 중의 하나가 탄화목의 탄소농도를 측정하는 방법인데, 일본 나고야 대학의 나카무라 교수팀이 6개의 탄화목을 채집하여 측정한 결과 폭발 연대가 934±6년, 936+8/-6년 이라는 결론을 얻었습니다. 특히 이 탄화목들은 겨울철에 매몰된 것으로 밝혀졌습니다."

백두산 화산 폭발 시기에 대한 또 다른 단서는 아오모리현에서 발견되었다. 고쿠분지(國分寺) 화산재퇴적물 하층에서 국분사 지진 재해 수리에 사용된 기와가 출토되었는데, 문서에 의하면 기와층의 연대가 870년경이었다. 화산재퇴적물 상부에서 불탄 기둥이 출토되었는데, 그것은 국분사의 칠층탑이 소실된 934년 사건을 나타내는 것이었다. 백두산 화산재는 그 사이에 자리 잡고 있었다. 결국 이 화산재퇴적물은 870년부터 934년 사이에 퇴적된 것이다.

"그 화산재가 백두산 화산재라는 것을 어떻게 알 수 있죠?"

"화산재는 화산마다 그 구성물이 다릅니다. 백두산 화산재는 나름대로의 특징을 가지고 있습니다. 일본은 1970년경부터 동해 해저를 시추해왔고, 해양학 연구자들은 주상 시료를 가지고 있었습니다. 그런데 이 화산재와 동일한 성분의 화산재가 주상 시료에 포함되어 있었고 일본에서 한반도 북부 쪽으로 갈수록 점점 그 두께와 입자 크기가 증가했습니다. 추적 결과 그 발원지는 백두산이었습니다."

강 교수가 다시 물었다.

"백두산 화산 폭발이 최근 수천 년간 지구상 최대 폭발이라고 말씀하셨는데 그 정도가 얼마나 되는 건가요?"

"지구상에 있었던 몇 번의 큰 화산 폭발은 인류 역사에 큰 영향을 미쳤습니다. 2010년 4월 아이슬란드 에이야파들라이외퀴들 화산 폭발로 유럽은 항공대란을 겪었습니다. 화산 폭발 지수 4에 불과한 소규모 화산 폭발이었습니다.

백두산 화산 폭발이 밝혀지기 전까지 세계 최대 화산 폭발은 1815년 인도네시아 탐보라 화산 폭발로 알려져 있었습니다. 이 폭발도 규모가 어마어마해서 화산재가 지구 전체를 떠돌아 유럽에 미니 빙하기와 대기근을 몰고 오기도 했습니다. 다음 해 여름은 없었습니다. 이것이 화산 폭발지수 7.1의 규모입니다. 그런데 백두산 화산 폭발은 이것보다 더 큰 7.4 규모로 밝혀졌습니다."

AD 79년 이탈리아의 베수비오 화산 폭발로 폼페이와 헤르클라네움시가 묻혀버렸다. 화산재에 갇힌 도시의 모든 사람들이 영문도 모른 채 순식간에 화석이 되고 말았다.

6미터 두께의 화산재에 묻혔던 폼페이는 1784년 부르봉 왕가의 후원으로 본격적인 발굴이 이루어졌는데, 화산 폭발 지수 5로 밝혀졌다.

이번에는 잠자코 듣고 있던 한 교수가 질문했다.

"백두산 화산 폭발로 발해가 멸망했을 가능성이 있습니까?"

"발해가 백두산 폭발로 멸망했을 것이라는 가설은 1992년 마치다 히로시 교수에 의하여 제기되었습니다. 하지만 연구 결과 백두산 화산 폭발은 926년 이후에 발생하였을 가능성이 크기 때문에 백두산 화산 폭발이 발해 멸망의 직접적인 원인이라고 할 수는 없을 것 같습니다. 하지만 백두산 화산 폭발이 발해 멸망에 많은 영향을 주었을 것이라는 점은 확실합니다."

한 교수가 납득할 수 없다는 듯한 말투로 되물었다.

"어떤 면에서 그렇지요?"

"먼저 백두산 화산 폭발은 한 차례의 폭발로 끝난 것이 아니었습니다. 9세기에도 폭발이 있었고 10세기에도 대폭발이 여러 차례였던 것으로 보입니다. 연대측정 방법에 따라 시기가 조금씩 다른 결과가 도출되는 것은 이 때문인 것으로 추정되고 있습니다. 9세기부터 소규모 폭발이 발생하면서 대폭발의 조짐이 있었다면 발해 국민들의 민심이 반이 초래되었을 것이 자명합니다.

또 화산이 폭발하게 되면 1차적으로 용암류, 화산재의 낙하 등 화성 쇄설 활동, 화쇄류, 측방 폭발, 화산가스의 분출 등의 재해가 발생하고, 2차적으로 암설류, 이류, 산사태나 암설 아발란체, 홍수, 화재, 쓰나미, 대기권의 전 세계적인 냉각 현상 등을 유발하게 됩니다. 이로 인한 인류의 피해는 상상을 불허할 정도입니다."

1983년 이후 하와이 제도의 킬라웨어 화산은 현무암질 용암류를 분출하였는데 200채의 가옥이 파괴되었고 해안 고속도로가 거의 끊겼다.

2002년 1월 콩고 니라공고 화산에서 괴상용암류가 분화하였는데 고마 시를 완전히 파괴시키고 용암이 시를 관통함으로써 30만 명이 대피하게 만들었다. 1982년 인도네시아 자바섬의 갈룽궁 화산은 68명의 인명을 앗아갔다.

"화산 폭발에서 가장 치명적인 것이 화산쇄설류입니다. 이것은 화산재폭풍 같은 것입니다. 화쇄류는 시속 160에서 240킬로미터의 매우 빠른 속도로 움직이기 때문에 순식간에 주변에 살아 있는 모든 것을 삼켜버립니다. 온도가 800도에 달하기 때문에 이것에 닿은 생명체는 살아남을 수 없습니다."

1902년 5월 8일 아침 카리브해의 마르티니크 섬에서 뜨겁고 끓어오르는 듯한 화산재와 증기, 가스들이 굉음을 내며 쁘레산 아래의 성 삐에르 마을을 덮쳤다. 3만여 명의 주민 중 생존자는 단 2명이었다. 두 명의 생존자 중 한 명은 감옥에 갇힌 죄수였고 다른 한 명은 건물 안으로 뛰어 들어간 구두 수선공이었는데 모두 끔찍한 화상을 입었다.

1980년 5월 18일 오전 8시 32분 세인트 헬렌스 화산은 대략 직경 2.3킬로미터의 거대한 산사태와 암설류를 유발하는 규모 5.1의 지진을 기록했고, 직경 2미터의 나무들이 잔디가 베어져 나가는 것처럼 화산으로부터 24킬로미터 거리까지 베어져 날아갔다. 폭발의 영향은 근원지로부터 거의 30킬로미터까지 느껴졌고 폭발은 반경 600평방킬로미터를 황폐화시켰다. 화산 폭발지수 5의 규모였다.

"1985년 콜롬비아의 네바도 델 루이스 화산이 분화하는 동안 만년설이 녹을 때 발생한 거대한 이류가 발생하였습니다. 물이 경사면 위에서 화산재와 결합하여 젖은 슬러리를 형성하였고 중력에 의하여 아래쪽으로 빠르게 이동했습니다. 이류가 강 주변 마을을 묻어버렸고 2

만 3천 명의 사망자를 발생시켰습니다."

1990년 초 알래스카 리다우트 화산에서 화성쇄설류가 드리프트 빙하를 가로질러 이동하였는데 눈과 얼음을 녹여 엄청난 양의 혼합물을 만들어냈다.

"백두산 화산 폭발은 화산재가 서쪽 일본 홋카이도 쪽으로 향한 것으로 보아 편서풍이 강하게 불던 겨울에 발생한 것으로 추정됩니다. 겨울이었기 때문에 백두산에 있던 눈과 얼음이 라하르를 만들어냈을 것이고 이것이 인근 지역에 엄청난 재앙을 초래했을 것입니다."

최 박사가 스크린에 화산재의 분출과 이동 경로 등을 시뮬레이션한

백두산 폭발 피해 추정 지역과 발해 5경

영상을 띄워 보여준다.

"보시는 바와 같이 백두산에서 치솟은 화산재는 대기권 20여 킬로미터까지 올라갑니다. 가장 상층부의 화산재는 제트기류를 타고 성층권에서 지구를 회전하게 됩니다. 이것이 전 지구상의 기후에 상당한 악영향을 끼쳤을 것으로 생각됩니다. 분명 세계 다른 문명국가들의 역사기록을 찾아보면 이 시기에 기후 이상으로 흉년이 들고 대기근이 일어난 일이 기록되어 있을 겁니다.

다음 상층부 아래의 화산재의 이동경로를 보겠습니다. 당시는 겨울이라 편서풍이 강하게 불고 있습니다. 백두산 화산재는 편서풍을 타고 동으로, 동으로 날아갑니다. 동해안에 도달하고 동해 바다를 거쳐 일본 홋카이도로 날아갑니다. 이것이 백두산 화산 폭발 사실의 단서가 되었다는 점은 이미 설명드렸습니다.

마지막으로 상공으로 뿜어 올려진 25킬로미터의 분연주는 붕락해 거대 화쇄류를 발생시켰습니다. 이 밀도가 매우 적은 화쇄류는 시속 150킬로미터 이상의 속력으로 산록을 질주해 고도 2,000미터의 산악지대를 넘어 100킬로미터 이상 먼 곳까지 이르게 됩니다. 하구에서 90킬로미터 떨어진 곳에서도 화쇄류에 매몰된 탄화목이 발견된다는 사실은 이를 증명해 줍니다. 탄화목은 화쇄류가 아니면 만들어지지 않습니다.

이 화쇄류가 발해의 중경, 남경까지 도달했는지는 알 수 없습니다. 다만, 수십 킬로미터 먼 곳에는 불과 수 센티미터의 얇은 지층밖에 남기지 않는 이 화쇄류는 아름드리 거목을 순식간에 숯으로 만들 정도로 고온이고 승용차만한 돌덩이를 굴릴 만큼 고속입니다.

백두산은 겨울에 폭발했습니다. 뜨거운 화쇄류는 산 정상에 있는 수억 톤의 눈을 녹여 화산 이류를 만들어 냈을 것이고 이것이 마치 해일처럼 산사면을 돌진해 내려갔을 겁니다. 계곡을 따라 압록강과 두만 강, 송화강 쪽으로 쏟아진 화산 이류는 수계를 따라 형성된 촌락을 차 례차례 매몰시키며 하류에 대홍수를 초래했을 겁니다. 압록강의 서경 및 두만강의 중경과 동경은 이 화산 이류의 사정권 안에 있었습니다.

백색 화산재는 동해 쪽으로 확산되어 식물 생태와 인간의 흔적을 덮 어 일대를 순식간에 부석 사막의 폐허로 만들어버렸을 것입니다. 화산 재의 분포 주축에 해당하는 남경은 마치 폼페이가 매몰된 것과 같이 최대 수 미터의 두꺼운 화산재층에 매몰되었을 가능성이 높습니다.

상경은 백두산에서 북쪽으로 250킬로미터 거리에 있었기 때문에 화 산 폭발의 직접적인 영향권에는 포함되지 않습니다. 하지만 백두산 화 산 폭발로 발해 전체가 심각한 상태가 되고 이로 인해 쇠락하였을 가 능성이 매우 높습니다."

최 박사의 설명을 듣는 팀원들은 놀라지 않을 수 없었다. 백두산 화 산 폭발이 이 정도였을 줄은 전혀 짐작도 못했기 때문이다. 특히 한 교 수는 더욱 그랬다. 한국 역사상 백두산 화산 폭발은 전혀 고려되고 있 지 않았다.

'어떻게 이렇게 중요한 사건이 완전히 간과될 수 있는 것일까?'

한 교수가 다시 질문을 던졌다.

"한중일 3국의 역사서를 보면 백두산 화산 폭발에 대한 언급이 단 한 줄도 없습니다. 설명하신 것처럼 백두산 화산 폭발이 최근 수천 년 역사 상 최대 폭발이었다면 뭔가 기록이 남아 있어야 하는 것 아닌가요?"

"옳으신 말씀입니다. 저도 역사학자는 아니지만 백두산 화산 폭발 에 대한 역사 기록을 찾기 위해 찾을 수 있는 것은 다 찾아봤습니다.

하지만 확실한 근거가 될 만한 기록은 찾을 수 없었습니다. 이 때문에 고민도 많았습니다. 과학적인 데이터는 분명한데 뒷받침하는 역사기록이 없는 것입니다. 많은 고민을 했고 결론을 내렸습니다.

기록이 존재하지 않는 첫 번째 이유는 백두산 화산 폭발을 목격한 사람들이 모두 사망했기 때문입니다. 백두산 화산 폭발은 워낙 규모가 컸기 때문에 반경 100킬로미터 이내에 있던 사람들은 모두 즉사했다고 보아야 합니다. 결국 백두산 화산 폭발을 목격한 사람들은 이를 기록할 기회가 없었습니다. 폼페이 화산 폭발도 편지 한 장이 단서가 되었습니다.”

플리니우스는 베수비오에서 40킬로미터 떨어진 지금의 나폴리 만에 체재하고 있던 삼촌 세쿤더스 플리니우스와 함께 이 분화를 목격했다. 플리니우스의 편지 속에는 베수비오 화산 상공에 뿜어 올려진 분연주, 비가 오듯 쏟아지는 부석과 화산재, 칠흑 같은 어둠 속에서의 공포와 절규, 그리고 피난 행렬 등이 매우 사실적으로 묘사되어 있다. 삼촌은 구조를 요청하는 지인의 전갈을 받고 즉각 베수비오 산록으로 출발했으나 화산에서 뿜어져 나오는 고온의 폭풍에 숨을 거두고 말았다.

“두 번째 이유는 영향권 밖에 있어 살아남은 사람들은 백두산 화산 폭발을 보지 못했기 때문에 이를 기록할 수 없었다는 것입니다. 백두산은 첩첩산중 산으로 둘러싸여 있습니다. 백두산이 폭발해서 불기둥이 아무리 높이 솟아도 영향권 밖에 있는 사람들은 그것을 볼 수 없습니다. 땅이 흔들리고 큰 소리가 나고 화산재의 영향을 받는 정도입니다.

당시는 화산에 대한 과학적인 인식이 전혀 없던 시절입니다. 따라서 먼 곳에 있었던 사람들은 그 원인을 알 수 없었을 것입니다. 단지 큰 재앙이 있었다고 추정할 수 있을 뿐인데 이를 역사서에 명확하게 기록할 수는 없었을 것입니다. 기록이 없다고 하여 사건이 없어지는 것은 아닙니다. 무엇보다도 인간에 의한 기록이 없을 뿐 자연의 기록은 명확하게 남아 있습니다. 백두산 화산 폭발은 엄연한 역사적 사실입니다."

"조면암이 뭐죠?"
한 교수가 문득 뭔가 생각났다는 듯이 질문했다.
"조면암은 화산분출 시에 형성되는 화성암의 하나입니다. 주로 알칼리성 용암이 분출될 때 형성되는 비현정질의 화산암입니다."
최 박사의 대답에 한 교수가 고개를 끄덕이며 김 변호사에게 말했다.
"분명 토문이 조면암으로 이루어져 있었다고 했어요."
"그러니까 토문도 결국 백두산 화산 폭발로 형성된 지형이라 그 말이네요."

이후에도 많은 질문과 답변이 이어졌고 세 시간이 지나서야 겨우 끝날 수 있었다.
"장시간 들어주셔서 고맙습니다. 백두산 화산 폭발에 대해서는 아직도 많은 연구가 필요한 상황입니다. 분단으로 북한 지역을 조사할 수 없고 중국도 백두산 화산에 대해 쉬쉬하고 있기 때문에 연구에 한계가 있습니다. 아무쪼록 오늘 제가 설명 드린 내용이 많은 도움이 되었으면 합니다. 감사합니다."
팀원들은 있는 힘껏 박수를 치고, 최 박사와 인사를 나누었다.
최 박사를 배웅하러 나온 김 변호사가 엘리베이터를 기다리면서 물었다.

"중국이 백두산 화산 폭발에 대해 쉬쉬하고 있다고 하셨잖아요? 왜 그러는 건가요?"

"중국은 백두산을 관광지로 개발하려고 총력을 기울이고 있습니다. 백두산공정이라고 하는데 동계올림픽 개최 계획까지 세워두고 있습니다. 이런 상황에서 만약 백두산이 폭발할 가능성이 있다는 사실이 알려진다고 생각해보세요. 어떻게 되겠습니까? 중국은 언론을 통제하여 백두산 폭발 가능성을 일체 비밀로 하고 있었습니다."

마침 엘리베이터가 도착하였다. 김 변호사는 다시 한 번 고맙다는 인사를 하며 최 박사를 배웅하였다.

준 비 서 면

사건   간도반환청구소송
원고   대한민국
피고   중화인민공화국

원고 대한민국은 다음과 같이 변론을 준비합니다.

다 음

1. 피고는 발해 멸망 이후 한민족이 이 지역에서 활동하지 않았다는 점을 이유로 이 지역이 한민족과 무관한 지역이며 나아가 고

구려, 발해의 역사 또한 한민족의 역사가 아니라고 주장합니다.

2. 930년경 아시아의 동쪽에 큰 사건이 하나 발생했습니다. 바로 백두산 화산 폭발입니다. 이 폭발은 화산 폭발지수 7.4로 지난 수천년동안 지구상에 있었던 최대의 화산 폭발이었습니다. 이 폭발로 인하여 백두산 부근 수백 킬로미터 이내의 모든 생명체가 소멸되고 말았습니다.

3. 발해는 백두산을 중심으로 번성한 국가였습니다. 발해가 소리소문 없이 사라져버리고 이 지역 일대가 한민족의 역사에서 소거된 것은 바로 이 화산 폭발 때문이었습니다. 과거 이탈리아의 번성한 상업도시였다가 베수비오 화산 폭발로 하루아침에 매몰되어 역사에서 사라져버린 폼페이라는 도시를 아실 겁니다. 발해도 그렇게 사라져버린 것입니다.

4. 피고는 백두산 일대가 한민족의 역사에서 소거되어 있었던 사실을 근거로 이 일대가 한민족의 역사와 무관한 지역이라고 주장합니다. 이 지역이 한민족의 역사에서 소외된 것은 백두산 화산 폭발로 인한 것인 바, 백두산 일대에 대한 한민족의 역사적 연고가 차단되었다고 볼 수는 없을 것입니다.

원고 대한민국
소송대리인 김명찬

준 비 서 면

사건   간도반환청구소송
원고   대한민국
피고   중화인민공화국

피고 중화인민공화국은 다음과 같이 변론을 준비합니다.

다 음

1. 원고는 930년경 백두산 화산 폭발로 인하여 이 일대가 무인지경이 되고, 한민족의 판도에서 제외되었다고 주장합니다. 하지만 이것이야말로 정말 터무니없는 주장입니다.

2. 930년경 백두산 화산 폭발이 있었다는 사실은 한중일 역사서에 한 줄도 기록되어 있지 않습니다. 정말 백두산 화산 폭발이 있었다면 이러한 사실이 기록으로 남아 있지 않을 이유가 없습니다.

3. 원고의 주장은 전혀 근거 없이 제기된 허황된 것으로 일고의 가치도 없는 것입니다. 원고는 사건대상을 포함한 백두산 일대에 한민족의 연고를 찾을 수 없게 되자 궁여지책으로 화산 폭발이라는 허황된 이야기를 지어내 재판부를 현혹시키고 있습니다.

피고 중화인민공화국

소송대리인 왕다성

준 비 서 면

사건   간도반환청구소송
원고   대한민국
피고   중화인민공화국

원고 대한민국은 다음과 같이 변론을 준비합니다.

다 음

1. 피고는 930년경 백두산 화산 폭발에 대한 한중일 삼국의 역사 기록이 존재하지 않는다는 점을 근거로 이 시기의 백두산 화산 폭발이 허황된 거짓이라고 반박합니다.

2. 백두산이 활화산으로서 화산활동을 하였다는 사실은 한중일 삼국의 역사 기록을 통해 확인할 수 있습니다. 다만, 930년경의 백두산 화산 폭발에 대해서는 명확한 기록을 찾을 수 없는데 그 이유는 첫째, 백두산 화산 폭발을 목격한 사람들이 모두 사망하여 기록할 수 없었고 둘째, 백두산 화산 폭발을 목격하지 못한 사람들은 그 사실을 알지 못했기 때문입니다. 마지막 이유는, 설사 백두산 화산 폭발 사실을 알았더라도 기록할 수 없었기 때문입니다.

⑴ 2010년 아이슬란드 화산 폭발 또한 우리가 뉴스를 들어서 아는 것이지 달리 알 방도가 없습니다. 1980년 세인트 헬렌스 화산

폭발 또한 마찬가지입니다. 930년경에는 교통·통신이 발달하지 않았고 화산에 대한 지식도 없던 시절입니다. 백두산 화산 폭발을 직접 목격하지 않는 한 그 일을 기록할 수는 없었을 것입니다.

(2) 백두산 화산 폭발은 이미 언급한 바와 같이 화산 폭발지수 7.4의 어마어마한 폭발이었습니다. 화산 폭발지수(火山爆發指数, Volcanic Explosivity Index, VEI)는 1982년 미국지질연구소 크리스토퍼 뉴홀(Christopher G. Newhall)과 하와이 대학 스테판 셀프(Stephen Self)가 제안한 지수로 화산의 폭발력을 나타내는 지수입니다. 이 지수는 화산 자체의 크기가 아니라 폭발의 크기를 기준으로 하는 것으로 화산 분출물의 양을 기준으로 0부터 8까지 구분되며 지수가 한 단계 올라갈 때마다 분출물의 양이 10배가 됩니다.

아이슬란드 화산 폭발지수가 4, 세인트 헬렌스 화산 폭발지수는 5였습니다. 백두산 화산 폭발이 7.4였다는 것은 그 폭발 규모가 엄청났다는 것을 의미합니다. 반경 수백 킬로미터까지 쑥대밭이 되었을 것이라고 합니다. 백두산 화산 폭발을 목격한 모든 생명체는 목격과 동시에 궤멸되고 말았고 이 사실을 기록으로 남길 수 없었을 것입니다.

(3) 반면, 백두산 화산 폭발 영향권 밖에 있어서 살아남은 사람들은 거리가 워낙 멀어서 무슨 일이 있었는지 알 수 없었을 것입니다. 당시 화산에 대한 지식이 없었으니 더욱 그러했을 것입니다.

(4) 결정적으로 대폭발 이후 접근이 가능해져 원인을 알게 되었

더라도 이를 기록할 수는 없었을 것입니다. 당시 사람들은 자연 재해가 왕의 부덕에 대한 하늘의 노여움이라고 생각해서 자연 재해에 대해 쉬쉬하는 분위기였습니다. 자연재해에 대해 이야기하는 것은 반역죄에 해당하는 것이었습니다. 이러한 이유로 기록이 남을 수 없었던 것입니다.

3. 이상 살펴본 바와 같이 백두산 화산 대폭발이 역사 기록으로 남지 못한 이유는 다 그러한 이유가 있는 것인 바, 단지 기록이 없다는 사실만으로 백두산 화산 대폭발이라는 자연과학적 사실을 부존재하는 것으로 판단할 수는 없습니다. 무엇보다도 자연의 기록이 명백하게 남아 있다는 점에 주목하여야 할 것입니다.

증 거

1. 갑제17호증의1《고려사세가》권지2 고려 정종 원년 946년 기록
1. 갑제17호증의2《고려사지권》제7 고려 정종 원년 946년 기록
1. 갑제17호증의3《고려사절요》고려 정종 원년 946년 기록
1. 갑제18호증의1《흥복사연대기》천경 9년 946년 10월 7일자
1. 갑제18호증의2《정신공기》천력 원년 947년 1월 14일자
1. 갑제18호증의3《일본기략》천력 원년 947년 1월 14일자
1. 갑제19호증　《일본기략》천경 2년 939년 1월 2일자
1. 갑제20호증　《조선왕조실록》관련 부분
1. 갑제21호증　〈백두산강강지략〉관련 부분

원고 대한민국
소송대리인 김명찬

증거를 보겠습니다.

백두산 분화 사실이 기록된 역사상 기록들을 살펴보겠습니다. 먼저 가능성이 가장 높은 947년 전후의 기록입니다. 갑제17호증의1《고려사세가》권지2 고려 정종 원년 946년 기록입니다.

이 해에 하늘에서 북소리가 들려 죄인들을 사면하였다.

갑제17호증의2《고려사지권》제7에도 '정종원년천고명 - 정종 원년에 하늘의 북이 울렸다'는 기록이 있고, 갑제17호증의3《고려사절요》에도 '정종원년천고명'이라는 기록이 남아 있습니다. 당시 고려 수도인 개성은 백두산으로부터 멀리 떨어져 있었고, 화산재 피복 범위를 벗어나 있었기 때문에 명동의 원인을 알 수는 없었을 것입니다.

다음은 일본의 기록들입니다. 먼저 갑제18호증의1《흥복사연대기》천경 9년 946년 10월 7일자 기록입니다. 흥복사는 오사카부 나라에 있는 절입니다.

천경 9년 946년 10월 7일 하얀 화산재가 마치 눈과 같이 내렸다.

다음은 갑제18호증의2《정신공기》의 기록입니다. 정신공기는 후지와라노 츄헤이가 교토에서 쓴 일기입니다. 천력 원년 947년 정월 14일자 기록입니다.

천력 원년 947년 1월 14일 하늘에서 소리가 났는데 마치 천둥소리와 같았다.

동일한 내용이 갑제18호증의3 《일본기략》에도 나타나 있습니다.

정월 14일 경자 차일공중유성여뢰(此日空中有聲如雷)
이날 하늘에서 천둥소리 같은 것이 났다.

일본의 하야가와 코야마는 이 기록들을 근거로 백두산이 서기 946
년 11월 3일 플리니식 분화를 시작하여 947년 2월 7일 거대 화쇄류 분
화를 일으켰다고 추정했습니다.
다음은 이 시점 이외의 다른 시기의 폭발 기록들을 살펴보겠습니다.
먼저 갑제19호증입니다. 《일본기략》은 947년 이전에도 화산 폭발에
대한 기록을 남기고 있습니다. 《일본기략》 천경 2년 939년 정월 2일자
기록입니다.

939년 1월 2일 갑진 봄날에 마치 큰 북을 두드리는 소리가 들렸다.

만약 이때 백두산이 폭발한 것이라면 그해 농작물 피해가 심각했을
것으로 추정됩니다. 939년 5월에 시작된 일본 아이누족의 반란은 그
원인이 백두산 화산재에 기인할 가능성이 매우 큽니다.
이 기록들은 백두산 화산 폭발이 단 한 차례에 그친 것이 아니라 여
러 차례에 걸쳐 폭발했을 가능성을 보여주는 것입니다.

다음은 백두산 화산 폭발 이후에도 백두산 화산 폭발이 계속되었음을 입증하는 증거들을 보겠습니다. 먼저 갑제20호증《조선왕조실록》태종 3년 1403년 1월 27일자 기록입니다.

갑산의 영괴, 이라 등지에 반쯤 타고 마른 재가 비처럼 내렸다. 땅에 쌓인 두께는 한 촌 가량 되었고 5일이 지나서 그쳤다.

갑산은 백두산에서 남남동쪽으로 120킬로미터 떨어져 있습니다. 다음은 태종 3년 1403년 3월 22일자 기록입니다.

동북면에 재가 비처럼 내렸다.

다음은 태종 5년 1405년 2월 23일자 기록입니다.

잿빛의 비가 내렸다.

다음은 선조 30년 1597년 10월 2일자 기록입니다.

함경도 관찰사 송언신이 서장을 올렸다. 지난 8월 26일 진시에 삼수군 지방에 지진이 일어나 잠시 후에 그쳤고, 27일 미시에 또 지진이 일어나 성의 두 군데가 무너지고 고을 건너편에 있는 시루바위의 반쪽이 무너졌으며, 그 바위 아래 삼수동 중천의 물빛이 흰색으로 변했다가 28일에는 다시 황색으로 변했고, 인차외보 동쪽으로 5리쯤 되는 곳에 붉은 빛의 흙탕물이 솟아오르다가 며칠 만에 그쳤으며, 8월 26일 진시에 소농보 건너편 북쪽에 있는 덕

덕자이천절벽 사람이 발을 붙일 수 없는 곳에서 두 차례나 포를 쏘는 소리가 들려 쳐다보니 연기가 하늘 높이 솟아오르고 크기가 몇 아름씩 되는 바위가 연기를 따라 터져 나와 종적도 없이 큰 산을 넘어갔다. 27일 유시에는 지진이 일어나 그 절벽이 다시 무너졌고, 해시와 자시에도 지진이 있었다.

다음은 현종 9년 1668년 6월 2일자 기록입니다.

함경도 경성부에 잿비가 내렸다. 같은 날 부령에도 잿비가 내렸다.

다음은 현종 14년 1673년 5월 20일자 기록입니다.

함경도 명천 지역에 재가 비처럼 내렸다.

다음은 숙종 28년 1702년 6월 3일자 기록입니다.

함경도 부령부에 이달 14일 오시에 하늘과 땅이 갑자기 캄캄해졌는데, 때로 혹 누른빛이 돌기도 하면서 연기와 불꽃같은 것이 일어나는 듯하였고, 비릿한 냄새가 방에 꽉 찬 것 같기도 하였다. 큰 화로에 들어앉아 있는 듯하여 몹시 무더운 기운에 사람들이 견딜 수가 없었다. 4경이 지나서야 사라졌다. 아침에 가보니 온 들판에 재가 내려 쌓여 있는데, 마치 조개껍질을 태워놓은 것 같았다. 경성부에서는 같은 날 좀 늦은 때에 연기와 안개 같은 기운이 서북쪽에서 갑자기 밀려오면서 하늘과 땅이 캄캄해지고 비릿한 노린내가 사람들의 옷에 스며들었으며, 몹시 무더운 기운은 큰 화로 속에 앉아 있는 듯하였다. 그리하여, 사람들 모두 옷을 벗어 던졌는데 땀이 흘러 끈적끈적하였다. 흩날리던 재는 마치 눈과 같이 산지 사방에 떨어졌는데, 그 높이가 한 치가량 되었다. 걷어보니 마치 나무껍질이 타다 남은 것과 같았다. 강변의 여러 고을들도 모두 그러하였는데 간혹 더 심한 곳이 있었다.

다음은 경종 4년 1724년 5월 23일자 기록입니다.

경기도 용인 등 5개 고을과 충청도 청안, 평안도 의주에 우박이 쏟아졌다. 함경도 홍원현에서는 땅불이 여기저기에서 나왔는데, 10여 일 동안 꺼지지 않았으며, 흙이 꺼멓게 되고 풀이 말라 들었으며, 연기가 하늘에 자욱하였다.

다음은 갑제21호증의 천지조수(天池釣叟) 유건봉이 기록한 〈장백산강강지략(長白山江崗誌略)〉 1900년 봄의 기록입니다.

광서 26년 봄 사하연에서 말을 타고 대저권령을 지나 돈화현사무소로 돌아오던 중 1경이 지나서 달빛이 어두워지고 갑자기 고개의 서쪽 절벽을 따라 일어난 폭풍에 산이 울리고 골짜기에서 벼락 치는 소리가 파도처럼 울렸다. 그 여세가 만 마리의 말이 질주하는 것과 같았다. 놀라 두려워하는 사이 순식간에 하늘이 피와 같이 붉게 되고 수많은 불덩어리가 오르락내리락하였다. 마치 별이 움직이는 것과 같았다. 말이 놀라 소름이 돋고 흘린 땀이 물을 부어놓은 것과 같았다. 약 반시간이 지나서 바람이 약간 안정되었다. 말을 몰아 고개 아래에 도착하니 마치 불덩어리들이 고개를 따라가는 것처럼 보였다. 바로 남쪽으로 달려왔는데 그 소리가 100리 밖에서도 들렸다. 4경이 지나서야 현사무소에 도착하였다.

다음은 갑제21호증 같은 책 1903년 기록입니다.

길 안내인 서영순이 말하기를 광서 29년 5월 동생 복순, 옥량, 유복 등과 같이 저석파 아래 두파구에서 … 여섯 사람이 호수 주위에 눕거나 앉아 있는데, 깊은 밤이 되자 찬바람이 뼈를 에이고 배가 고파 잠을 이룰 수 없어 잡곡을 몽땅 먹어버렸다. 시간이 조금 지나 하늘이 약간 밝아지고 안개는 여전하였다. … 별안간 안개가 치고 비가 내리자 사람들이 겁이 나서 함께 울고 있었다. 밤이 더 깊어졌을 때, 호수 한가운데 서너 개의 별이 오르락내리락하는 것이 보였다. 별안간 폭발하는 소리가 나고 공중에서 차바퀴만큼 큰 불덩어리가 떨어지고 수면 위에서 수많은 불꽃이 낮처럼 환하게 밝게 보였다. 포성이 벼락처럼 울리고 파도가 하늘 높이로 크게 일어났다. 여섯 사람이 떨며 움직이지 못하였다. … 복순이 머리를 맞아 피가 나왔고 젖은 옷으로 머리를 동여매었다. 그리고 2시간쯤 지나 동쪽에 햇빛이 생겼다. 구름이 걷히고 바람도 잔잔해지고 안개는 산봉우리에만 걸려 있었다. … 서영순의 말이 진실이고, 그래서 여기에 적는다.

며칠 전 백두산이 작은 폭발을 일으킨 걸 모두 알고 계실 것입니다. 백두산은 지금도 활동하고 있는 활화산이며, 보시는 바와 같이 100년에 한 번 꼴로 계속 분화하였고 화산학자들은 조만간 백두산이 크게 폭발할 것으로 예상하고 있습니다. 무엇보다 947년경 백두산 화산 폭발로 이 지역 일대가 모두 황무지로 변하여 사람이 살 수 없게 되었다는 것에 주목하여야 할 것입니다. 이상입니다.

준 비 서 면

사건   간도반환청구소송
원고   대한민국
피고   중화인민공화국

피고 중화인민공화국은 다음과 같이 변론을 준비합니다.

다 음

1. 원고는 백두산화산대폭발로 인하여 백두산 인근 지역이 황폐화되었다고 주장합니다. 설사 원고가 주장하는 시기에 백두산 화산 폭발이 있었다고 하더라도 900년간 한민족의 연고가 닿지 않았다는 것을 설명할 수는 없습니다.

2. 원고 측 기록에 의하면 993년 서희의 외교담판이나 1107년 윤관의 9진 개척 등의 기록이 나옵니다. 이러한 기록들은 이 지역이 여진족의 근거지였다는 사실을 시사하는 것입니다. 백두산 화산 폭발이 있은 뒤에 이 지역에 여진족이 거주하고 있었다는 사실은 이 지역이 한민족과 무관한 지역이었다는 것을 의미합니다.

3. 고로 백두산 화산 폭발에 의하여 한민족이 이 지역과 유리된 것이라는 주장은 부당합니다.

"화산이 폭발하고 나면 비옥한 토지가 형성되지 않나요? 이런 곳을
수백 년간 비워두었다는 것이 이해가 되지 않습니다."

이미주 사무관이 최길수 박사에게 했던 질문이다.

"사람들은 흔히 화산이 폭발하고 나면 일대가 비옥해져 농사를 짓
기에도 좋고 더 좋은 환경이 되는 것으로 생각하지만, 이는 대단한 착
각입니다. 화산재에 피복된 땅이 회복되는 데에는 오랜 세월이 필요합
니다."

1991년 필리핀 피나투보 화산이 폭발했을 때 미국은 클러크 공군
기지를 포기하고 떠나야만 했다. 화산재 때문이었다.

2000년 일본 홋카이도 우수산이 폭발했을 때 산록에 부석과 화산재
가 피복해 일대가 마치 사막과 같이 되었다. 강하 화산재는 나무를 탄
화시키지는 않지만 고사시키기에 충분한 열을 가지고 있다.

풍화되지 않은 화산재는 산성도가 강해 농경지나 목초지로 이용할
수 없고 부석은 식물의 뿌리가 통과하기 어렵다. 화산재가 비옥한 토양
이 되는 것은 하나의 화산 분화가 종식된 뒤 적어도 수백 년이 지나 화
산 유리가 풍화되고 흡수되어 완전히 토양이 된 이후의 일이다. 화산재
가 피복한 땅은 파종할 수 없고 따라서 수확할 수도 없다. 화산재가 피
복된 지역은 어떻게 해볼 도리가 없는 사막이고 불모지일 뿐이다.

1707년 후지산 분화가 있었다. 겨우 두께 1센티미터 정도의 화산재
에 불과했지만 넓은 지역의 논과 밭, 가옥이 매몰되고 파괴되어 새까

만 화산재의 사막이 되고 말았다. 오랜 기간 논과 밭이 복구되지 못했고 피해를 입은 주변 마을의 인구가 급감하였다.

"백두산은 대폭발 이후에도 꾸준히 소규모 폭발을 되풀이했습니다. 꼭 백두산이 아니라도 백두산 주변 지역 일대가 화산활동 지역으로 곳곳에서 화산활동이 있었습니다. 사람들에게 백두산 일대는 무서운 곳으로 인식되고 기피대상이었을 겁니다."

준 비 서 면

사건   간도반환청구소송
원고   대한민국
피고   중화인민공화국

원고 대한민국은 다음과 같이 변론을 준비합니다.

다 음

1. 피고는 사건대상을 포함한 백두산 인근지역이 백두산 화산 폭발 이후 여진족의 근거지가 되었다는 점을 근거로 이 일대가 원래 한민족과 무관한 지역이라고 주장합니다.

2. 화산이 폭발하고 피해지역이 자연적으로 회복되는 데에는 수백 년의 세월이 필요합니다. 특히 백두산 화산 폭발은 화산 폭발

지수 7.4의 대규모 폭발이었습니다. 당시 화산재는 편서풍을 따라 동으로 동으로 날아가 일본에 2센티미터 이상 피복되었습니다. 1,000킬로미터 이상 떨어진 일본이 이 정도이니 백두산 인근 지역은 어떠했겠습니까?

3. 1980년 폭발한 세인트 헬렌스 화산 주변의 현재 사진을 참고 자료로 제출합니다. 무려 40년이 지났습니다. 하지만 사진에서 보는 바와 같이 아직도 황폐하기 그지없습니다. 겨우 작은 풀들과 어린 나무들이 군데군데 자라는 정도입니다. 세인트 헬렌스 화산 폭발은 화산 폭발지수 5였습니다. 백두산 화산 폭발지수는 이것보다 무려 100배 이상 많은 화산분출물을 쏟아내었으니, 이것이 회복되는 데 얼마나 많은 세월이 필요할지 짐작이 되실 겁니다.

4. 원래 한민족은 농경을 주업으로 하는 민족입니다. 18세기 이후 한민족이 사건대상 지역을 개간하여 벼농사와 밭농사를 지었던 것도 이 때문입니다.

화산재 등 화산분출물에 의해 피복된 백두산 주변 지역도 시간이 흐름에 따라 풍화작용에 의하여 차츰 소생하기 시작했습니다. 처음에는 작은 풀들과 어린 잡목들이 자라났고 점점 큰 나무들도 자라나기 시작했을 것입니다.

어린 풀들이 자라나는 광활한 대지는 아직 농사를 짓기에는 부적합하지만 유목민들이 목축을 하기에는 더 없이 좋은 환경입니다. 백두산 화산 폭발로 무인화된 지역에 사람들이 유입되기 시작합니다. 당연히 유목을 주업으로 하는 유목민들이었을 것입니다.

하지만 삶은 황폐할 수밖에 없습니다. 이들은 남쪽 한민족의 농업생산물을 약탈하기 시작합니다. 그러한 충돌의 결과가 바로 서희, 윤관의 여진 정벌 등으로 표출된 것입니다.

이후 세월이 더 흘러 이 지역이 화산의 피해로부터 완전히 복구되고 난 이후 한민족이 다시 이 지역으로 들어와 농업을 영위하게 된 것입니다.

5. 백두산 화산 폭발에 의하여 어쩔 수 없이 비워둔 땅을 한민족의 영토가 아니라고 할 수는 없을 것입니다.

증 거

1. 갑제22호증   《고려사》관련 부분
1. 갑제23호증   《동국통감》관련 부분

원고 대한민국
소송대리인 김명찬

증거에 대해 설명하겠습니다. 갑제22호증은 발해의 유민들이 고려로 망명한 사실들에 관한《고려사》기록들입니다.

태조 8년 925년 9월 경자일
발해 예부경 대화균, 균노 사정 대원균, 공부경 대복모, 좌우위장군 대심리

등이 100호의 백성을 이끌고 귀순하였다.

태조 8년 925년 12월 무자일
발해 좌수위소장 모두간, 검교개국남 박어 등이 1,000호의 백성을 이끌고
귀순하였다.

《고려사》의 기록으로만 볼 때 발해에서 고려로 귀순한 사람은 총
42,677명으로 집계되는데 약 75%에 해당하는 31,873명이 고려 태조
년간 즉 921년부터 938년에 집중되고 있습니다. 이는 이 시점에 백두
산화산활동이 활발하였다는 점을 시사하는 것입니다.

다음은 갑제21호증《동국통감》의 기록입니다. 50년 동안 발해 유민
10만여 명이 고려로 들어 온 것으로 기록되어 있습니다. 그나마 기록
된 것은 주로 발해의 왕족, 귀족 등 지배층이 망명한 경우로 일반인들
이 망명한 것은 기록되지 않았습니다. 발해 유민들의 망명까지 포함한
다면 그 숫자는 몇 배에 이를 것입니다. 이상입니다.

한 교수가 백두산 화산 관련 전설에 대해 이야기하고 있다.
"만주족 사이에 리지나(日吉納)라는 여성 샤먼에 대한 이야기가 구전
되고 있었습니다."

백두산에 불의 마인(魔人)이 살고 있었는데, 어느 날 마인이 격렬하게 불을 뿜기 시작했다. 리지나는 독수리를 타고 천제(天帝)에게 가서 어떻게 해야 좋을지 물었다. 리지나는 천제의 가르침대로 얼음을 품고 백두산의 화구에 내려앉아 마인의 뱃속으로 얼음을 쑤셔 넣었다. 그러자 하늘이 무너지고 땅이 갈라지며 귀를 찢는 굉음이 울렸다. 이윽고 연기가 멈추고 불이 꺼졌다. 산은 본래의 모습으로 돌아왔지만 산정에 커다란 호수가 만들어졌다.

"중국동포들 사이에는 백장군과 흑룡에 관한 전설이 구전되고 있었습니다."

어느 날 백두산 천지에 사는 흑룡이 포악하게 날뛰기 시작하자 백장군이 이를 물리치러 백두산에 내려와 흑룡과 치열한 싸움을 벌였다. 싸움에 지친 백장군과 흑룡은 100일 간 휴식을 취한 뒤 다시 싸웠는데, 흑룡이 불의 칼을 북쪽 언덕에 던지자 이곳에 출구가 만들어져 물이 북쪽으로 흐르게 되었다. 불의 칼을 잃은 흑룡은 동해로 도망갔다.

"흑룡은 지금의 흑룡강을 가리킵니다. 송화강이 백두산에서 발원하여 흑룡강으로 합류되는 것이 전설로 만들어진 겁니다. 100일간 휴식을 취했다는 것은 백두산 화산이 1차 폭발 이후 휴지기를 가졌다가 2차 폭발한 것을 묘사한 것으로 보입니다."

준 비 서 면

사건　　간도반환청구소송
원고　　대한민국
피고　　중화인민공화국

피고 중화인민공화국은 다음과 같이 변론을 준비합니다.

다　음

1. 원고는 930년경 백두산 화산 폭발로 인하여 백두산 주변 수백 킬로미터 지역이 무인지경이 되었고, 농경을 주업으로 하는 한민족이 이 지역을 떠나는 원인이 되었다고 주장합니다. 그리고 화산재 등에 의해 피복된 이 지역이 풍화작용에 의하여 차츰 소생하여 어린 풀과 잡목이 자라나기 시작하면서 유목민족이 유입되었고, 더 세월이 흘러 농사를 지을 수 있게 되면서 한민족이 다시 이 지역에 들어와 농사를 짓게 된 것이라고 주장합니다.

2. 그럴 듯한 이야기입니다. 하지만, 원고의 주장은 오로지 하나의 가설에 불과할 뿐 증거가 없습니다.

3. 더군다나 원고의 주장처럼 백두산 화산 폭발로 백두산 주변지역은 무인지경이 되었습니다. 즉, 주인 없는 땅이 된 것입니다. 이렇게 버려진 지역에 원고의 주장대로 유목을 주업으로 하는 여진

족 등 유목민족이 자리 잡았습니다. 그렇다면 이들이 이 지역의
새 주인이라고 보아야 할 것입니다.

4. 고로 이 지역이 한민족의 고토로서 한민족의 영토임을 전제로
한 이 사건 청구는 기각되어야 합니다.

피고 중화인민공화국

소송대리인 왕다성

감 정 신 청 서

사건   간도반환청구소송
원고   대한민국
피고   중화인민공화국

원고는 다음과 같이 감정을 신청합니다.

다 음

1. 본 사건과 관련하여 10세기 백두산 화산 폭발 여부와 그 규모
등이 첨예한 쟁점이 되고 있습니다. 원고는 최근 수천 년간 지구
상 최대 화산 폭발이 백두산에서 발생하였다고 주장하는 반면,
피고는 화산 폭발에 관한 역사 기록이 존재하지 않는다는 점을

이유로 이를 부인하고 있습니다.

2. 화산 폭발은 자연과학적인 사실로 지질조사 등을 통해 얼마든지 과학적인 규명이 가능합니다. 이에 원고는 권위 있는 기관에 백두산 화산 폭발에 대한 감정을 의뢰할 것을 신청합니다. 국제적으로 '세계화산협회'가 왕성한 활동을 하고 있는 바, 이 기관에 감정을 의뢰하는 것이 적절할 것입니다.

3. 감정신청사항
- 백두산 화산 폭발시기
- 백두산 화산 폭발의 정도
- 백두산 화산 폭발로 인한 피해범위
- 소위 토문으로 불리는 지형이 화산활동으로 형성된 것인지의 여부

원고 대한민국

소송대리인 김명찬

"아니 이게 뭡니까? 감정신청서?"
하오 주임이 송달된 서류를 들고 왕 교수를 바라본다.
"결국 감정신청을 했네요."
"이런 게 가능한가요?"
"네. 국제사법재판소규정에 근거가 있습니다."

국제사법재판소규정

제50조 재판소는 재판소가 선정하는 개인, 단체, 관공서, 위원회 또는 다른 단체에게 조사의 수행 또는 감정의견의 제출을 위탁할 수 있다.

"그럼, 어떻게 되는거죠? 감정신청이 받아들여질까요?"

"한국은 동북3성 지역이 한민족의 판도에서 제외된 원인을 백두산 화산 폭발로 주장하고 있는 반면 우리는 이를 부정하고 있습니다. 재판소로서는 백두산 화산 폭발이 있었는지의 여부를 확인할 필요성이 있습니다. 받아들여질 확률이 높습니다."

왕 교수의 이야기를 들은 하오 주임의 마음이 급해졌다. 급하게 집무실로 돌아온 하오 주임은 당장 중국지질협회 임원들을 불러들이라고 지시하였다.

에필로그

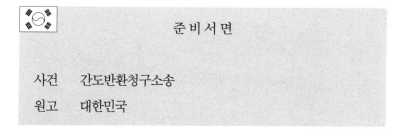

국제사법재판소는 대한민국의 감정신청을 받아들여 세계화산협회에 감정을 의뢰했다. 세계화산협회는 조사단을 구성하여 백두산으로 날아갔고 두 달 간 조사를 실시하였다. 조사단은 현지 조사와 아울러 그 동안의 연구 성과들을 분석하고 조사보고서를 제출하였고, 드디어 조사보고서가 양국 소송팀에 송달되었다.

"역시 예상대로군요."

하오 주임이 조사보고서를 검토한 후 왕 교수에게 힘없는 목소리로 이야기한다.

"정확한 시기는 알 수 없지만, 930년경 백두산이 폭발한 것은 확실하며 그 규모가 화산 폭발지수 7.5에 육박한다는 내용입니다. 백두산 반경 100킬로미터 이내는 화산분출물로 피복되어 모든 생명체가 궤멸되었을 것이고, 대폭발 이후에도 100년에 한 번 꼴로 소규모 분화가 여러 번 있었다고 합니다. 남한에서 주장한 것들이 모두 사실로 인정되었습니다. 이제 어쩌죠?"

준 비 서 면

사건   간도반환청구소송
원고   대한민국

피고   중화인민공화국

원고 대한민국은 다음과 같이 변론을 준비합니다.

다 음

1. 피고는 1627년 강도회맹에 의하여 설정된 봉금지역이 원래 만주족의 영토로서 만주족의 발원지를 보존하려는 봉금정책에 의하여 무인공광지대가 되었다고 주장한 바 있습니다.

2. 만주족은 베이징을 함락시킨 뒤 모든 부족을 이끌고 베이징으로 들어갔습니다. 살기 어려운 척박한 땅에 더 이상 미련이 없었고 물자가 풍부한 중원이 훨씬 더 매력적이었을 것입니다. 여진족은 이 지역이 원래 한민족의 영토라는 사실을 잘 알고 있었기 때문에 미련 없이 떠날 수 있었습니다.

3. 피고의 주장대로 이 지역이 청의 영토였다면 조선 측 봉금선 인근에 청의 군사들을 배치시켜 지키는 것이 당연할 것입니다. 어찌 자국 영토를 다른 나라 군사들로 하여금 지키게 하겠습니까?

4. 봉금지역은 무인국경지대로서 청과 조선의 국경지대였다고 보는 것이 사리에 부합하며, 이미 언급한 바와 같이 이 지역은 패전국인 조선의 영토에서 할애되었다고 보는 것이 경험칙에 부합합니다.

김 변호사와 한 교수가 공원을 걸으며 봉금정책에 대해 이야기하고 있다.

"봉금정책 말인데요. 청과 조선은 봉금에 동의했습니다. 왜 그랬을까요? 물론 비무장지대로서 국경을 설정하자는 의미도 있었겠지만 혹시 백두산 화산 폭발 사실을 알고 있었던 것 아닐까요?"

한 교수가 이야기를 던지고 김 변호사를 바라본다. 김 변호사가 걸음을 멈추고 한 교수를 바라본다.

"당시 자연재해는 하늘이 왕조를 버렸다 해서 민심이반으로 이어지는 것이 일반적이었잖아요. 백두산이 100년에 한 번 꼴로 분화하고 있던 사실을 잘 알고 있었던 청과 조선의 지배층이 이를 우려하여 자연스럽게 봉금에 합의하지 않았을까요? 1668년과 1702년에도 백두산 화산 폭발이 있었던 것으로 밝혀졌잖아요. 당시 화산활동이 꽤나 활발했다는 증거 아니겠어요. 딱 이 시기의 일입니다. 물론 이런 사실들을 기록으로 남기지는 못했을 거예요."

김 변호사가 고개를 끄덕이며 대답한다.

"백두산에 천신이 살고 있는데, 인간들이 악행을 저지르면 화산 폭발로 벌을 내리는데 자칫하면 나라가 망할 수도 있다… 발해도 그렇게 멸망했다… 백두산 주변을 비워 사람들의 접근을 막아 천신의 비위를 거스르지 않아야만 화를 피할 수 있다… 그래서 이 지역을 봉(封)한다…. 말이 되는 것 같은데요."

"청이나 조선 모두 백두산을 신성시했습니다. 백두산이 폭발한다는 것은 하늘이 노하여 왕조를 벌하겠다는 것입니다. 민심이반을 초래할 수 있는 백두산의 노한 모습을 일반 백성들에게 보일 수는 없었겠지요. 아예 출입을 금지해버리는 것이 속 편한 일이었을 거예요."

"성호 선생의 '쓸모없는 땅'에 대한 의문은 이제 해소되었지요?"
김 변호사의 집무실을 찾은 강 교수가 소파에 앉으며 물었다.
"네. 화산 폭발의 재앙으로부터 회복되지 않은 북방 영토를 보고 그렇게 말한 것이죠. 역사의 수수께끼 하나가 풀렸다는 느낌입니다."
"그래요. 참 우리가 모르는 것이 너무 많죠? 이번 일을 겪고 나니 아직도 공부가 부족하다는 생각이 듭니다."
"현대를 살고 있는 우리들도 백두산 화산 폭발 사실을 겨우 알아냈으니 옛날 사람들은 더욱 알기 어려웠겠지요. 정약용 선생이 그런 글을 쓴 것도 이해가 됩니다."
김 변호사의 이야기를 웃으며 듣고 있던 강 교수가 이내 심각한 표정을 짓는다.
"봉금지역에 대한 우리의 연고가 어느 정도 확인되었습니다. 하지만 봉금지역이 조선의 영토에서 할애되었다는 것은 단지 추정에 불과합니다. 앞으로 봉금지역의 귀속 문제가 쟁점이 될 겁니다. 철저히 대비해야 합니다."
김 변호사가 고개를 끄덕이며 생각을 정리하듯 천천히 이야기한다.
"봉금지역이 원래 조선의 영토였는데, 강도회맹에 의하여 무인국경지대로 할애되었다. 양국은 이 지역을 봉금지역으로 설정하고 봉금정책을 실시하였다. 이후 수백 년 동안 이 지역은 비워져 있었다. 그러다가 조선의 백성들이 이 지역을 개척하기 시작하였다. 이런 흐름이잖아요?"

"네. 큰 맥락은 그렇습니다."

"이 지역이 무인국경지역으로 할애되었다면 무주지가 되었다고 보아야 하지 않을까요? 무주지 선점 논리가 전개될 가능성이 크겠는데요. 결국 무주지에 대한 실효지배 문제가 대두될 것 같은데요."

준 비 서 면

사건   간도반환청구소송
원고   대한민국
피고   중화인민공화국

피고 중화인민공화국은 다음과 같이 변론을 준비합니다.

다 음

1. 원고는 백두산 화산 폭발로 주변 지역이 황무지로 변하였고 발해의 유민들이 고려로 귀순하며, 무인지대로 변하였다고 주장합니다. 나아가 무인지대로 변한 백두산 일대가 시간의 흐름에 따라 풍화작용에 의해 새로운 생명이 싹트면서 유목을 생업으로 하는 부족들이 이 지역에 유입되어 정주하게 된 것이라고 주장합니다.

2. 원고의 주장에 의하면 황무지로 변해버린 땅에 새로운 주인이

들어온 것입니다. 바로 유목을 생업으로 하는 여진족들이었습니다. 이들은 그 세력을 키워 후금을 건국하고 주변 부족들을 통합하고 이 지역을 다스렸습니다.

그렇다면 이 땅의 주인은 바로 이들 만주족입니다. 이들은 베이징을 함락시킨 후 부족들을 이끌고 베이징으로 이주하였고, 비워진 지역을 관리하기 위해 봉금정책을 실시했던 것입니다.

이 땅에 대한 영유권은 피고에게 존재하는 것이 분명합니다.

피고 중화인민공화국

소송대리인 왕다성

중국 소송팀은 매일 회의를 열고 대응전략을 논의하고 있었다. 대한민국 또한 마찬가지였다. 소송이 8부 능선을 넘어가고 있다. 양쪽의 주장들이 거의 표출되었고 이를 뒷받침할 수 있는 사실관계와 증거들도 모두 표출되었다.

소송에서는 이 시점이 매우 중요하다. 마무리를 앞두고 있는 이 시점에서 그 동안의 진행경과를 돌아보고 논리를 점검하며 빠진 부분을 보충해야만 한다.

왕다성 변호사와 김명찬 변호사는 회의를 주재하며 쟁점들을 하나하나 체크하고 보완 논리들을 정리하고 있었다. 김 변호사는 소장 접수 전 소송전략과 실제 소송 진행과정을 대비하며 체크하고 있었다.

예상과 달라진 부분들이 꽤 많았다. 백두산정계비가 압록강과 두만강 사이의 경계획정에 불과하다는 논리는 당초 예상하지 못했던 부분이었고, 백두산 화산 폭발을 통해 반격의 실마리를 잡은 것은 천우신조와 같은 것이었다.

왕 교수는 깊은 고민에 빠져 있었다. 상황이 결코 만만치 않았다. 한국은 봉금지역 전체가 조선의 영토에서 할애된 것이기 때문에 봉금지역 전부를 반환대상으로 확정할 것이다. 정말 골치 아픈 문제였다.

양국 소송팀이 마라톤 회의를 해가며 소송을 준비하고 있던 중 국제사법재판소에서 뜻밖의 결정이 송달되었다.

판결에 갈음하는 결정

사건   간도반환청구소송
원고   대한민국
피고   중화인민공화국

위 사건에 대하여 당 재판소는 재판과정에서 드러난 여러 가지 정황에 기초하여 다음과 같이 결정합니다.

결 정

1. 사건대상 지역을 구분하여, 1800년 이후 조선이 선점한 지역은 원고에게, 청이 선점한 지역은 피고에게 각 귀속시키기로 한다.

---

2. 사건대상 지역의 구분과 귀속에 대한 결정은 재판관 중 재판부에서 지정한 3인, 원피고가 각 지정한 1인 총 5인으로 구성된 귀속심사재판부에서 결정하도록 한다.

본 결정에 이의가 있는 경우에는 본 결정을 송달받은 날로부터 60일 이내에 이의를 신청하시기 바랍니다.

국제사법재판소

양국 소송팀뿐만 아니라 국제사법재판소 재판관들 또한 수시로 회의를 열어 사건의 쟁점을 확인하고 소송 진행방향에 대해 논의하고 있었다.

감정보고서가 제출된 이후 재판관들은 이 사건의 쟁점이 거의 표출되었다고 보고, 처리방법에 대해 숙의하고 있었는데, 다수 재판관들이 조정안을 제시해보자는 의견을 내고 있었다.

일도양단적인 판결이 반드시 분쟁해결에 바람직하지만은 않다는 것은 다른 사건들에서 충분히 확인된 사실이었다. 1992년 바카시 반도에 대한 나이지리아와 카메룬의 영토분쟁사건에서 나이지리아가 패소하였는데, 나이지리아는 이 판결에 대해 지금도 승복하지 않고 국제사법재판소를 비난하고 있다.

태국과 캄보디아 사이의 프레아 비히어 사건 또한 후속 분쟁이 발생했었다. 국제사법재판소의 재판은 단심제로서 항소가 인정되지 않는다. 오로지 판결이 명백히 잘못된 경우에만 재심이 가능하다.

〈국제사법재판소규정〉

제60조 판결은 종국적이며 상소할 수 없다. 판결의 의미 또는 범위에 관하여 분쟁이 있는 경우에는 재판소는 당사자의 요청에 의하여 이를 해석한다.

제61조 ① 판결의 재심청구는 재판소 및 재심을 청구하는 당사자가 판결이 선고되었을 당시에는 알지 못하였던 결정적 요소로 될 성질을 가진 어떤 사실의 발견에 근거하는 때에 한하여 할 수 있다. 다만, 그러한 사실을 알지 못한 것이 과실에 의한 것이 아니어야 한다.

판결에는 항상 승패가 엇갈리게 된다. 승자의 웃음이 있는 반면 패자의 눈물이 있다. 패자도 승복할 수 있는 판결이라면 문제가 없지만 패자가 승복할 수 없다면 후유증이 남게 된다.

이는 자칫 국제사법재판소에 대한 불신을 초래하고 재판기피 현상으로 이어질 수 있다. 국제사법재판소 재판관들은 조정안을 제시하여 양국의 반응을 살펴보기로 결정하였던 것이다.

국제사법재판소 재판관들의 고민은 이제 양국 소송팀의 몫이 되고 말았다. 국제사법재판소의 조정안을 받아들일지 거부할지 결정해야하는 것이다.

만일 기간 내에 이의를 제기하지 않으면 조정안을 받아들인 것으로 간주된다. 양국 소송팀은 과연 60일 이내에 이의신청을 할 것인가?

한참 일하며 넷이나 되는 아이들을 부양해야 할 시점에 독도와 간도로 여행을 떠나버린 필자를 걱정스럽게 바라보던 아내, 그리고 그런 아내를 이해시키려고 애쓰던 한 남자가 있었다.

하나님이 보시기에 합당한 일이니 모두 알아서 해주실 것이라는 말에 모든 것을 내려놓고 뒷바라지해준 아내에게 먼저 고맙다는 말을 전하고 싶다.

'전생에 내가 장한상 또는 이익 선생이지 않았을까?'

독도와 간도 문제에 집착하며 그 문제를 해결하려고 애쓰는 나를 보며 들었던 생각이다. '도대체 왜 이렇게 발버둥치는 것일까' 자문하며 전생의 업보로 이 고생을 한다며 위안을 삼았었다.

끝내고 나니 참으로 후련하다.

잘못 짚었을 수도 있을 것이다.

만약 그렇다면 다음 생에 또 고생해야 하리라.

이 글이 간도를 묵상하며 해결책을 고민해오신 많은 분들께 위로와

도움이 되었으면 좋겠다. 누구도 알아주지 않지만 묵묵히 할 일을 하신 분들. 바로 이런 분들 덕분에 오늘의 대한민국이 있는 것이리라.

이 책은 이분들의 연구 성과를 재판이라는 틀을 빌어 재구성한 것에 불과하다. 글을 쓰다 보니 아직 연구가 필요한 부분들이 눈에 띈다. 묵묵히 대한민국의 미래를 준비하는 숨은 지사들, 그 많은 분들이 앞으로 고생하실 모습이 눈에 선하다.

현재의 대한민국 정치에는 영토정책이 없다.

일본은 센카쿠, 독도, 북방영토에 대해 확고한 정책방향을 수립해 두고 있고, 중국은 신장, 티베트, 간도, 타이완, 남사군도, 서사군도, 센카쿠 등에 대한 확고한 정책을 갖고 있다.

대한민국의 영토정책은 독도, 간도, 연해주, 이어도, 대마도에 대한 확실한 방향을 담고 있어야 하는데 그렇지 못한 것이 현실이다.

대한민국의 정치는 너무 내부지향적이다.

외부로 뻗어나가는 맛이 전혀 없다.

언제까지 이렇게 집안싸움만 하고 있을 것인가?

이 글이 대한민국 영토 정책 수립에 참고가 된다면 큰 보람이겠다.

《독도반환 청구소송》에서도 언급했듯이 세계는 대륙 간 경쟁구도로 재편되고 있다. 동북아시아가 대륙간 경쟁구도에서 도태되지 않기 위해서는 한중일 삼국의 동맹관계가 조성되어야만 한다. 진정한 파트너십은 과거 청산이 전제되어야 비로소 가능하다. 이 책이 한중 간 간도 문제를 되돌아보는 계기가 되길 바란다.

부록: 증거 목록

갑제호증(대한민국 증거 목록)

갑제1호증	순종황제 유조
갑제2호증	일본 천황의 병합조약 재가문서 및 조서
갑제3호증	1965년 한일기본조약
갑제4호증의1 내지 3	일진회 관련 공문
갑제5호증	제헌의회 의사록
갑제6호증의1	카이로 선언문
갑제6호증의2	모스크바 3상회담문
갑제7호증	만주협약
갑제8호증의1	《감계사등록》
갑제8호증의2	이중하의 공문
갑제9호증	1886년 〈고증변석팔조〉
갑제10호증	강도화약조건
갑제11호증	1638년 호부 기록
갑제12호증의1	1718년 황여전람도
갑제12호증의2	1737년 당빌의 신청국지도
갑제12호증의3	1736년 뒤 알드의 《중국통사》
갑제13호증	《길림통지》 관련 부분

갑제14호증	《통문관지》 관련 부분
갑제15호증의1 내지 8	각 봉금정책 관련 기록
갑제16호증	진시황 당시 중국 영토지도
갑제17호증의1	《고려사세가》 권지2 고려 정종 원년 946년 기록
갑제17호증의2	《고려사지권》 제7 고려 정종 원년 946년 기록
갑제17호증의3	《고려사절요》 고려 정종 원년 946년 기록
갑제18호증의1	《흥복사연대기》 천경 9년 946년 10월 7일자
갑제18호증의2	《정신공기》 천력 원년 947년 1월 14일자
갑제18호증의3	《일본기략》 천력 원년 947년 1월 14일자
갑제19호증	《일본기략》 천경 2년 939년 1월 2일자
갑제20호증	《조선왕조실록》 관련 부분
갑제21호증	〈백두산강강지략〉 관련 부분
갑제22호증	《고려사》 관련 부분
갑제23호증	《동국통감》 관련 부분

을제호증(중국인민공화국 증거 목록)

을제1호증의1	중조변계문제회담기요
을제1호증의2	중조변계조약
을제1호증의3	중조변계의정서
을제2호증	1992년 8월 24일 중한수교공동성명문
을제3호증	순종황제의 칙유
을제4호증의1	합방상주문
을제4호증의2	합방청원서
을제5호증	대한민국헌법
을제6호증	중일도문강만한계무조관
을제7호증	1905년 11월 17일 한일협상조약
을제8호증	1906년 11월 8일자 대한제국 공문
을제9호증의1	1931년 1월 7일 스팀슨 독트린
을제9호증의2	1932년 3월 국제연맹 총회 결의안
을제9호증의3	리튼 보고서
을제9호증의4	1933년 2월 24일 국제연맹 총회 결의안
을제10호증의1	카이로 선언문
을제10호증의2	연합군총사령부 훈령 제677호
을제11호증	청한변계선후장정
을제12호증의1	1887년 5월 18일자 이중하의 공문
을제12호증의2	1888년 5월 조선의 공문
을제13호증의1	이익의 《성호사설》 제2권 천지문 백두산조
을제13호증의2	이익의 《성호사설》 제2권 천지문 오국성조
을제13호증의3	정약용의 《강계고서》
을제13호증의4	홍양호의 《이계외집》 권12 백두산고

간도반환 청구소송

초판 1쇄 발행 | 2014년 8월 15일

지은이	강정민
기획이사	김성희
책임편집	서슬기
디자인	김한기 · 김수정

펴낸곳	바다출판사
발행인	김인호
주소	서울시 마포구 서교동 401-1 5층
전화	322-3885(편집), 322-3575(마케팅부)
팩스	322-3858
E-mail	badabooks@hanmail.net
홈페이지	www.badabooks.co.kr
출판등록일	1996년 5월 8일
등록번호	제 10-1288호

ISBN 978-89-5561-734-4 03810